图书在版编目（CIP）数据

大木青黄 / 石舒清著 . -- 北京：中国言实出版社，
2018.7

（雄风文丛 / 王巨才主编）

ISBN 978-7-5171-2821-2

Ⅰ . ①大… Ⅱ . ①石… Ⅲ . ①散文集－中国－当代

Ⅳ . ① I267

中国版本图书馆 CIP 数据核字（2018）第 139944 号

出版发行	中国言实出版社
	地　　址：北京市朝阳区北苑路 180 号加利大厦 5 号楼 105 室
	邮　　编：100101
	编辑部：北京市海淀区北太平庄路甲 1 号
	邮　　编：100088
	电　　话：64924853（总编室）　64924716（发行部）
	网　　址：www.zgyscbs.cn
	E-mail：zgyscbs@263.net
经　　销	新华书店
印　　刷	三河市祥达印刷包装有限公司
版　　次	2018 年 8 月第 1 版　　2018 年 8 月第 1 次印刷
规　　格	710 毫米 ×1000 毫米　1/16　15.75 印张
字　　数	234 千字
定　　价	42.00 元　　ISBN 978-7-5171-2821-2

当代最具实力作家散文选 · 石舒清 卷

大木青黄

石舒清 ◎ 著

中国言实出版社

何妨吟啸且徐行

王巨才

　　二十世纪最后几年，文学界一个引人注目的景观，就是散文热的再度兴起。进入新世纪以来，这种热度仍在持续升温。这其中，尤以反思历史与传统文化的"大散文""新散文"理念风靡盛行，出现一批思接千载、视通万里、谈古论今、学识渊博的作品，给散文园地增添了新的色彩和样态。与此同时，传统意义上靠阅览、回忆、清谈、抒怀等书写人生百态的散文作品，也有一定变革，多数作家不再拘于云淡风轻的个人世界，从远离红尘的小情小感中脱离出来，融入充满生机与活力的现实之中，写出大量贴近大众生活的优秀作品，受到广泛赞誉。大体来说，这二十多年来我国的散文领域一直保持着潜心耕耘，不惊不乍，静水深流，沉稳进取的良好态势，情形可喜。

　　这套"雄风文丛"的十位作家中，吕向阳和任林举是专以散文创作为职业和志向的散文家，曾先后获得鲁迅文学奖和冰心散文奖，是散文领域的佼佼者。石舒清、王昕朋、野莽、肖克凡、温亚军、吴克敬、李骏虎和秦岭八位则都是久负盛名的小说家，他们的小说作品曾分别获得过鲁迅文学奖等奖项。这些小说家绝不是"跨界融合"，他们的散文毫不逊色，从作品的质量和数量上看，他们从来没把散文当作小说之余的"边角料"，而是在娴

1

熟驾驭小说题材、体裁的同时，也倾心散文这种直抒胸臆、可触可感的表达方式。从这些小说家的散文里，更能感受到他们隐藏在小说后面的真实的人生格局和丰赡的内心世界。

宁夏专业作家石舒清，小说《清水里的刀子》曾获第二届鲁迅文学奖，并被改编为同名电影在东京电影节获得大奖。这本《大木青黄》是他第一本综合性随笔集。书中的"读后感"类，是阅读过程中就一些作品所作的印象式点评，借以体现和整理自己的审美取向和文学观点；"写人记事"类，写到生活中一些印象深刻的人和事，字里行间充满深长的思绪与感怀；第三部分涉及个人的兴趣爱好，比如喜欢体育、喜欢淘书、喜欢书法、喜欢收藏等等，笔致生动活泼，读之饶有兴味；"作家印象记"，知人论事，是对自己"有斯人，有斯文"这一观点的考察和验证。其他如"文友访谈"及往来书信等也都是作家本人工作、生活、思想情感的多侧面展现和流露，从中可以感受到一位知名作家疏淡的性情、厚实的学养和开阔的思想境界。

王昕朋是位饶有建树的出版人，也是创作颇丰的小说家，出版有长篇小说《红月亮》《漂二代》《花开岁月》等多部作品。他的散文视野广阔，感觉敏锐，情思隽永，文笔清新，从中可以看出，他写东西并不求题材重大，也不迎合某些新潮的艺术习尚，而是铺开一张白纸，独自用心用意地去书写自己熟悉的动过感情的生活，从中发掘自然之美，心灵之美，感受生活的芬芳，人间的纯朴。一组美文，构思精巧，意蕴深长，绘山山有姿，画人人有神，充满浓郁的诗意和睿智的哲思。生活中，美的呈现是多样的，刚正不阿、至诚至勇是美，敦厚谦和、博大宽宏也是美。王昕朋发现了这些生活中的人性美，并且抓住极富典型意义的美的细节和刹那间美的情态，用点睛之笔，透视出人物性格的光彩和灵魂的美质，给人以强烈的感染。

天津作家肖克凡的小说获奖无数，让他久负盛名的是为张艺谋担任编剧的《山楂树之恋》。他的散文《人间素描》以老练精短的文字记录一个个普通人物，从离休老干部到"八零后"小青年，极力展现社会生活百态，从而构成生机盎然而又纷繁驳杂的"都市镜像"。在《汉字的望文生义》中，作者讲述中日韩三国文字含义的异同，如日文"手纸"、韩文"肉笔"等汉字闹出的误会，涉笔成趣，令人忍俊不禁。《自我盘点》是作者自我经历的写照，体现了"文学的生命是真诚"的写作观，不论是遥远的往事还是新近的遭逢，都留有成长和行进的清晰足迹。《作思考状》其实是对某些对社会现象的严肃思考，有批判也有自省。《怀旧之作》的一个个人、一件件事、一桩桩情感，虽没有惊天动地的事件与杰出人物，却是作者真情实感的记录。《我说孙犁先生》，文字朴实，情感真挚，表达了对前辈作家独特的认识与由衷的景仰，在伤逝感怀文章中别具一格。

与唯美派的散文形成对应，野莽的文字如删繁就简的三秋之树，力求凝练和精准。他在所谓的文化大散文和哲理小散文中独寻他路，主张并实践着散文的思想性和历史感。他往往在颜色泛黄的岁月里打捞记忆，以情绪沉淀后的淡淡幽默再现特殊年代的辛酸和苦涩，每每发出含泪的笑。书中写到的"右派"父亲喂猪的故事正是如此。在文体理论上，他对散文的诠释是自然形成于诗与小说之间的一片辽阔的芳草地，在这里，小说家可以摘下面具，以真身讲述真情和真事；飞天路上的诗人也可以暂回人间，轻松地打开自己的心灵。国外大学选译他的散文作为中国语教材，想来自有道理。

温亚军的短篇小说获得过第三届鲁迅文学奖。与小说的虚构不同，他的散文完全忠实于自己的人生经历，大多取材于早年的记忆。他的童年和少年都是在西北乡村度过，记忆中，乡村的生活虽然艰辛，但充满着温暖和亲情。童年的愿望简单而质朴，他写怀揣这个愿望及至实现愿望过程中的满足和愉悦，叙事平实，情感真纯，每每能唤起读者共鸣。记忆的深刻性与性格乃至人格紧密相关，他的记忆之所以筛选出的多是温情暖意，是因为艰苦的乡村生活和淳朴的生长环境塑造了他宽厚善良的品格，《时间的年龄》《低处的时光》等都是通过一段记忆，构成一种考问，一种自省和盘点、一种向往与追求。而像《一场寂寞凭谁诉》等篇什中那些从历史洪流中打捞的点点滴滴，那些被作者的目光深情注视、触摸过的寻常事物，经由他的思考、探索和朴素的表达，也总能引发人们内心的波澜和悸动。

陕西作家吕向阳曾获冰心散文奖。他扎根关中大地，吸吮地域沃土和民间风俗的营养，相继写出《神态度》《小人图》《陕西八大怪》等五十万字的系列长篇散文，这在城市化的车轮即将碾碎老关中背影之际，无疑有着继绝存亡、留住民间烟火的担当。三万字的《小人图》是作者从凤翔木版年画中觅得的一组"异类"和"怪胎"。民间艺人把"小人"的使坏伎俩镌刻成八幅版画，吕向阳的剖析则由此生发开来，重在考问国民的劣根性，着力于诫勉与警省。《神态度》系列是从留在乡民口头的"毛鬼神""日弄神""夜游神""扑神鬼""尻子客"等卑微细碎的神鬼言说中梳理盘辩出来的，这些言说最早在西周之前就出现了，如果忽略它们，将是关中文化的损失，也是中华传统文化的失血。这些追述关中民风村情的散文，需要智慧，需要眼界，更需要广博的知识与执着的耐力，吕向阳付出的心血令人尊敬。

吉林的任林举以报告文学《粮道》获得第六届鲁迅文学奖。他的散文在精神取向上，一向以大地意识和忧患意识见长。他的诸多散文，突出表现即为情感的浓烈和哲思的深刻。而从文章的风格和技巧上考量，他又是一位最擅长写景、状物的作家。凡人，凡事，凡物，一旦经过任林举的笔端，定然会获得不同寻常的光彩或光芒，有时，你甚至会怀疑那人那事那物是否是一般意义上的文学客体；显然，其间已蕴涵着作家独到的理解与点化之功。至于那些随意映入眼帘的景物，经过他的渲染，便有了"弦外之音"和"象外之象"，有了一番耐人寻味的意蕴、情绪或情怀。这一次，任林举以《他年之想》为题，一举推出近六十篇咏物性质的散文，读者或可借此窥得其人生境界或散文创作上的一二真谛秘笈。

吴克敬是第五届鲁迅文学奖获得者，他进入文坛，是一种典型，从乡间到了城市，以一支笔在城里居大，他曾任陕西一家大报的老总。他热爱散文，更热爱小说，笔力是宽博的，文字更有质感，在看似平常的叙述中，散发着一种令人心颤的东西，在当今文坛写得越来越花哨越来越轻佻的时风下，使我们看到一种别样生活，品味到一种别样滋味。从吴克敬的作品中，能看到文学依然神圣，他就是怀着这样的深情，半路杀进文学界的。他五十出头先写散文，接着又写小说，专注于文学创作的他，看似晚了点，但他底子厚、有想法，准备得扎实充分，出手自然不凡。社会生活的丰富多彩和纷扰烦乱，在他人，只是领略了些许表面的东西，吴克敬眼光独到，他能透过表面，发现潜藏在深处的意蕴。他写碑刻的散文，他写青铜器的散文，都使我们惊叹其对历史信息的捕捉与表达，更惊叹他对现实生活的挖掘和描述，散文《知性》一书，充分展现了他的文学才华。

作为鲁迅文学奖获得者，山西作家李骏虎以小说成名，但从他的创作轨迹不难发现，他的散文写作历史更长。他以散文写作开始文学生涯，兴趣兼及随笔和文学评论。在把小说作为主要的创作形式后，李骏虎从来没有放弃散文，他的笔触始终跟随脚步所到之地，无论出国访问还是国内采风，都"贼不走空"，写出一篇篇具有思想华彩的散文作品，体现出朝学者型作家迈进的趋势。《纸上阳光》是李骏虎近年读书阅史沉潜钻研的成果，从"纸上得来未觉浅"和"阳光亮过所有的灯"两组系列文章不难看出，一个具有小说家飞扬想象力和史学家严谨治学态度的人文学者是如何苦心孤诣辛勤笔耕的。

近些年来，实力作家秦岭在《人民日报》《光明日报》《中国作家》《散文》《文艺报》等报刊发表大量散文随笔，叙说自己在生活与文学之间行走的发现与思考。他善于在历史和时代的交叉点上思考人生与社会，注重视角的多重选择和主题的深度开掘，既有对乡情的深深眷恋和回味，也有对自然和生态的无尽忧虑和追问，更有从自身阅读和创作经验出发，对当下文化、文学现状的深刻反省和诘问，从而使叙事富含思辨色彩、反思力量和唤醒意识。构思新颖、意境高远、韵味悠长。其中《日子里的黄河》《渭河是一碗汤》《走近中国的"大墙文学"之父》《烟铺樱桃》《旗袍》等作品，多被北京、广东、天津等省市纳入高中语文联考、高中毕业语文模拟试卷"阅读分析"题，受到专家好评和读者的欢迎。

文章合为时而著，歌诗合为事而作。在众多文学样式中，散文是一种最讲情理、文采，最能充分表达作家对时代生活的真情实感，也最能发挥作家艺术修养和文字功力的文体。《文心雕龙》讲："情者文之经,辞者理之纬;经正而后纬成,理定而后辞扬,此立文之本源也。"情有健康晦暗之分,辞有文野高下之别。作家的使命,是以健康思想内容与完美艺术形式相结合的作品去感染人、影响人、塑造人,进而推动历史发展和社会文明进步。纵观"雄风文丛"的十位作家,他们经历各不相同,创作各有特色,共同的是,他们都把文学当作崇高的事业,始终以敬畏的心情对待每一次创作、每一篇作品;他们与人民群众保持着密切的联系,坚持从丰富多彩的现实生活中获取创作资源和灵感:他们有高尚的艺术追求和鲜明的精品意识,竭力以精美的精神食粮奉献广大读者。正因为如此,他们的作品总能较为准确地反映时代的本质、生活的主潮、人民的呼声和愿望,总能给人审美的愉悦、心智的启迪与精神的鼓舞与激励。或者换句话说,在我们看来,这套丛书里的作品,正是当下社会需要、人民期待的那种弘扬主旋律,传播正能量,有道德、有温度、有筋骨又有个性和神采的作品。中国言实出版社精心组织这样一套丛书,导向意图不言自明,其广受读者欢迎和业界重视的效应,自可期待。

（作者系中国散文学会会长、中国作家协会原党组副书记）

目录

卷二 人物篇

卷三 书评篇

卷一

记事篇

藏匿的写作者

1

这两天看一本和诺贝尔奖有关的书，多有感慨。作家就是说自己话的人。他也许说得不好，但一定是他自己的话。他一定避免用大的声音，他并不觉得自己的话有多重要。和重要没有关系。一旦被人觉得重要，宁愿选择不说。作家在空屋子里说话，害怕有听众，一旦发现听众，就不自在起来。他的声音是低微的虚弱的。他不敢肯定，因而无法做一个证人。当他被拉去作证的时候，他要求自己必须牙关紧咬。为此受点虐待都是可以的。作家其实都是受虐待的人。他总是在过关，又没有必要的过关的手续。作家不是队伍最前面的人，他们在一群人里找了好久都没有找到作家。但是肯定作家就在这伙人里面。作家是在的，不久他们就看到了作家写的文章，这就是证据了。凭这个证据并不能找到作家。比如挖井，有人在井口旁往上吊土，有人在地深处挖着。作家就是在深处挖掘的人。你看见一筐一筐的土从深处吊上来，那土就是作家们挖的。但是你不必看见他们。或者说作家不能给人看见。他宁愿把他挖的土交给上面没挖土的人。不愿意据为己有。每个作家都是一场大火，小心地燃烧着。无人知晓最好，尽量不要烧到别人。你们要是在偏僻的小路上看到一个人影，也许他就是作家，他在这里感受着。因为只有一个人，这感受就是自己的。但是你一惊动，也许他就不是作家了。作家是很容易被改变的人。他很容易变成他所看见的人。回到自己是困难的。自己要是没有站稳脚跟就离开，是很难再回来的。作家是很小的一点灵魂，敏感极了，痒痒又剧痛。热得发烫，摸起来却冰凉。一个人问道，什么是作家，回答说，作家就是备受熬煎之人。如果他是一块肉，那么就被烤干了，又被研成了粉末。为什么会这样？一切都是心甘情愿，就像星星不愿从天上掉下来做石头一样。我听到作家们得到的最重要的告诫是，藏起来，像被掘地三尺也找不到那样藏起来。你要被找到，则你就开始损失了。

2

瑞典汉学家马悦然在谈到南非作家库切时说：热不是他的天性。他认为这一点对理解库切是很有帮助的。库切是一个不愿热闹的人，获过两次布克奖，都没有去领奖现场。外人可能以为是矫情，其实不是，对有些作家来说，好好写作，不去出头露面，于他们是很自然的选择。关于诺贝尔奖，马悦然认为，不能说谁得了奖谁就是世界上最好的作家，就是世界第一。不可能。只能说获奖作家是非常好的作家。马悦然认为库切最好的作品是《迈克尔·K的生平和时代》，我没看过这部小说。看过库切的《耻》，很喜欢。

3

二〇〇六年，诺贝尔奖获得者帕穆克指出：

要成为作家，只靠耐心和苦干是不够的。我们必须首先感觉我们逼迫逃避人群，逃避交际，逃避普通的日常生活，而把我们自己关闭在一个房间里。……真正的文学的起点，就从作家把自己和自己的书籍都关闭在自己的房间里开始。……我始终相信所有的人都互相近似，相信其他人也有同我一样的内心伤痕，因此他们可以理解我，我由此来获得信心。……当一个作家把自己成年累月关闭在一个房间里，他用这样的姿态表示一个单一的人性，表示一个没有中心的世界。……我写作是因为我对你们所有人生气，对每一个人生气。……我写作不是为了讲故事而是为了编造一个故事。我写作是因为要逃脱一个不祥的预感，预感到我有一个地方必须去，但是就像梦境中那样，我从来到不了那个地方。我写作是因为我从来不感到快乐。而写作是为了感到快乐……作家的秘密不是灵感——因为谁也说不清灵感从哪里来——作家的秘密是固执，是耐心。就像一句可爱的土耳其成语——用针挖井——对我来说就是指作家而言。

4

看到一篇短文，题目是"无趣的人与伟大的作家"，说的是美国作家马拉默德。说这位犹太作家的"生活过于索然无味，连他的出版商都认为不可能出传记"，出版商的话后来被一个叫戴维斯的英国教授给推翻了，因为戴维斯写了一部关于马拉默德的传记，但是为了写这部传记，戴维斯教授耗去了整整三十年时间。马拉默德的学生，短篇小说家杰伊·坎特的笔下，大作家马拉默德是这样的一个人："伯纳德个子矮小，总是戴着顶灰布帽子，石墨色胡子修剪得一丝不苟。他行事低调，显得有些拘谨。尽管他总是人群的中心，但不管他高不高兴，气氛总是不对劲，既忧郁又紧张，没人知道他会干什么。是走动，说话，还是径直离去。他看上去像是背着一部沉重的犹太法典。"他的爱人是意大利美女安·夏拉，在获得美女的芳心后，他说："虽然我很爱你，也愿意更爱你，但是我的大部分精力将会用在实现艺术理想上。"这段维持终生的婚姻被形容为"神经兮兮的"。诗人叶芝说，"关于完美，你只能在生活和艺术中二选一，生活中的缺憾成就艺术上的美"，马拉默德有一个写作观，道是："写作并不仅仅是写作本身，而是用一种神奇的视角去观看。人们说我把那些虚弱的懦夫塑造得性格丰满，对，因为那就是我的懦弱所在。"好像一面镜子一样，我从这样的镜子里照见自己。因此会心里获得一些安慰，看来写作者是有特别的不由自主的性格的。作为一个犹太人，马拉默德出生于大屠杀幸存者家庭。他十五岁的时候，他的母亲死于精神病院。马拉默德和妻子都没有为对方持守忠贞。他的经历一定程度上也影响了他的性格。当然反过来也可以这么说。凭借短篇小说《魔桶》和《修配工》，他两获美国图书奖。这实在是又高又可靠的荣誉。看过这篇短文，原本就使我很喜欢的马拉默德让我觉得更加的亲近了一步。

马知遥先生和他的创作

相识

我和知遥老师相识，已快二十年了。近来忽然有个感觉，好像我和他的认识才刚刚开始，他身上许多好的方面，我还远远没能学到手，即使学，囿于秉赋个性，也一定难以尽数学到。

知识分子一般给人的印象，是笨手笨脚，拙于应对生活的。这一方面的例子，可以举出不知多少，"四体不勤，五谷不分"——那个丈人讥讽孔子的话，其实在许多知识分子身上都是适合的。

知遥老师就不在这一伙知识者里面。

他常常会有些得意和怀恋地提起自己小时候放牛的经历。好像对自己的这一出身很满意也很感激。他讲起这些的时候，很能感染人。这其实是对劳动的一种感情和肯定。在种种炫目的名号里面，我觉得最适宜于知遥老师的，莫过于"劳动者"了。好像命运无论安排他干什么，他都可以兢兢业业乐在其中，都可以干得很出色。

他做得一手好菜。谈笑之间便可做出一桌丰盛的菜来；他的餐桌上的鱼，不必去买来，是他自己从河沟里钓来的。盛夏酷暑，他带着钓竿鱼饵，骑着他的小摩托车，常去黄河边钓鱼。因为有着种种扎实可靠的生活体验和经验，他谈及海明威的《老人与海》、阿来的《鱼》等作品时，会说出我们不容易看到的妙处或纰漏来；我曾在他家里见过一组木沙发，大方又结实，经久耐用不会朽坏的样子，做那沙发的不是别人，正是知遥老师自己；他以小说家知名，然而却是学油画出身。国画也画的，信手几笔，就可以满纸生意；他的篆刻拙直率意，为人所喜，有求者临门，或托人相求，他也不像许多个中人那样，忸怩作态，算斤计两，而是乐得奉赠一枚，以此结缘。只我一人，得知遥老师所治之印已有七枚之多。无论什么时候看到，心里的感念和感慨都是难以言表。他还自己动手，设计筹划，在老家湖北建起三层小楼，每年秋冬之交，他就像一只颇有主张的候鸟那样，千里迢迢的飞去那里休养作画了。

他的生活散漫随意，有时却又讲究。比如吃饭，即使只他一人，也要做出一桌菜来犒赏自己；画油画的原因，有时到他家里去，会看到他油彩满身，神情倦怠，像许多艺术家那样，给人潦倒落魄之感，但只要有约出门，只要把工作服脱去，披挂上他的皮裤皮帽，马上就可以焕然一变，气质不凡，好像任何一个堂皇的地方也可以去得，任何大人物也可以不卑不亢地一见了。

个性

知遥老师个性鲜明。喜怒不形于色在他是没有的。他的好恶向背常常是一望便知。

对人对事，他都有着相当直切甚而激烈的认识和判断。在他那里很少听到模棱两可含糊其词的说法。看到谁谁正业不务，钻营投机，他的轻蔑和嫌恶之意会强烈地形于声色，不加掩饰的；看到谁写了一篇浮滑讨巧之作，这人又是他所关心的，他便恨恨有声："我要打电话骂他一顿。"

一天，我和莲子到他家去。他们之间并不很熟悉。莲子写作之余，也还画些油画，不少画作都在她的手机里存着。就拿给知遥老师看。知遥老师眯着眼，将手机拿远了看。他似乎是期望着能看出一些好来，端详了很久。但是忽然地他就笑了，他说你这样子玩玩是可以的。这话当然不是任何一个作者所乐意听的。我赶紧看莲子的脸。我知道他们两人的观点不同，莲子认为任何一个人，只要他的心态活泼自由，兴有所会，心与物契，即使不曾有过专门训练，也可以作画而且会作出好画的；知遥老师则认为艺事至难，岂可易言，没有一个大师不付出艰辛的劳动，轻轻松松就成了大师的。

这一老一少还稍感陌生的人，就各执己见，互不客气地辩争了一场。

如此坦直无隐的指陈人事，有时也让人为知遥老师担心。人总是护一己之短的。然而担心正属多余，老人的逆耳之言不但没让他落得寂寂寡和，反而为他赢得了不少朋友，有老有少，时或一聚，谈文说艺，棒打不散。也惕然有悟，原来这种耿介爽直之人，反而更容易交得肝胆相照的朋友。

磨难

知遥老师已年迈七旬。他的精神状态总是很好。不大容易看出这是一个经受了不少变故和磨难的老人。别的且不说，多年前他就被查出患有食道癌。手术的切口我见过的，自肋侧至后背，可谓触目惊心。这样的病，不计落到谁身上，不病死也吓死了，但知遥老师却不慌不忙地活到了现在，而且锐气不减，越活越显精神，让人觉得，这个老人的骨头，真是太硬了。

和知遥老师一同住院的人，几乎都不在人世了，说到这一点时，老人的脸上会掠过一丝凄清意味，但也有着一种孩子气的顽劣和得意："只有老子还活着"，好像他这样地活着，是在和谁做着一个捉迷藏的游戏。

其实他倒没有什么特别的养生之道。

他的说法是："越不怕死越不死，越怕，死得越快。"

骨硬。心气强。这就是他在生命力的一面，给我的感觉。

我觉得无论谁，只要像知遥老师那样活，那么就能有惊无险地渡过一个个灾难。

然而能活到像他那样，却是多么地不容易。

世故

知遥老师有时会显出深通世故的样子，给我一些规谏。譬如"水至清则无鱼"一类的话，他就给我说过多次的。我茫无所对。从我刚开始写作时，他就告诫我要处安守分，不可嚣张，一直说到今天，按他的话说，一言以蔽之，就是要夹紧尾巴做人。我听了心里不禁暗笑起来，我倒是希望自己真能有这样一个尾巴，时不时扬上一扬，好给我鼓鼓士气，长长精神呢。但命里没有莫强求，我就没有这样一个扬眉吐气的东西。

而说这话的知遥老师，他哪里就是一个夹着尾巴活人的人啊。

当然世情莫测，我也尽力体会着老人的用心。

但是对于他的世故一面，我总觉得是很不可靠的，我甚至有这样一个感觉，在知遥老师着意显示他的世故时，恰恰倒显露出他的单纯来。这样的例子在他身上，也是所在多有，可以顺手拈出不少的。认识和判断一个艺术家，我觉得这倒是一个不错的凭据。

创作

我刚开始接触到的，是知遥老师的小说。当然不久就知道他还是一个画家。关于小说写作，多年来我们的交流是不少的。他的小说，我几乎也都看过。留给我印象较深的有两点，一是他多年前郑重发表在《朔方》上的文学观，道是"真实、真挚、真切"，看似朴素平常，实为很高的标准和要求。联系到知遥老师本人，发现这也属夫子自道。他的作品最可称道者，就是寓存其中的那种真挚感。他也在努力表述并揭示着他所能抵达层面的真实。须知在今天的作家作品中，能够真挚地来写，能够传递出些许货真价实的消息，已属百难一见。作为后学，尝过一些甘苦之后，会觉得以知遥老师的这六个字为写作"座右铭"，就像是守住了某种根本一样，实在是很牢靠的；另外一个较深的印象是，看知遥老师的文字，会感到这是出自于一个很有修养者之手。能予人如此印象，自非朝夕之功。知遥老师在写作方面的一些训练，说来很有启发和教益。他喜欢的经典作品，他不但读，还习惯于把它们抄录下来，索尔仁尼琴的小说《伊万·杰尼索维奇的一天》，有八九万字吧，他就一个字一个字抄过的。他的做人和为文，浪漫的情怀都是有一些的，但是他始终更为强调和看重的却是现实主义。这就好像要求一个人始终做一个厚道人和本分人一样。无论写作还是画画，为他所喜欢并主张的一定是"笨鸟先飞""勤能补拙"等古训。人到中年，我也觉得这样一些说法是一切说法中最可靠也是最好的说法，只有这样的说法才不会落到空处，才不致误人。

　　比较于写作，知遥老师好像对自己的画作更为满意一些。也有着一个说法的，他说作为作家，他位居三流，但是作为画家，那他绝对是第一流的。近年来更是停了作文，一意沉浸到色彩的世界里去了。前不久他从老家归来时，竟带来了四十多幅画作。我屏声敛息地看着。肥健的水牛、泥泞的小路、树木挤挤挨挨，枝叶重重叠叠，池水清亮却莫测，空气潮湿又溽热。一个奇妙地充满了生命力的大自然历历眼前，触手可及。我的感觉是，他好像把一个鲜活的江南水乡搬了过来。后悔真是辜负了好时光，跟随老人这么多年，竟没能学得他这一手。但我已经心有所动，打算以后要跑得勤些，即使不能学画，也能得到知遥老师的一些耳提面命，使我在面对一幅真正的好画时，能眼前一亮，识其妙处。

郑实和她的巴黎

1

和郑实认识近十年了，但至今未见一面。二〇〇四年，我和摄影家王征合作的一本书有幸在北京出版社出版，责编就是郑实。算来陆续也出过好几本书了，但和责编联系最多最久的，非郑实莫属。出书期间，往来不少书信，都是郑问我答。我其实是一个马虎的人，对自己写的东西素来不甚重视，比如出书，能出即可。装帧设计一类，讲究些固然好，若是粗服乱头出来，也能接受的。单怕内容庸常而装帧不俗。常转旧书摊，见到装帧精良而内容不配的书时，感受是很别扭的。无人仅凭着装帧好坏来收书吧。但因为郑实的认真和用心，就让我也不得不装出认真的样子来，好像自己对这本书也多重视似的。后来这本书出来，果然获得好评。我上网想邮购几本好送朋友，但几次都得到缺货的告示。缺货好啊，这消息使我有着别样的满足。

就此算是领教了郑实的认真和讲究。

马虎者和认真的人打交道，不用说，受益的自然是马虎者。

书出来已经快十年了，其作者还不愿意离开其编辑，原因大概正在这里吧。

2

我的印象里，郑实好像总是在一种奔波和劳碌中。好像总是箭在弦上，或者就是离弦之箭。好像总是背负着极限的重物在一种尽可能快的速度中。给我的感觉，好像连吃饭睡觉在她也是浪费时间。在别的人，尤其是别的女人孜孜以求津津乐道的方面，她恰恰是马虎的甚而是超脱的。她总是对更高的门槛和更深的堂奥有着强烈又持久的兴趣。

并非过誉，她有着我们这个时代稀缺的一种品质和眼光。

设想着给劳劳无已上下求索的郑实换一种生活试试：安逸的，不劳而获的，锦衣玉食的，前呼后拥的，用戴金镶银的手拉着小狗或搓着麻将的……会怎么样？不须郑实本人，只要是了解郑实的人，都可以轻易地就这个问题做出答复。

郑实是属于那种清醒的，并且努力地以自己的理念和方式生活着的人。

3

有一年，这个像蜜蜂一样忙碌的身影又出现在欧洲的大地上了，一会儿在荷兰，一会儿在冰岛，一会儿又在法兰克福或尼斯，总觉得她出现在哪里的时候，哪里就会主动掀开面纱的一角，露出几许真容来。同样的景观给不同的人看，所看到的往往有云泥之别。

那时候我在帮一家报纸编副刊，于是就向郑实约稿，想讨她的出行笔记给版面增色。她白天尽可能地多走多看，晚上把当日见闻记录下来。看她的来稿上所标注的时间，有时候记完日记，已是夜半更深的时候了。篇幅都不短，每篇都在两三千字。看着那些从遥不可想的地方飞临的密密麻麻的文字，我有一种奇怪的感觉，好像它们都是被匆匆卸下的花粉，带着各种各样的花香，而那辛勤带来它们的蜂子，早不知又飞到哪里去了。

虽则小报的版面所限，不能不删去一些文字，但这个以"域外来信"为名的专栏，还是引起了读者的相当关注，有朋友声明看副刊，就是冲着这组"域外来信"而来。

远足中的郑实好像有着无限的精力和足够的兴趣，那时候，仅我收到的她的出行笔记就近十万字了。

这些难得的文字应该给更多的人看到的。要是出一本相关的书就好了。看着那些艰辛得来稍纵即逝的文字，会忍不住这样想。

4

现在这书就在我的手头。仅巴黎一地就写了两本。可见其观察之细和感受之富。但老实说，这样的有着出行指南性质和用意的文字，和当初那些日记还是有了不少的区别。感觉是，从中选出了更为实用的部分。

即使这样，但因为出于郑实这样一个旅行者的缘故，依然颇值得一看。

从出行的一面看，本书几乎是在手把手地教你如何出行了，书中不但把巴黎的可去之处依次分作五个等级，不但附列着每个景点的联系电话、网址、开放时间、乘车指南等，还有着这样的醒目文字："参观时间在两小时内的推荐看点""参观时间在四小时内的推荐看点"。对于许多"坐了十几个小时的飞机，花了很多钱，好不容易千辛万苦到了巴黎"，却"不知道它真正好在哪里"，从而"简单转了几个地方""没搞清怎么回事就回国"的国人而言，这本书有效的指南性自是不必多说。

作者在其前言中说："我要尽我的心来写，一字一句都是我从巴黎和相关的书籍中获得的真实感受和想法。"

是的，这是用心写出的书。像一个殷勤又地道的指路者那样，不只是随手指给你一个方向，还手把手引领你到你不枉一去的地方。

5

然而两本书里，更让我感兴趣的倒是那本作为附本的《巴黎历史文化人物手册》，我饶有兴味地读完了它。还可一读再读的。很多人物通过作者那质实意远的文字，给我留下了很深的印象，像"智慧和谦卑的象征"的居里夫人；像"火炉那样把一切都会烤焦"的伏尔泰；像已感到自己"足够富有"从而拒绝了国王赏赐的蒙田；像整整一代精英都被他"偷"到相框里的布勒松；像"从内心到行动都敢于蔑视商业电影"的戈达尔；像自称是"卑微的手艺人"的电影艺术家特吕弗；像热心助人，忙到"没有时间结婚"的艺术家巴赞；像从她的命运使人感到"艺术让人极度恐惧"的女雕塑家克洛代尔；像罕有的把政治家视为"出家修行者"的法国总统蓬皮杜，像命丧断头台的"好人国王"路易十六；像"无法打交道"的终生革命者布朗基……正是经由这样一些灿若群星似的人物，使得繁华之都巴黎在我们心目中的分量格外地重沉和异样了。

设想一下，如若少了这样一些人物，巴黎还会剩下什么。

我从书中所述人物得到很多思索和启迪。

我觉得仅"智慧和谦卑的象征"几个字，就是关于居里夫人的一部简短而精准的传记。没有比这样的能力和品质更吸引人的了。

我忍不住把我得到的启发顺手记下来：

"艺术家必有苦役犯的一面"（读伏尔泰）；

"艺术只能是爱好而非职业"（读布勒松）；

"对真正有天赋的艺术家来说，贫困固然不好，但忽然阔起来也是很不妙的"（读特吕弗）；

"一片叫好声是不好的，必然有强烈的批评声……好的艺术必将同时惊动喜欢者和厌恶者"（读特吕弗）；

……

在本书的自序中，作者郑实鼓动大家去巴黎一游，至少一生要去一次，显然她是从巴黎之行中尝到了甜头，从而急于与人分享，但对我这样好静厌动的人来说，巴黎可以不去，《巴黎历史文化人物手册》不可不读。

信手写来

——我和外国文学

英语系

我毕业于宁夏固原师专英语系，按说应该和外国文学的缘分不浅的，但实情却不是这样。一来我的英语学得不怎么样，最多只能教个初二的学生罢了，一到初三，我就有些发怵，那些动词啊介词啊句型转换啊，等等，是很容易让我头大眼花的。考大学的时候，我的英语只考了38分，满分100分，我连一半也没有考到，但已经是不错了，师专英语系来通知，让我去面试。面试的两个问题至今还记得清楚，问的是"你从哪里来？""你是个男孩子么？"我当然是个男孩子，当然清楚自己从哪里来。于是就被录取了。其实我是想上中文系的。刚入校时我还蠢蠢欲动，申请转系，现在想，幸好那时候转系没成啊，要是学校高抬贵手，给我转了，未必今天我就是一个写小说的人呢。那时候中文系也有着一帮子文学爱好者，也还办着一份油印刊物，但是那帮子爱好文学的人，现在是一个也不见了。这样一比较时，就觉得我得以留在英语系，倒好像是我的造化。只是惭愧，我一直对学习英语不上心，更多的时间都是跑去阅览室看小说，或者是自己写小说，我写的是武侠小说，后来是乡土小说，都好像和英语关系不大的。英语系有精读课，学的都是英文领域的名篇佳作，我们的老师讲得很细，一个短篇小说也要讲上一周。也许是把一篇小说拆成了碎片来讲的原因吧，我听起来意思不大的，觉得还不如睡觉好。就常常伏案深睡。老师又是很宽宏的，只要你默默睡觉，不放出鼾声来，那么你就睡你的吧。这样地来学英语，能学好才怪了。所以英语系几年，我的精读听力等等，常常是给挂在那里，然后是一而再、再而三地补考。补考是很麻烦的，首先是臊得慌（英语系往往女生多嘛），同时精神高度紧张，觉得压力真是大，这还罢了，更为要命的是还要交补考费，挂一次交一次，一次十块钱，真是想不清，我那些补考费都是从哪里挪腾出来的了。那时候我最愁的是精读，如果是英语系的学生，听到这话，一定是要笑话了，这就等于一个满面菜色的人说他最愁吃肉一样。其实所有的语言课里，精读课是最具有营养和滋味的，其实也就是让你看小说嘛。但是，我怎么没有一点看小说的感觉呢？这些佶屈聱牙灰暗闷沉的文章，哪里比得上《水浒传》《西游记》，哪里比得上《鸡窝洼的人家》和《绿化树》呢？不要说小说不可读，就是那些累赘的人名，也难念难记，看了老半天还盯不清谁是个谁呢。

总之，一个英语系读下来，不但没能让我和外国文学亲近起来，反倒是让我和它疏远了隔阂了。我不过是记住了若干单词领会了几个句型而已，至于文学作品及其创作者，我好像是一点子感受和印象也没有。

反正我是决心要写小说的，写小说当然是要用中文来写，完全用不着什么英语的。那时候，在潜意识里，我是这样想的么？

左侧统

师专毕业后，我回到县上，在一家乡下中学代英语课，我这样的英文水平，自然是强作镇静外，总难免一些心虚，然而想不到还有不如我的呢。比如我是一粒虱子吧，不必慌，还有着一两个虮子在那里衬托我呢。我一天从某教室前面走过去，听到我的一个同事在大声地给他的学生讲着现在进行时，说现在进行时就是给动词后面要加个"ing"，怎么读呢，我听到他给读成了汉语拼音，他的学生鹦鹉学舌，随声附和，齐整的诵读声几乎把屋顶都要给揭破了。这使我获得一点安慰的同时，也感慨不已。就是这样的一个状况。那学校在一个很偏荒的地方，孤零零地立在一个塬上，距离最近的村子也有三五华里之远，因此即使他这样教着，也没有几个人能听到的。还有一个物理老师兼代历史课，那是一个很热闹的人，我们常常听到他把历史课讲得别开生面，闻所未闻，多属关公战秦琼一类，他自己乐在其中，学生们也被他逗弄得笑声不断，课堂气氛真是少有的好。我在这所学校里待了近三年，一边教英语单词，教简单的句型，一边就悄悄写我的小说。这时候县文化馆有一个人，叫左侧统，也是喜好创作，就认识了，他是大学数学系毕业，却迷恋哲学和文学，他看了不少书，自己又是一个勤勉的思索者。我觉得能真正称得上思索者的人是不多的，可以说稀见，不能说一个人脸上皱纹多，喜欢皱眉头，就说他是个思索者，真正的思索者，我觉得数千人里面也未必有得一个。但是左侧统，我的这位老兄就可算是这稀见中的一个，我这样说的时候，我想认识他的人都会响应的。他是一个具有很大抱负的人，很是谦和，同时又自命极高。真是天妒贤良，他已经不在世上好几年了。这个话题打住。我那时候已经开始发表作品了，宁夏文联的《朔方》杂志还给我出了一个小辑，这在宁夏还是很醒目的。然而左侧统却总是不把我的写作放在眼里，他认为我所有这些写作，不过是拈轻避重、捕风捉影罢了，总是难及实质，我不清楚他说得那个"实质"究竟是什么。于是他就推荐我看外国小说。他的几个书架上，几乎全是外国的哲学或文学著作，让我望而生畏。他首先推荐给我的是雨果的《悲惨世界》。我因为被轻看而有些恼怒，说我不必看的，我说我从来不看外国文学，也不喜欢。你不看就不能说不喜欢，你一看一定就喜欢了，左侧统笑着鼓动我说，他这个人的笑是很能打动人的，是那样一种坦诚的交心的笑，就好像他刚刚吃了一样好东西，好滋味还在他的舌尖上缭绕未散，还让他回味不已，因此他就鼓励并希望他的朋友也能尝上一口。他像个传道者那样，把他的《悲惨世界》郑重地交给了我，让我拿回去认真看，看过了再来和他交流。

难拂他意，我想我且拿回去随便翻翻吧，过几天给他还回来就是。我想我一定读不进去的。要是读得进，要是喜欢读，我的精读课会年年挂在那里么？然而回家一看，却是大吃一惊。听过大书之说，虽有耳闻，不曾体验，这一次算是体验到了，读《悲惨世界》的一刻，我有了那么真切那么强烈的一种感觉：我在读一部大书。

《悲惨世界》

我是二十世纪九十年代初期读到《悲惨世界》的，过去快二十年了，当时那种阅读的兴奋感至今还可忆及。我觉得我看到了一种未曾一见的，那么丰富、有力而又开阔的文学景观，是那样的纤毫毕具又气度雄浑，是那样的苦难命运与深沉担当。看过多少年了，其中的那些人物，冉阿让、卞福汝主教、小珂赛特、德那第夫妇、警官沙威等，我还一一记得清楚；那种像大海一样敏感又壮阔的气息，依然亲晰可感，似乎一旦忆及，便可没身其中。看到一篇文章，说雨果是在大海上写作的，大海上有一座高高的玻璃房子，雨果就在其中写作，在不息的海涛声中，在飞来飞去的海鸥的身影里，在不得安宁的大海之上，在净无丝云的高天下面，雨果凝神运思、奋笔疾书，这是怎样的一种写作情景啊。不知真实与否，但是看过雨果的作品，谁不觉得他正是在这样一种氛围里写作的呢？

我写了一封长信给左侧统，我是写在一些巴掌大的白纸片上，然后装订了起来，说是一封信，几乎是一本书了。具体写的什么不记得了，但一定是强烈地表达了我对中文之外的文学的看法吧，同时也还有对他的谢意。是的，直到今天，写这篇短文时，我依然对左侧统充满了谢意，现在再想他把《悲惨世界》交与我的一瞬，那表情，那眼神，是多么的胸有成竹又意味深长。

《悲惨世界》像一面突然临近的窗子，使我因此看到了另外的世界；像一个指向无限的路标，让我从此出发，来到了我从来不曾到过的地方。

读《悲惨世界》，让我强烈地感受到心的被震撼，感到见所未见，耳目一新，我从来没有见过这样一些文学人物，他们和我所熟悉的孙悟空猪八戒，和刘关张，和鲁智深西门庆等等，是多么的气质相异心迹两样。我也从来没有在我所读过的书里嗅到过如此的文学气息。

这个头开得好啊。

这之后，我陆陆续续读到了多少好作家好作品，真是数也数不清。

这之后不久，我就知道这世上有个叫托尔斯泰的老人，我一下子像是认定了似的，开始大量地读他的作品。他一生辛勤耕耘，收获的粮食那么多，我们这么多的人大口地吃着，吃了这么多年，我们还可以满怀感激和欣悦地吃下去。

托尔斯泰是在雨果之后来到我身边的，但是他在我心里却重过了雨果，重过了我心里的一切作家。

他好像是可以接受我们人类的重托和委派，唯一一个可以代表我们全体去和上帝谈判的人。

他是那么复杂又单纯；是那样地信仰又叛逆；他富于激情，却暗怀悲观；笃定沉着，又无所适从；他来到这个灾祸频仍，难尽人意的世上，好像并不是一个施救者，但他显然是一个受考验者和承担者……

他首先有着强大又冲突的精神，他的所有的作品都只不过是这精神的些许透露……

其实不可说，谁能说得清这样一个老人。这样的人曾来过世上，使人的思索由不得深沉了肃然了。

真的看到托尔斯泰后，我觉得就可以离开雨果了，看过托尔斯泰的作品，再看雨果的作品，不知为什么，会渐渐有一些不适应，尤其一天看过雨果的一些情书后，这种不适感就更为强烈了。过于强烈的情感忽然间会空洞起来，太大的雷声也使人不得不捂住耳朵。

连托尔斯泰老人在看过雨果的作品后，也禁不住说："他是有些太闹了。"

当以托尔斯泰为标准时，是可以这样说雨果的。

有时候也会一失复杂，忽然转得简单起来，这时候我会真切地觉得托尔斯泰老人不是别人，就是我的一个亲人，我聆听过他的呼吸；他的亲和仁爱的目光，也在我的身上深沉地打量过。这样的感觉是那样的真切，好像不是出于想象，而是一份确凿的经历。

说来匪夷所思，我还梦到过这个老人家的。

记梦

很简单的一个梦。像是一个草稿。像是还没有来得及享用这个梦，就突然地结束了。

是在一个大森林里。我不知道我为什么在这森林里。森林奥深无际，林木却还清疏。我无目的地走着，忽然就看见一个老人背身立在前面。我一眼就认出他是谁。一点陌生感也没有，反而觉得是那样的亲切，就好像我们常常见面的。就好像他是我的一个亲人，是我的一个长辈。我想他要是转过身来，也会一眼认出我的。我想着轻轻喊他一声，然而又犹豫。就像爷爷做礼拜的时候，我不能在后面喊他一样。就这样犹豫着，不知怎么了一下，忽然地就从梦里醒转过来，森林的气息还在的，老人的身影也还依稀可辨。我倒像是从一个现实里跌进了梦里。我很有些留恋那梦，还想继续来做，当然是不可能了，于是就后悔得很，机会多么难得，轻易就错过了，应该喊老人转过脸来，看上一看的；应该勇敢地跑上去和老人说说话的。

我后来常常想起这梦，想着我要是喊出一声，会怎么样呢？我喊什么呢？怎么称呼呢？这时候才发现虽然觉得亲近无间，但过去这么久了，我似乎还没有找到对老人的合适的称呼。

原本觉得简单的事情，究其实还是有些复杂的。

这个无法称呼里，正体现出某种复杂性。

淘书记

从《悲惨世界》里尝到特别的滋味后，我就开始着意淘收外国文学著作。侧统兄也许始料难及，我后来对外国文学的兴趣竟有些胜过了他。要是读英语系的时候有这样的认识和兴趣，我的精读课哪里会挂下呢？调到银川后，我最大的一个乐趣就是逛旧书摊淘旧书。十年来，我平均每天至少能淘得一本书。随着淘书日久，兴趣也渐渐广泛起来，但主要还是收文史哲方面的书。主要的淘书方向有两个，一是五四以前的中国古典文化书籍，另一个就是外国书。外国书里，除了叔本华等少许几个哲学家的著作外，大部分都是文学书。我有一个计划，把诺贝尔文学奖获奖作家作品收齐，已经收得大部分了；把自创刊号开始，一直到今天的所有的《世界文学》《外国文艺》，都老鼠拉仓那样，一本一本从旧书摊上淘回到我的书架上来；一些我所喜欢所仰慕的作家，像托尔斯泰、鲁迅等，我不仅是留意淘收他们的作品，也还感兴趣于他们作品的各种版本，连照片手迹一类，也是我所乐意收的。

因为准备着要搬家，我就把我的书归拢了一下，我把中国古典文化书籍放在一边，把外国文学书籍放在另一边。都是很可观的阵容。都有着沉甸甸的分量。我看着它们，它们之间好像有着某种相与制衡和互为支援。望着这沉甸甸的东方西方，我的心里感到踏实，有着一种无法言道的满足感。

我看了看，发现数十年来的中国文学书籍，在我的藏书里只占着极小的比例。收书我是不惜花钱的，但从这很小的比例看，说明收书方面我还是很严格的啊。正是在这样比例的多寡之间，我也在思考着一些问题，比如什么样的作家才是好作家；什么样的书才真正体现了文学的立场和价值等等，这就需要一个写作者拿出自己的认识和判断来。

判断

也许在文学艺术的认知和判断上，人都是容易偏激的。

譬如我认定了托尔斯泰（抑或鲁迅）的文学才是文学的话，那么相应的，许多的文学就会让我觉得不大像是文学。譬如上个世纪六七十年代的文学就完全不是文学。不知道那是什么。这个不必说。就是当下喧喧腾腾热热闹闹的一些文学，两相比较，成色和底蕴上也相去太远。另外还有一些作家，我曾经是非常喜欢过的，像狄金森、卡夫卡、博尔赫斯、普鲁斯特、乔伊斯等等，随着年岁渐长，就有些不大喜欢了。觉得太生僻。如龚自珍的《病梅馆记》中的病梅一样，不仅自为病梅，还会熏陶出欣赏这种病梅的心情和眼光来；像罗曼·罗兰、茨威格、泰戈尔等人，原本也是很喜欢过的，如今也是不大热衷了，觉得他们的文字中情绪化的东西太多，与现实人生的关系不是很深切。至于罗伯·格里耶一类，就完全地不喜欢了。看他们的作品，我觉得就像看年迈的钟表匠修表，这表已经不可能再修好了，那钟表匠还自感兴味地固执地修个不已。虽然人生多艰，总是难称人意，但年近不惑时候，我是越来越欣赏那些健朗的以朴素的方式来写作的作家了，其实这样的作家也是不少的。仅俄罗斯这块沃土上就有着不少这样的人，还可以举出不少名字来：惠特曼、温塞特、米斯特拉儿、弗罗斯特、马哈福斯、乌尔法特、莱蒙特、辛格、马拉默德、毛姆、斯坦培克、黛莱达、志贺之哉、拉格洛夫、圣埃克絮佩里……我写出一个个名字来时，觉得他们和头顶闪烁的群星同样贵重。

一本刊物和一个人

《火锅子》

《火锅子》是一份日本文学刊物，专门介绍和发表当代中国作家作品，截止目前，已出至七十七期。每期在其主打栏目"华语文学人物"里推介六七位当代中国作家作品，配以作家照片一同刊出。每期二百页。除了作家作品的推介外，还用相当的篇幅刊登当代中国文坛的重要信息，以及中国文学在日本的种种状况。几年前，这份刊物选译了我的一个短篇小说《小青驴》，后来又多次译载过我和摄影家王征合作的《西海固的事情》。当一些关于西海固的图片以连载的形式出现在异国的刊物上时，阅读的感觉还是很特别的。这份关于中国当代文学的日本刊物，留给我的印象是，安静大气，给我一种在小作坊里酿好酒的感觉。我发现中文译为日文时，有一个特点，或者说，有一样好处，那就是，有相当一部分还是你的原文，虽然发音一定不同了，但意思还是原样的。我甚至想，即使不懂日文的人，看日本书，也会看个大概吧。仅就文字看，日本和中国是有些双胞胎的意思的。虽是渊源深长，虽是隔海相望，但日本给我的感觉又是非常独特的，别的且不论，只拿这个《火锅子》来说，一份文学刊物，叫这么个名字，用意何在呢？但是，不知为什么，却觉得这个名字好。比如叫大熊猫就不大好，叫长城黄河，也可以的，但还是比不得现有的这个名字好。由此好像也体现出日本人的某种特点和气息来。它的主编我见过的，应该问问，为什么要起这么个名字。以日本人的严谨来说，起这样一个名字，一定是花了不少工夫的吧。

谷川毅

谷川毅先生就是《火锅子》的主编。他的实际身份是名古屋经济大学教授，教授中文，也即我们所说的汉学家，因对中国和汉语感兴趣，就独自创办了这么一份刊物，邀请我国留日诗人田原为其"协力"，"协力"，大概就是助理的意思吧。我和《火锅子》之所以有关系，也出于田原先生从中介绍，但至今没见过田原。倒是不久前见到了谷川毅先生，谷川先生读了《西海固的事情》，动了来宁夏看看的念头，今年八月，他带了十二个日本朋友，来宁夏一游，印象很深很好。和谷川先生虽是初次见面，但因为常有通信的缘故，加上他一口流利的汉语，并没有多少陌生感。我的印象是，谷川先生是一个谦谦君子，很理解人，很友善，你和他说话时，他会全副身心地来听你，好像你的每一句话都很要紧很有价值似的，这样一个听者使你的说话不得不郑重起来。谷川先生是一个内热外静的人，和人交流起来，诚挚又略带腼腆。他给我写信，总是在业务之外，还要说到几句闲话，在我看来，这些闲话又是很必须的，比如前两天的一封信里，谷川先生就不忘这样写道："名古屋气候太反常了，已经十二月了，空气不冷，不用穿大衣"，在信的末尾，也总不忘写上："你的日本朋友　谷川毅"。除了礼仪的因素外，更让人感到一种特别的提醒。

书法小记

承蒙书法家郑歌平先生热心举荐，使我得以在这样一块从未奢望过的园地里露脸，老实说说此刻的心情：新鲜又惶恐。

我现在是宁夏文联的专业作家，写作以短篇小说为主，说到和文学的缘分，可以追溯到我的童蒙时期，记得那时候我还在上小学，课余放羊的时候，带着一本书看，那书叫《新儿女英雄传》，还记得风翻得书页哗哗响，得找个僻背的地方才能看。父亲是村里的民办教师，黑乎乎的屋子里，最吸引我的就是一只靠墙的小木箱，木箱上码着一小摞书，除了《新儿女英雄传》，还有《侍卫官杂记》《水浒传》等，父亲因为喜欢看书，白天没时间，晚上看，看《西游记》，睡着了忘了吹灯，煤油灯把帽檐儿都烧着了。说来我的喜欢文学和父亲且有些关系的。

上初中时我已经开始写小说了，当时正值《少林寺》热映，武侠风劲吹，我写的便是武侠小说，写满了两个日记本，还请班里一个美术突出的同学为我插图，这个同学后来成了我的连襟。现在当着个小官儿，说及当年插图事，会很豪爽地大笑，看着自己的手指很有些不相信了似的。高考前夕，我忽然收到本地一家文学刊物的来信，说我的一篇小说基础不错，改改再寄回他们，这可要我的命了，哪里还顾得上高考，躲在宿舍里改我的小说，昏天黑地，连睡觉也忘记了。靡不有初，开始的时候就是这样子啊。

一九九三年，我们宁夏的文学刊物《朔方》以一半还强的篇幅发表了我的小说辑，两个短篇一个中篇，我因此引起了宁夏文学界的关注，一九九八年，我写出了短篇小说《清水里的刀子》，先荣幸地得以在《人民文学》发表，后来又获得了第二届鲁迅文学奖，我借此东风，一举调到宁夏文联，成了专业作家，真是太顺利了。是的，我的文学之路在许多师友的支持和鼓励下，走得可谓顺利。每每忆及这些，常常心怀感念。文学益我太多，务须好好努力啊，这样的对于自己提醒或告诫，在我，几乎是无时不有的。

以上说的是文学，抚今追昔，还可以夸夸其谈得这几句，一落到书法，就像瓦匠遇了个木匠活，一时不知说什么才好了。

其实我对书法的喜好程度，不亚于文学的，有例为证，我喜欢逛旧书摊淘旧书，这些年，文学刊物，老实说，我淘汰了不少，但同时，像各类书帖、《中国书法》杂志、种种书法剪报等，我陆陆续续收回来不少，也从工资里挪腾出若干，顶着家人的白眼，收藏了若干自己喜欢的书法作品。

说来我对书法的兴趣，几乎与文学同步。我父亲虽然不过只念了半年书，但能于自学，一笔不错的钢笔字，净朗而硬气，那时候常常义务给村里人写信什么的，碰到谁家娃娃结婚，还被请去给写对联，我上高中的时候，就代父亲给村里人写信写对联了，反正村里识字人没几个，虽不免涂鸦而已，我却是很自信的，看着自己的字在隆重的日子里被人家张贴在大门小门上，没有比较的缘故，不但不觉得汗颜，反而为之暗生得色。小而自以为大，弱而自以为强，都是因为囿于私见，没经过比较的缘故。

我集中精力写字，算来有一年多，我的一个同学马海宁，喜欢书法，在书法上有一定功夫，曾以篆字钞录过《古兰经》等，被人高价收藏了。他用小篆写了不少小品，篆字虽则古拙神秘，但时至今日，已不易辨认，我们于是就合作起来，他写篆字小品，我于旁侧小字加添释文，这样写了总有数百幅之多，既写出了我对写字的兴趣，更写出了我对书法的敬畏。

记得好像是吴作人先生（但愿我不要记错）说过，画画出师，需二十年；书法则需三十年。张五常先生从周慧珺先生学书十年，才略有心得，因此感慨地说，这十年时间，要是不用在书法上，要是用在他的专业经济学上，好几个博士学位也拿到了。

书道之不易者如此！

我在书法方面是畏难不进者，我也没有好好临过帖，谈书法，完全没有资格。我于书法，八个字可以概括：用功不多，寄情很深。书法上有个说法是：心摹手追，我临帖虽少，看帖则是常有的，有时候看一幅好字，心情激越，和读一首好诗听一曲好歌的感受，全然是一样的，有时甚至因为兴味在兹的缘故，更因为自己好而不能的缘故，感会之强烈之深妙，或有胜于其他。

　　即使自己写不出好字，也要熟读好帖，让自己具备眼光，能看出别人的好来。

　　——这是在书法方面，我对自己的一个要求。

得石小记

　　陆续也收到几块小石头，都是很便宜的。那价钱若是说出来，会让真正的收藏家笑脱大牙的，而且也未必都很喜欢，和朋友逛古玩店或石头摊，兴之所至，觉得还不错，尤其价钱便宜得像白送似的，这才附弄风雅，买一块来，积少成多，渐渐也收到一些，或摆设几案，或养于水盆，偶尔看在眼里，确实觉得钱易花而物常存。确实觉得物超所值。观之赏之，为之欢愉者良久。和大收藏家相比，我们的收藏物自是有云泥之别，但是由各自的藏品所得的欢悦之情，也许是差不了多少的吧。这也多少有些阿Q精神之嫌的。不过我总是想，若家藏重器，自然是人生难得之事，但重器带与人的，必不只是一份欢悦而已，免不得要为重器所累，比如考虑着要把它藏在哪里啊，如何维护啊如何使之免于受损啊，如何提防人的觊觎之眼和谋取之心啊，百年之后传与何人啊，等等，是很熬煎人的。如我的收藏，不要说丢掉一两件，即使全体丢失，我也还可以一如既往平平安安过我的日子的。如此说来，自己原本就算不得一个合格的收藏者的，只是借收藏之名，度无聊时光而已。家里像一个杂货店，瓷器陶器，秤砣马蹬，史料手札，玉石字画，我都收的。一天我竟买了一个漏斗样的吹尘器，据说是印刷厂的排字工用来吹去字模上的灰尘的，我买这个干什么？自然连自己也说不上所以然的，也许是看到上面有"抓革命，促生产"的字样，觉得有时代印痕，这才收了来吧。我于任何乐器均属门外汉。可以说随便触碰一下乐器，发出来的声音都强过了我的认真弹奏，即使如此，如口琴、电子琴、手风琴、吉他等老旧货，我也陆续收了一些来。好像见到什么都喜欢，见到什么都觉得有其价值和效用，比如日前我就收到一台上世纪八十年代产于天津的鹦鹉牌手风琴。听人用手风琴演奏《花儿与少年》时，心生神往，想假以时日，或者我也可能学会用手风琴演奏《花儿与少年》的，于是不多犹豫就买了来。知道它的结果只有一个，那就是和我买来的吉他一类堆在一处蒙尘而已。有时候真不明白自己收这些东西是所为何来，但收的那一刻，我的心情还是很好的，是有很多计划的，比如买玉，就想着要学学玉文化啊，什么玉乃君子佩器、玉代人碎啊等等，就要多少钻研一下；像买了一小块石头，也一时有了对石头的兴趣，想在石头上看物理变化，看岁月沧桑啊等等；比如买了一幅字画，那在笔墨意趣方面就不能不稍有揣摸的。总之收得货满堂，无一值钱物。

闲话少说，今日得闲，说说我收到的这几块小石头。窥一斑而知全豹，由此可见得我的收藏路径和收藏心态。分述如下。

木化石

不知为什么，一直喜欢木化石。喜欢其中的这个化字，木而化为石头，会耗去多少光阴？会经历多少变故？人只见木已化石，难知道其中变故。那变故在漫长得令人眩晕的时间里不闻声息，其实是何等的惊心动魄。

我想存留标本那样存留一块木化石，哪怕一小片也行。一次就让我得到了。我所在的城市常有规模不等的石展，每得消息，也乐得一往，饱饱眼福，原则是多用眼，少出手。一次等到一个大型的石展将要收展，商人们纷纷打包，准备另赴一地时，我看准了一段木化石，小胳膊粗细，尺把长，上面疤痕累累，备尝甘苦的样子。看着眼前的石头，好像面对了一个历经沧桑，默无一语的老人似的。摊主一再地让我看那上面的包浆之类，说历时久长，这块木化石叫它木化石都有些亏它了，就它的某一部分而言，已经由石而玉了，就是说，不能叫木化石，该称它木化玉了。老板们总是很能说的。但这块石头显然是由木头而来，这一点一眼即明，应无问题。看着老板所谓的包浆部分，我感到像泪水在那里凝住了似的。这石头我是喜欢的，而且临收展的生意，老板显得归心似箭，而况远路风尘，石头总是不方便带的，少一块是一块，种种因素，有利于我，于他不利，最终我们做成了这个生意，我有捡漏之乐，他有割爱之痛，这都是非常时刻才能发生的事，若在刚刚开展之际，同样这块石头，不知道他的狮子口会张到多么大呢。现在这块木化石就在我客厅的电视柜上，只要看电视就不能不看到它。看着它，我总是想，和它的高寿不亡相比，我真是一刹那而已。这念头给人的感觉是很特别的。

名作

　　和朋友去逛一个规模不小的奇石展。朋友看准了一块观音石，石质细腻，碎花布石，像在极深的地方看到了极高的天上布列的群星似的，若有若无，若素若绚。那种隔雾看花的迷离感是难以言喻的。石上有像，如从寂寥洪荒中飘然出来，那是可以看得清楚的，似一个观音像，裙带当风，发髻宛然，清丽又端肃，似真又近幻，从侧面看过来时，会看到观音像隐隐闪烁着神秘的彩光。朋友爱得不行，多次往返，难以得手，最终还是以一个我绝对舍不得的价钱买了来。我有些悻悻然地对朋友说，观音像，我一个回族人买来不很方便啊。其实这并不是心里话。总之朋友得手了一件心仪之物，也还是很为他高兴的。我不甘心白手而归，朋友也力劝我买一件了再走，不然，乘兴而来，空空以归，总有些虚掷此行的遗憾。于是又转了好几个来回，不是没有好东西，好东西贵得很，差东西不入眼。但玩赏一类，也是随人喜好，也许使你爱到痴迷的，我却懵懵然无所觉。这样的例子所在多有，所谓萝卜白菜，各有所爱。好在功夫不负有心人，终于让我寻到一件，它完全像个点缀品或配侍物摆在那里，像跟着小姐的丫鬟或随紧着主人的仆从似的。看来摊主也没有把它当回事。我已经走过去了，又走回来。我让朋友好好看看那块石头，朋友是盼着我也买到一块石头的，就很卖力地看，然而好像并没有什么出彩的东西给他看到。我说你看中间那个，像不像个人张着嘴在大叫。这一说朋友看出来了。我也因为朋友的看出来，益发觉得那呐喊者的逼真肖似。那是一块质地寻常的石头，有孩子的手掌大小，石色暗沉，但一面石头的中间，却好像被昏黄的阳光照亮了一小块似的，就在那有些混沌的亮光里，显出一个人的头像，像在极度的恐惧和迷乱中禁不住呐喊着似的。没有恐惧到极点的人是喊不成这个样子的。虽则无声，却觉得石头都要被他的喊声震破了。我们都想起了一幅外国名画，画的正是一个像冤屈的鬼魂那样的人呐喊的样子。这个东西我肯定要买来了。我就买了来。和朋友的买观音像相比，我花的钱还不足他的数十分之一。朋友带些安慰地说，我们可以说是各美其美，你买得的这个，比起我的观音像，也弱不到哪里去，甚至在你的眼里也许认为更好。我哼哈着，但是觉得除了安慰的因素外，朋友的话也是不无道理的。他买得一个飘然出尘的观音，我买得一个痛苦呐喊的鬼魂，然而带与人的感触和印象，却真是和朋友的观音像好有一比。得来全不费功夫，这块石头，我给它命名为"名作"。一涉名作，即属无价，心里不免这样暗自嘀咕着。

悬棺

　　这块石头有些像电视中曾介绍的悬棺。在悬崖峭壁之间，每有黑洞如鸟巢兽穴，实际不是，竟然是有人把亡人的遗骸存藏在那样的地方。看着介绍悬棺的事，就觉得人真是什么事都会想得出来，也做得出来的。如果镜头在很低的地方仰拍悬棺所在的地方，就感到真是把人直接葬在了天上。这个且不说，说说我的悬棺石。

　　朋友郑实一家来宁夏，他们也是喜欢古玩一类东西的。于石头尤甚。正好银川有个石展活动，在西塔古玩城前面的空地上，但我带他们去时，已经要撤展了，狼藉满地，好像战斗已告结束，在清理战场了。这其实也是买石头的好时候，可惜郑实一家从这一片狼藉中并无斩获，倒是我，不计精粗，趁着摊主们心绪缭乱，有甩卖之念的一刻，买到一块天然石砚，石有尺余，中有凹槽，可承水墨。老板悔之不迭地说，前几天，一个人出了我三倍的价钱也没有卖啊，罢罢罢，收摊的生意了，卖给你吧。老板的话未可尽信，却是让我听来觉得舒坦的，占了便宜就舒坦，人同此情啊。然而朋友没有买到可心的东西，总不能让他们带着遗憾回去。郑实说，她要买一块石头，送给中华书局一朋友，她接受了对方的礼物，有礼尚往来的答谢之意。于是又带他们上了古玩城，那里面有常年专事买卖石头的店铺的，总有二三十家之多吧。在那里果然有郑实看上的东西，也是一小物件，形如蘑菇，如经了烈火的焚烧似的。不知道郑实为什么会喜欢这个。人各有其眼光和爱好，不可强求一致的，但也许她是从朋友的眼光和兴趣出发的吧。东西虽看上了，价钱未能谈得拢，于是决定再转转看。这就让我看上了那块悬棺石。老板们一般把自认为的好石头摆在店里面，而且罩以玻璃，照以灯光，使它们显得颇受礼遇，身价不菲似的。老板认为一般的石头，就胡乱地摆在门外的条桌上，好像这里的东西，可以成堆来卖似的。就在这似乎可以成堆来买卖的石头里，让我看到了那块悬棺石，它体型不小，总有一个小兔子大，整体上像一个烽火台，像历经了许多的战火后遗留下来的东西。壮硕而又挺拔，在石头的高端，布列着一些不规则的小洞暗穴，看来给人阴森神秘之感，我直观地觉得这块石头颇似印象里的悬棺，表示了对它的喜欢，并略加点评，但这次主要是来给郑实买东西，而且我已经买得一块石砚在手，抱在怀里怪沉的，再买一件可怎么带着是好。于是暗中决定，等郑实一家走了，我再来买这块石头不迟，但我们在另一层楼转时，却发现郑实从远处走来，手里就是那块悬棺石。她看到我喜欢，就买来送我了。她一家也认为这石头不错的。石头自然不错，但白手得人好处，总是不能踏实。于是趁他们还在一心选石头，不留意的时候，我悄悄下到二楼，买到那块郑实认可的"蘑菇石"，算是投桃报李吧。

……

说来我得手的石头几乎没有一块花过大价钱，虽说一分钱一分货是千古不移的道理，我也信服着此说的，但姑且撇过价钱的贵贱不说，我收到的每一块石头，总有着触动我心之处。说一千道一万，总归不过石头而已。任何一块石头，适逢知音，总能看出其好来。我甚至不怀好意地想，比如朋友要拿他的"观音石"换我的"名作"，我会甘心换给他么？未必。

读书小记

最早的记忆

我最早对书的记忆，应该说还没有上学。家里自然是很穷的，住的房子是用向日葵杆子盖成的，听起来很诗意，但是一下雨就漏水，还常常掉下来一种长须细腰的小虫子，落下来就用很多的脚极快地跑。吃饭的时候还会掉到碗里。但就是在这样的屋子里，给我极深印象的是，一个靠墙的小木桌上面，总是码着一摞书，有时候多一点，有时候少一点，但总是有的，印象中有《水浒传》《西游记》等，文字是不认识的，书里有插图，穿着古装的插图人物使我觉得古人好像都是没有腿的。那些书是父亲的。父亲没有上过学，却喜欢看书。父亲夜里就着油灯看书，险些酿成大祸，看书时睡着了，没能吹灭的油灯把他的头发都烧焦了。至于父亲因为夜里耽于看书，早上误了上工时间，吃队长批评扣工分的事，也是所在多有，不必细说。但是在低矮逼窄的小屋里，在昏暗油灯的映照里，那小木箱上的一摞书，给与我的印象，却真是再深没有了。除开课本，我主动读的第一本书叫《新儿女英雄传》，那时候我已经上小学三年级了，在山里一边放羊一边读，至今记得那小说的第一句话：牛大水二十三岁了，还没有娶媳妇。

第一次买书

花钱买的第一本书记不清了。现在留给我很深印象的属于我的第一本书叫《陈毅诗选》。时间大致是我读初二的时候，父亲那时候做小买卖，需去兰州调货，寒暑假时，父亲会带着我和叔叔，给他帮忙。一次调好货，余留时间还多，我和叔叔就在火车站一带闲逛，不觉意间走进了一个规模不小的旧书市场。我那时候就对书是有特别的兴趣的，于是留恋不走，让叔叔先去别处转，然后到这里找我即是，反正有这么多书，我是不会提前走的。书很便宜，我自然没有多少钱，但也买得不少。叔叔看过一场录像后来叫我回去，我们走到火车站的广场前面时，叔叔忽然从怀里掏出一本书来给我。我不记得叔叔什么时候掏钱买过书，看叔叔掏书时的神情，我都怀疑叔叔是趁便偷的。也不便细问，给我就是我的了。

这本书就是《陈毅诗选》，直到今天还在我的书架上，不知道为什么，此前我已经买得一些书拎在手里的，后来记得书名的却只有这本《陈毅诗选》，而且这么多年来，我好像并没有好好读过这本来历莫名的书。

柜子里的藏书

上高中的时候，我已经有了半柜子藏书。之所以说是半柜子，是因为那种老式的花花绿绿的柜子有两个箱子，一个母亲用来装衣服被褥等，另一个就给我装书了。掀开沉重的箱盖看到满满的一箱书在眼前，那种满足感是无法言喻的。我喜欢过一段时间就把书摊开在炕上整理一下，好像是某种检阅一样。一次就让做皮活的爷爷看到了，爷爷对我有这么多书表示了惊叹，并给予赞赏与肯定，说就应该这样，干啥的就应该务啥。

书是很容易被淘汰的，中学时收得的书，上了大学就难以再看入眼里，可以说我高中时视同宝物的那半柜子书，现在也许没有一本在我的书架上了。但这并不意味着我轻视那时候的自己，也许恰恰相反，那半柜子书好似一个要紧的良好的种子，使我的今天的家里举目皆书。我同样庆幸于多年前自己在兰州火车站附近与书的那次邂逅，老实说，那时候的我，偶涉书海，其实比一个盲人强不了多少，真正的好书我是没能力挑出来的。正是买椟还珠的青涩年华啊。然而回头来看，那时候只要涉足此境，即使得椟遗珠，也属大可庆幸。

旧书摊的常客

自从两千年搬到银川后，我就成了银川市几处旧书摊的常客。有日进斗金之说，这个我是不敢妄想的，但是说我十多年来日进一书，应该是没有任何问题的。专业写作的原因，我不坐班，多时蜗居家里，因此家人把我的去旧书摊叫上班，尤其周六，出来的书摊相对多些，在我几乎就是一个节日，有时日光映窗，见我还不出门，家人就会揶揄我怎么还不去上班。

我虽说是个写小说的，和社会却是疏于往来，因此到旧书摊上和形形色色的人晤面交流，也就成了我了解社会的一个重要窗口，近年来发表的文字至少有一半由此而来。而且和诸多书摊摊主形成了某种默契，之间有了友谊。一些人知道我需要什么书，有好书也会暂压箱底，给我放着，就在前几天，我和诗人梦也去逛旧书摊，过后我拿收得的书给他看，一本文物出版社一九七五年版的《鲁迅手稿选集四编》使他大感意外，问得于何处，我照直说了，他说那个书摊他细细耙梳过了，没见这本书的。自然是给他见不着，这书摊主小白就没有摆在书摊上，而是藏在暗处的，见我过来，小白使个眼色，我即心领神会地过去，掏钱拿货，好事成交，当时定价一块，我给小白三十，可谓各得所需。和我有如此关系的卖书人还有几个，想来心里不能不因此有好感觉的。

善读书可以医愚，我属下愚，虽勤读书也常有愚顽难化之感，所谓常读圣贤书，还是栽跟头，这让我感到读书的必要。有时候读到一句好话，有从死胡同里突出来的感觉，比如偶然读到古罗马皇帝马克·奥勒留的一句话，就使我有茅塞顿开，耳目一新之感，觉得这样的话置之左右，响于耳畔，对自己的身心都是有好处的。

不妨把这话写在这里：死亡就是对肉体服务的结束。

漏掉的好书

任何一个爱书人都会眼睁睁地漏掉一些好书吧。这样的事情即使回忆起来也是不愉快的，有痛惜感，错过了一段好姻缘似的。

淘书多年，这样的例子不少的。随手捡拾两个在这里吧。

一次去逛银川新市区夜市，在各种各样琳琅满目的摊点里，也夹杂着几个不合时宜的旧书摊的。这正是我的去处。那天刚到一个书摊前，就眼睁睁地看着一部老版本的《托尔斯泰传》被人拿去了。摊主只要了八块钱，八十块钱我也要的。我把这话有些冲动地说给了摊主，他一时没有明白过来那样子看着我，使我觉得他真是面目可憎。

还有一次某部门组织了一帮子人去旅游，途经西安，有半天自由活动的时间，我辗转打听，很快就出现在西安古旧书店里了。就觉得一双眼睛不够用了似的。买得不少书。还看上了一套契诃夫集，上个世纪五十年代版本，品相不错，有插图，价钱也合理，然而当时真是昏了头了，竟听信了老婆的话，没想到她的主要用意是怕花钱，其实回家途中我已经洞悉到婆娘的用心了，其实这种事就不该和她商量，就像她买化妆品不必和我商量一样。回到家里的第一件事就是和西安古旧书店联系，那套契诃夫让他们千万给我留着，我马上寄书款过去。但就像早就备好了一瓢凉水单等着泼向我似的，我得到的消息说，书已经卖出去了。放了多久无人问闻，我一买却就卖出去了，于今想来，心有痛感。所以见到自己心仪的好书，即使价钱高些，即使种种杂音盈耳，也应该果断出手，免落后悔。

出门的习惯

出门已有了一种习惯，即使一箭之远，去去就回，也习惯于在包里带一本小书，以备不时之需。有时也未必看，但带一本书在身上，总是感到踏实。举个不很恰当的例子，就像心脏病人出门记得带药一样，未必真会犯病，但带不带药在身上，心态是完全不一样的。

坐在车上的时候，开无聊会议的时候，排着长长的队伍的时候，只要有一本书在手里，你就不会像别人一样打那么多无聊的哈欠，不会像锅里爆炒着的豆子那样凶巴巴的。一本自己喜欢的书在手里，真好像吃了定心丸似的。

要是出一趟远门，需十天半月，那备书就成了一项很重要很费神的工作，带几本书？带什么书？都要反复掂量和取舍。我的习惯或经验是，一般带薄书，带两三本，精读，读完。出门带两三本书，但返回的时候，带着的书就不止两三本了，出行眼馋，免不得又买一些书带回来。

人生在世，恶习亦多，但这个习惯却实在是好的。

什么书都爱

淘书淘到后来，什么书都可能被我淘到手里，什么书都可能被我喜欢到难以释手，吾生也有涯，术业需专攻，刚开始买书淘书，还局限于文史哲，现在是早就溢出这个圈子去了。

举个例子，比如我就收了一批条编方面的书，收的原因是其中的插图好；收了不少外文版的书，其中文字，一个不识，所以收来，是因为觉得版本好装帧好；前段时间还收了一套四卷本的数学方面的书，辞书出版社据一九三五年版于一九八一年重印，作者叫长泽龟子助，日本人，这就还需翻译的，译者薛德炯、吴载耀，是用很漂亮的文言文译过来的，虽则我的数学，尤其几何，从来学得就不成样子，但用文言文读数学书，我还是很有兴味的。

也不妨摘一小段在这里：

四月十三日，向银行借四百五十元，每百元日息三分四厘，至其年六月二十五日归还，问应还之本银及利息若干？

走海撒网，钓各种大鱼，对于自己不计门类，见好就收的淘书路径，我越来越觉得此道正大，径直走下去就是了。

体育小记

1

　　昨晚看女足世界杯，赤道几内亚和澳大利亚对阵，赤道几内亚是多大的一个国家，过后上网查查。虽是闻所未闻的一个国家，却可以在足球世界杯上一展身手，中国号称地大物博（实际也是），却是在足球世界杯上不见影踪。男足如此倒也罢了，没人相信中国的男足会轻易参加得了世界杯的，但是，连女足也跟着男足学习了。因没有中国队参与，看世界杯的心情就已经有了两样。但是看来这个从未见过的赤道几内亚也是一个不好对付的主儿。中国若与之对决，胜负难料。澳大利亚足球亚洲称雄，但是和赤道几内亚对阵，也只是 3∶2 的小胜而已。接下来是巴西对挪威，在场面上看来，倒好像势均力敌，但巴西队有个人能力太好的球员数人，比如马卡等，有速度有体力有技术。终于以 3∶0 拿下挪威。我一直看到深夜。其实来日还有转播的，但是看转播和看直播，感受完全两样的。比如看直播是新婚之夜，看转播则是婚后数十年的感觉了。深夜里听到喜鹊的大叫声，不知为什么，听起来倒似乌鸦的声音，使人心惊和不安。是否要地震。是否需要从楼里走出去，到一个自以为是的安全处？但人心总是侥幸的。还是昏昏沉沉睡去了。听到夜鸟的叫声，整个夜晚因此变得凄清又怪异。

2

早晨看了美洲杯足球小组赛，阿根廷对哥伦比亚。阿根廷大牌球星云集，有像梅西这样全世界最好的球星，而哥伦比亚则在国际大赛中鲜见露面。但比赛结果是，两队踢成了平局，谁也没有进球，而且在场面上，哥伦比亚还略占上风。这真是奇怪的事了。据分析家说，之所以如此，是因为阿根廷队的主教练执教能力尚欠，虽然拥有豪华的阵容，但是他不能让球员们各展其长，协调作战。因此球星们虽个个身怀绝技，却无法施展出来。好钢是有的，无法用在刀刃上。分析家说，足球运动是一个团体运动，团队的协作能力和默契程度就至为要紧。梅西是天才球星，但如果全队都是梅西，球就没法踢。是很引人思索的话。镜头里屡屡看到梅西，梅西显得落寞孤单，还有些迷茫，好像一个将军忽然失去了他的千军万马似的。能力有，得不到展示，这就是战术的问题了。好的教练好就好在，他第一清楚你的能力，第二能最大限度地调动和运用你的能力。梅西在球场上的无法作为，正像富翁们在沙漠里无处把他满把的钱花出去一样。钱是有用的，只是富翁站错了地方。

3

从下午两点开始看姚明退役直播。为一个运动员的退役进行直播，这样的事，可谓空前绝后。姚明倒是看不来情绪上的大的起伏。倒是一些记者和朋友，显出时时会放声大哭的样子。姚是这个时代的神话。我看了中央台记者于嘉对姚明的专访，很受启迪。我在想，为什么会是他？为什么会是姚明？只能是姚明。他的篮球上的天赋和作为一个人的修养和历练，都在证明着这一点，为什么是他，而不是别人，他在时时告诉有这个疑问的人，只能是我，不会是别人。姚的笑真是好看。简直有些迷人。是那种单纯和开心的一笑。但是相对于他的经历，一定是经见了无数风浪的人。这个人，在这样的成就面前，仍然保持着对自己的清醒认识和谦逊的品质。仍然不忘说起在他成长阶段对他发生过影响，如今已被他所超越的人，比如王治郅。他坦言说，他曾经的梦想是最大程度地接近王治郅，从来没想过能超越他。于嘉问，那么你现在觉得超越王治郅了么？这本来是不好回答的问题。姚说，王治郅打球很有才华，他自己打球则很实用。是很好的回答。说出了各有所长的一面。谈到他和奥尼尔的对决时，显示的成绩是，两人代表球队比赛十四场，姚明略占上风。但是姚明说，他和奥尼尔不是一个等级的球员，他正好赶上了奥尼尔职业生涯走下坡路的时候，像奥尼尔这样的球员，只有张伯伦和另一个球员才可以比拟（另一人名字没听清）。姚明回答问题，真是醒人耳目，反应之快，出语之精准和出彩，都是难得多见。看来造化要着意成就一个人，就会不加吝惜地把多种不凡的才能集中在一个人身上，在姚明身上即能看到这一点。姚明曾当过奥运火炬传递手，又当过两届奥运会中国队入场仪式旗手。于嘉问，若是在火炬传递手和旗手之间只能选一个，你将选哪一个。这也是不好回答的问题。怎么答好像都会丢掉一个。但是姚明说，虽说鱼与熊掌不可兼得，但我既然已经都得到了，你就不要让我丢掉一个吧。最后，于嘉说，希望你离开球场有更好的发展。姚说，我只是换了一个球场而已。虽然有些外交辞令的味道，但听起来还是让人由衷地生出佩服的感情来。是的，为什么是他，只能是他。结果里必然包含着一切原因，看得见的和看不见的。天赋的和努力的。

4

　　看到一则体育消息，正在韩国大邱举行的田径世径赛上暴出了一则新闻，牙买加短跑名将博尔特因半决赛抢跑，无缘决赛。这真是难以料及的。博尔特在 100 米短跑中称霸世界，无人能敌，其优势非常明显，但是却出了这样的变故。可见这世上没有完全稳妥和有把握的事。记得预赛时看到自信满满的博尔特一边在赛道上做准备，一边在胸前画着十字。可见特异如博尔特，也是相信着绝对势力之上，也是有着某种不可预测的变数的。果然这变数就落在了他的头上，使他措手不及，使他难以置信，使他无可补救。人是一颗棋子，被看不见的手下着。想到这一点，既感到不自在，又觉得释然，交出自己，随它便了。无人战胜博尔特时，博尔特就会倒在自己的失误中。一边竭诚竭力，一边向冥冥中祈求顺利与成功。做事情的人，只能这样子。人狂妄时，魔鬼就跳到他的脸上，好趁机扮演他作弄他。即使跑得最快的人也须担心地突然裂开。

5

足球方面有一个说法很是耐人寻味，这个说法就是：无球时的站位和跑动。这一说法，几乎是有些玄妙，就像国画中的留白一样。留白不白。无球时的站位和跑动因其不被注意和变化莫测，从而带来更出乎意料的效果。既是科学的，又是神秘的。既是精准的，又是无处不在的。正因为无处不在，这才显出精准的一面来。其实无球跑动的时候，并不是真的无球，而是念念在球。不仅在此时之球，还在将来之球。其神妙有趣，足堪运思一想。

6

看篮球赛，有一种说法是：虽然打得不好看，但是有强度。两方面都感到了对方的难缠与争胜的不易。好话。写作有时候也是这样的。写得顺利，未必就写得好。另外看排球赛时，双方阵营里总是有一个和对方球衣颜色一样的人。好像混入客队的奸细。这个人叫自由人。这都是很耐人寻味的。让我想到八卦图。想到你中有我，我中有你。虽然你中的我和我中的你是不多的，但却一定是有的。这真是很有意思的。即使敌对的力量之间，也总是把对方的某个因素吸纳在自己里面。我看体育时，常常有所启发。积累多了，可成一篇不错的文章。

小说小记

1

　　我的写作以短篇小说为主。迄今为止出版的五本书里，有四本为短篇小说集。唯一的一部长篇小说《底片》也被人视作短篇小说的合集。我并不以此说为忤，反而从心底里产生认同。我觉得就身体状况和感知生活的方式而言，都决定了我充其量只能写一点短篇小说。我觉得写长篇小说需要牛一样的体力和骆驼一样的耐受力。长篇小说像我爬不上的高山和举不起的巨石那样，使我望而生畏。在长篇小说作家面前，我由衷地产生臣服之心。当然这也是相对于优秀的长篇小说作家而言，并不是谁写的字多我就服谁。仅凭蛮力写作的人是不足与论的。每每有人要投稿子和我交流时，我总是有所提防似的预先告知他，最好能投一个短的东西来。最好能从最短的东西写起，而不要一着手就写长篇。虽然短篇的分量感自不可与长篇相比，但小说的优劣与否却绝不会以篇幅的短长为计较。

　　我觉得在种种文体里，唯短篇小说使我情有独钟。这好像是量体裁衣一般合宜于我的一种文体。设想一下，要是没有这样一种文体，我还能写什么？我好像无从着手来写作了。我是一个整体感不强的人，难有大局观和大局意识。我感受生活的方式是零碎的，情绪化的，捉摸不定稍纵即逝的，所谓不见全林，唯见一叶。这也许使我更容易得到短篇小说的素材，也习惯于从短篇小说的角度去构思和处理到手的素材。我想，只要有可能写得好，那么仅短篇小说这种形式，这个载体，就足够我表达我对社会人生的一切看法了。我眼里的世界也是混沌无序，零碎不整的。这使我感到我可以写不少零碎的小说，却无法整合全力写一部大的小说。写大部头的沉甸甸的作品，首先自料无这个能力，但说老实话，也没有这个兴趣。我觉得凡事说说就行了，不必要说那么多。说多反而要游离本质掩盖真相了。

拿到一本书或刊物，我也总是习惯于从短篇小说一栏看起。短篇小说里，也要从最短的一篇看起。我想这不仅体现了我写作和阅读上的兴趣，更体现了我的一种我自己都不能觉察的人生态度吧。

2

这些年看短篇小说，也日渐积累了一些自以为很好的作品，不凭资料，仅据记忆，随手写出一些在这里，以便和同好交流：

中国作家的：

鲁迅的《伤逝》《孔乙己》，老舍的《老字号》，赵树理的《催粮差》，孙犁的《红棉袄》《访旧》，王蒙发表在二十世纪八十年代初《小说界》上的《小说二题》，张贤亮的《普贤寺》，张承志的《辉煌的波马》，史铁生的《恋人》《借你一次午睡》，莫言的《大风》《地道》《嗅味族》《沈园》《小说九段》，曹乃谦的《到黑夜想你没办法》中的若干小说，阿来的《鱼》《短篇三题》(获《人民文学》奖那组)，陈继明的《蝴蝶》等。

外国作家的：

托尔斯泰的《三死》，蒲宁的《末日》，梅里美的《马铁奥·法尔格尼》，辛格的《两片树叶》，马尔克斯的《巨翅老人》《礼拜二午睡时刻》，安德里奇的《百叶窗的影子》，毛姆的《被毁掉的人》，川端康成的《五角银币》，井上靖的西域题材小说《洪水》《永泰公主的项链》《明妃曲》，中上纪的《贝壳》等。

如果细想，还可以想出一些来吧。

之所以不避琐屑，一一列出如上篇目，就是要说出我心目中好的短篇小说的样子。

我的宏愿是，如上小说，造化助我，如果能写出三五篇来，则不负此生。

3

有一次听古琴弹奏《阳关三叠》，听得沉溺，有痴醉感。

那么简单的旋律，何其丰足的意蕴。凭此单弦琴，听得绝好音。我似乎从这里窥得艺术的某种极致。也忽然想起了自己倾心已久的短篇小说，我想，什么时候，写出一个短篇来，使人一读之下，如听古琴里的传出的《阳关三叠》，那会是什么样的小说啊。虽不能至，心向往之。

医案选

清·王蓉塘　原著　　石舒清　译

李香泉

我在城东三道河读书的时候，有一个叫李香泉的朋友，四十多岁了，还没有一次考中过秀才。他素来喜欢喝茶，从早到晚，每天能喝茶几十碗。只要见到炉火旺烈，鼎水沸腾，他就喜形于色。时间长了，他的脸上就少有血色，饭量也减少了。每每到了初秋时候，常常彻夜难眠。天快亮的时候就觉得渴得厉害。他从家里去私塾时，常常带着药丸，早晚不忘服用。随身还携带熟枣一袋，不时就往嘴里丢上一枚。我问这是什么缘故，他说这是从医书上看来的，医书上讲，大枣能安神，他苦于睡不着觉，因此常常不忘食用。我就问他服什么药？他说他请教了一个信天主教的医士，名叫王凝泰，王让他服用"人参归脾丸"。王医士的道理是，香泉的病是由于读书劳心，心血亏损所致。我说，服后有效么？答说并不见效，但是也没有什么害处。我说那么让我给你看看。我给他诊脉，脉多弦急。我对香泉说，这是水停不寐的原因，不是血虚的原因。你的头一挨枕头，就会觉得心头颤动不已，而且两胁有闷胀感，小便也不利，时时觉得口渴难忍，因此才睡不好，如果把水的问题解决了，你就能睡得香了。你服用归脾丸其实是不对的，时间长了，水气上腾，就会头昏呕吐。年纪再大些，恐怕会得水肿病。香泉说，你说得对极了，赶紧给我治一下吧。我就让他服用

"茯苓导水汤"。当天晚上约二更左右，香泉就起来小便了五六次，再入睡时就安稳了许多，在睡梦中还说梦话"好爽快"。一觉竟睡到大天亮，起来发现被褥都被尿湿透了。从此就不再多喝茶，饭量也加了不少。我让他继续服食"六君丸"，用来强健脾胃。

香君碰到人就说我的好处。

张兄清之妹

老乡张兄清的妹妹，回娘家好几天了，忽然觉得胸口胀满，茶饭不思。还呕吐咳嗽个不停。她的妈妈怀疑是有身孕了，请我去看，我号脉时，发现六脉平顺，左关带滑象。我就告诉病家说：这个病的起因是肝气不顺，郁闷生火，肝又影响到胃，因此不想吃饭。我于是开了"逍遥散"的方子，加上丹皮、山栀，用来清火解郁。只服用两服药就好了。

王维藩

记得邻村有个叫王维藩的郎中，以给人医病为生，家里也有个药铺。村里一妇人，胃痛，找上门来让王看。王维藩采用了"失笑散"的方子，这个方子出自《海上方》一书。一吃竟很快好了。从此以后，凡是有心口痛者或胃不舒服者，王维藩都用"失笑散"来治，有时有效，有时无效，说来各占一半吧。王维藩喜欢吸大烟，一天忽然觉得胃痛，他给自己也开了"失笑散"的方子，结果痛得更厉害了，半夜里实在痛得受不了，又是撕枕头又是捶床，天还没亮就死掉了。

我就想为什么会这样。"失笑散"是解瘀的药，那个服之立效的妇人，一定是血瘀凝滞，因此吃了管用，若不加分析明辨，什么病都用"失笑散"来施治，不免要误人性命了。

王维藩不知用"失笑散"医死了多少病人，他最终自己死在这个方子上，说来未尝不是报应。学医的人，一定要谨慎啊。

李喜阳之女

我的邻居李喜阳，和我往来很是密切。庚申年秋天，生下了一个女儿。李的女人奶水丰足，因此他们的子女小的时候，无不肥健喜人。一天我到他家闲逛，看到他的小女儿昏睡不醒，喉咙里发出锯东西一样的声音。我问这是怎么了。李说他也不知道，今天早上忽然就成了这样，喂她奶不吃，二便闭塞不通，肚子也膨胀得如鼓一样，是不是受了惊吓，恐怕没有救了，一家人正着急着要去找我呢。我说，不要担心，哪里有你说得那么严重。我摸了摸，觉得病人身体滚烫灼人，肚子胀起老高。我说，这是积乳作祟，积乳一通，自然就好了。李喜阳的表兄，在不远处开着一片小药铺，我就让李赶紧拿出纸笔，写好"白玉饼方"，等李喜阳拿药回来，即刻捣药成末，给病人强灌下去，只两刻许，就听到病者胸间辘辘有声，排出秽物好几次，汗也没了，热也退了，睁开眼睛哭起来。给她喂奶时，她好像饿得厉害，边哭边吃。

我就告诫李喜阳的女人说，你以后喂孩子奶，切记要从容，不得慌急，而且喂奶的时候，一定要坐着，千万不要睡卧着奶孩子，如此就不会出这样的事了。那女人一听就笑起来，原来头天晚上，她正是侧睡着喂奶的。李喜阳就把女人痛骂了一顿。

赵楚仁之女

邻居赵楚仁，在天津做典当生意，家境不错，他的妻子性格比较霸悍，生了几个女儿一个儿子，两口子很疼爱子女。戊午年夏季的一天，赵的五女儿，年纪约六七岁，开始出天花。派人把我请去看看，我看到孩子身上的天花像蚕豆一样密集，平板细碎，几乎周身都出遍了。尤其嘴唇四围，密密麻麻的，一点空隙都没有。而且手脚发硬，饮食不进。我问出花几天了？答说两天。问发热不？说倒不是太热。我又问了两便情况，大便有些稀，小便有些多。我说，出花发热，三天之内，从头到脚，渐次出现花点，如果天花颗粒分明，形色红润，而且饮食如常，两便也没有什么异样，就没有什么问题。现在你女儿的天花，不到两天时间，就已出齐，形色、两便、饮食又是这样的情况，尤其嘴唇周围，天花密锁，不是好迹象。恐怕已是不治之症。赵的女人对我的话十分反感，几乎要骂我了，赵楚仁给她频频使眼色，女人才好不容易忍住怒火。我说，我是来看病的，不是来给你们惹烦恼的，十天之内，如果有谁能治好这个病，我愿意拜他为师，说完我就要走，那女人的霸悍样子我受不了。但是赵楚仁拉住我不放手，让我无论如何开一个方子留下。我就开了"升麻葛根汤"，又加了参芪给赵楚仁，我给赵楚仁说，这是没办法的办法，不一定有效。第二天赵却急急跑来，说服药后有效果了，请我务必再去看看。我坚辞不去，知道去也白去。赵楚仁气呼呼地走了，请了别的医生去。还不到十天，当天花微涡下去时，这个小女孩就死掉了。我听了觉得难过。

赵楚仁一家因此很信任我。后来在街上碰到赵楚仁，他施以长揖，向我道谢。我说病没治好，道什么谢。赵说，要是早早听了你的话，就可以少花钱了。只有商人才这样说话。我说，说来也有定数，要是不花后来那些钱，说不定你的女儿也许不死呢。赵楚仁擦着眼泪走了。

孟嘻之妻

我的朋友孟嘻，妻子四十多岁，刚刚生过孩子时间不长，肚子里疼痛难忍。请我去看。按她的两脉，实大而坚，我知道这不是好的征兆，担心朋友接受不了，我没有明言。虽然开了"人参泽兰汤"让病人服用，但是没有疗效。又来请我。我说，如果疼痛不减，就说明我的方子无用，请找别的大夫吧。孟嘻不愿意。多次登门请我再去看看。没有办法，我只好实话实说，一般来讲，产后的脉象，宜缓宜小，现在病人的脉却坚大不弱，恐怕是难治好的病。孟嘻说，麻烦你再开一方子，若万一无效，我也不埋怨你。我说，这不是埋怨不埋怨的事，只怕我白费气力不说，也让你白白花钱。孟嘻有些疑惑地离去了。

后来接连请了十来个大夫，都毫无效验，五十多天后，病人就不治而亡。

张文泉

同乡张文泉任司马一职,是我的学弟。丙辰年春,他先后入秦赴任,公务之暇,张文泉喜欢设宴招待亲朋。他的亲戚乔某也是介休人,在湖北郧阳府供职,为提饷事来到秦地,就住在张文泉家里。张文泉原本就是一个大方人,对自己远道而来的亲戚更是不在话下。然而这个乔某,却有些贪得无厌,不知好歹。好吃好喝之余,他还要洋烟抽。洋烟而外又要衣服。衣服而外再要钱财。文泉稍有不乐意,乔某就吹胡子瞪眼,好像文泉倒欠了他的。时间长了,文泉终于有些不堪其扰,想寻个法子打发他走。但是军饷一时筹措不齐。如此又延耽了两个月左右,乔某终于要走了,临走之时,乔某又百般辱骂文泉,挽袖捋拳,几乎是要打他一顿才能罢休。文泉这个人,虽然个性豪爽,却拙于言辞。积郁在心,不能发泄,心里的憋屈真是无法言喻。一天他从咸宁到我这里来,和我晚餐时,说到这个事,这个好客的人几乎要落下泪来。我劝他说,像这样的不仁之徒,不必与他计较。现在他已经远去了,那么就忘了这段不愉快吧。文泉离去不久,忽然派车来接我,我到时见他呕吐满地,汗下如雨,面色很是难看。他到底想不通,气不过。我给他号脉,六脉都伏而不强。我知道这是气郁而逆,再严重些患者会昏厥过去。忙忙捣了半碗生姜汁,给他灌下去,过了一会儿他不吐了,然而胸闷气促,转侧难宁。就给他服用了"越鞠丸合顺气汤"。天亮的时候,他的肚子里安静了,让他继续服用这个药,又过了三天,他就完全好起来。

曹某

商人曹某,不记得他的名字了。这个人酒量很大,饭量也不小。盛夏时候,他经营生意,往来奔波,一旦口渴,常常食饮生冷之物,于是导致消化不良,头痛发热,腹胀神昏。别的大夫以为是感冒,从祛风的角度来治疗,无效验。就请我去看。我号脉时,发现右关坚大,右尺弦缓,也没有浮象。我的结论是:这是不注意饮食,伤了胃,不见食物便罢,只要见到，就想呕吐，属于伤寒病中的五症之一，当作感冒伤风来治，可谓南辕北辙。我采用"金饮子方"再配以大黄、槟榔等，吃了两服药，热就退了，肚子也不胀了。五天后曹某亲自来道谢，又说到一个情况，曹说他没病之前，常常有呕吐手颤的毛病，不知是什么缘故。

我认为别无原因，是他喝酒太没有节制了，我让他服用"葛花解醒丸"，一定会好起来。曹某听了我的话，服用"葛花解醒丸"到半斤左右时，就把这个老毛病彻底治好了。

伶人某

有一个唱戏的，忘了她的姓名。是四喜部有名的旦角。六月初，出演《泗州城》，引起轰动。某官员痴迷她的演技精湛，花钱请她演一折《卖武》。她收拾齐整，刀枪剑戟，十八般武艺耍了个遍，在台上折腾了足足有两个时辰，这才到后台卸妆。妆还没有卸下，她就呕吐不停，好像把五脏六腑都要呕吐出来。戏班的人忙忙把她送回家里，这时候她不呕吐了，然而却昏不知事，在一边推也推不醒来。她的师傅很愤怒，派人去找那个官员。官员早就听说我是个看病的，托人请我去看看，我到时见病人汗出如油，一脸的残脂剩粉，不成样子，而且呼吸迫促，呼而无应。提起她的腕子诊脉，觉得六脉浮濡，按重些时脉却消失不见了。我让守她的妇人用热鞋底温暖她的肚脐处，过了一会儿，她缓缓睁开了眼睛。接下来我让病人服用了大剂量的"香薷饮"。此后两天，她一直显得较为平静。又过了三天，有人送来名片，姓名是陌生的，门人说就是那个唱戏的，她是来道谢的。我躲起来没有见她。

田大授

同村的田大授，家境还行。年老无子，他的老婆性格凶悍，因此田大授也不敢娶小老婆。后来因为变故，田的家业损失不少，田大授因此郁闷得病。城里有一个老大夫，叫荣同，田大授素来信任他，就去找他看病。荣同先是认为受了风寒，治疗无效；又作年老气虚来治，也不见好转，反而越治越重。荣同就让田大授来找我。我号脉时见田肝脉滑数，脾部见弦急，而且三至一息，我就说，你的这个病啊，说来还是肝气郁结，我给你用心看，只怕医病不医命。田听到这话变了脸色。他恳请一个方子。我让他把"逍遥散"和"左金丸"配合着服用。吃过几服，病势就缓和下来，他也能吃一点东西了。他很高兴，又来请我把脉。我觉得他的肝脉有改善，脾脉却依旧。知道这样的病终将不治，但还是开了"逍遥散"给他。田大授坚持服药，情况看起来大有改观，他显得精神旺健，还很有兴味的到一些地方游逛。有一次村里来了戏班子，在庙庑里上演，田大授也来看戏，喜不自禁地告诉我，他的病完全好了，再没有什么可担心的了。我心里说"脉至不息才好啊"。

后半年，我因事去京都，返回来时已是阳春三月。问到田大授的近况，说他已去世好几个月了。

寺僧昌裕

丁未年，我在老家的一个寺庙里隐居读书。这一年，按中医讲，属太阴司天。自五月后，阴雨连绵，地上湿滑泥泞。而农家忙于农事，有时不得不露宿于野。外感风寒，很容易得疟疾。我就预先准备了一坛常山药酒。六月下旬，果然疟疾大作。十个人里，五六个人都难得幸免。前来我这里索要药酒者络绎不绝。因此使不少人死里逃生。到七月中旬，疟疾势头渐弱下去，药酒也没有了。

我寄居的寺里，有一个僧人，叫昌裕。虽说是出家人，却无赖难缠。因我在寺里的缘故，他还稍知收敛。不久也得了疟疾，向我讨求药酒，我说酒没有了，再酿制也需一段时日，短期内肯定是没有酒的。昌裕好像认为我太吝啬了。我就把他叫来，对他讲，你错怪我了，我施药大众，岂会在你一人上吝啬。不过同患疟疾，但各人虚实禀赋不一样，即使从我这里得到药酒的人，也未必人人有效，也未必人人同效，我根据你的情况给你再看看如何？昌裕转怒为喜。我就给他诊脉，觉得弦而迟。我推断他患的是寒疟，发作起来，必然多寒少热，先寒后热，而且身体疼痛，少有汗出。昌裕说正是这样。我就用"越婢汤"给他驱寒，两天后他的疟疾明显转轻。

总共吃了五服药，他的病就全好了。

黑六

黑六应该是绰号吧，忘了他的真实姓名。一天黑六突然腹痛难忍。强撑着来到我家里，跪下来求我救救他。我问他是怎么得上这个病的。黑六痛得流着眼泪，说昨天他吃了半大碗莜面条，然后去瓜地里劳动，渴得厉害，就喝了两碗凉水，回到家里，肚子就痛起来，胸口感到憋闷，手按一下有刺痛感。我说，这是食积不化。但你的胸中像石头塞洞那样，没有空隙，用药来治，恐怕药弱而病强，药对病无可奈何。黑六说，那先生你说咋办好，难道让我就这样痛死吗？我说你想让你的病好，必须找一个力壮的人扶了你，在开阔的田畴间多走上几个来回。黑六以为我在开他的玩笑。见我一脸严肃，就说他实在走不了。我说不这样就治不好。黑六让我再想想法子。我就用大剂量的"承气汤"配上麦芽、槟榔让他服用。我让他服用三服即可，若无效，不必再服。黑六这才回去了。吃第一服药后，黑六感觉好像有什么东西从胸口那里坠落下去了；吃到第二服药，突然下气暴作，忙忙提了裤子往厕所里跑，像脱底的水桶那样不可收拾，这样肚子里就空了。

病好了，黑六就肩了犁去耕地。

强学潮之妻

强学潮是个大夫。他的老婆生得蜂目豺身，不是个好东西。强学潮去世后，这个女人更加的没有忌惮，虐待儿媳，只对自己的女儿好。在家里动不动就打骂儿媳。她的女儿正好嫁给我们村里的王姓人家，粗悍不讲理，正和她的母亲一样。强学潮老婆已年过花甲，但是每天都会来我们村子儿趟看女儿，走起路来年轻人都赶不上她。壬戌年春，她因为生气，食而难化，心口和胃都痛起来。刚开始她还忍耐，后来终于忍不住了。去找一个姓任的大夫看病，任是一个江湖郎中，说她是年老气虚，需吃补药。吃上后痛得更厉害了。再去找任大夫时，任拒绝给她治了，说你这个病治不好了。她的女儿知道我会看病，就请我给她母亲看看。我本来是不愿给这样霸悍的女人治病的，但禁不住她的女儿女婿的一再恳请，就答应看看。号脉时我发现她的右关实大而滑数，兼肝气郁结。一定是生气后又进食，食为气壅，因此郁而生痛。她的女儿一边夸我脉号得准，一边就指责起她的母亲来，说我常劝你不要生闲气，你不听，现在病得上了，你怨谁呢？我让她们母女不要当着我的面相互攻讦。就开了"越鞠平胃散"，配以枳实，又大剂量的加用了香附。我说，开上两服药就行了。

过了四五天，在街上碰到强学潮的女儿，说她母亲的病已好了，一再给我道谢。

乔某

介休县田村，有个姓乔的人，没记住他的姓名，年老之际得了痹症，手足疼痛，痛点游走无定，难以捉摸。不少大夫都当作瘫痪病来治，药吃了不知多少，一点效果也没有。就这样委顿不振地活着，家里已给他准备好了丧具。好在痛则痛矣，饮食两便都无大碍。田村有一个经商的人，知道我，就让他家请我去给老人看看。我到他家，在见到病人之前，先向病人的儿子了解情况，我问尊大人得的是什么病？乔某的儿子说是瘫痪病。我说，老年人得这种病，十有七八治不好，恐怕治也无益。但是既然来了，就看看吧。老人住里屋，看见我即拱手致意。问答之间，感觉他口舌便利，神清气爽，没有我想象的口眼歪斜的样子。我问他手足麻木否？答说，并不麻木，只是时感疼痛，痛不可忍。号脉时，发现他六部都显得缓而且沉，兼带弱象。我说，老人家你害的既非瘫痪，也不是痿症，而是痹症。常感四肢滞拙，重不可举，举手投足，都需人帮忙才行。乔某说正是如此，问他的病还能否治好。我说治是能治好的，但是不能心急。十天半月内，要立见功效，没有这样的事情，如果谨遵医嘱，大量吃药，早则三个月左右，多则半年，一定能做到扶杖而行。乔某高兴极了，说只求病好，不求速效。我先给他配了"理中汤"，另加附子、苍术；吃过五服，痛势减缓，食量也有增加。换了"羌活胜湿汤"，另加牛夕、肉桂等，让他多多服用，半月过去，不再感觉疼痛。只是举动迟缓，行步还难，针对这个情况，我开了

"白术附子汤"，另加松节、草节等。叮嘱服过十服之后，把它做成药丸来服用。同时让人早晚扶掖病人，勉强行走。如果能走出几十步，就是好的征兆。乔某很谨重地记下了我的话。

过了三个多月，病人穿戴齐整，坐着车子来看我，还带着礼物。这时他已能行走如常，只是上台阶的时候，迈过门槛的时候，能看出不便来。这时节还不能过于劳顿，我就让他尽快返回以利调养。

这一年冬日，我在酒肆里碰到了乔某，已好如常人。

又过了十多年，乔某的儿子来我这里看眼病，说到这个事，我才记起来，就记录了下来。

乔夏清

乔某的小儿子叫乔夏清，辛酉年，忽然出现在我的门口。他没有唐突进来，先递入一封函件，写得文雅谦抑，很得我心。就把他请进来。原来他已入过县庠。据夏清讲，一别十多年来，他的家道已不同往昔，早显零落。嫂嫂又很妒悍，为了不生闲气，免受虐待，他就到祁县授徒舌耕为生。开春时候，忽然得了眼病，两个眼珠痛不胜痛。晚上尤其痛得紧。找过几个大夫，都没有治好。忽然想起少年时候，我为他老父亲治病的情景，认为我是有确见的，就远道来找我求医。我拨开他的眼眶看，只见眼球周围已经起了白膜，还杂有红血点。号脉时，左关弦滑，尺微细。我说，你这个病，起于阴虚肝郁，好在病时不长，若再延宕数月，就会出现翳膜，遮住眼球，那时候就不好治了。我开了"疏肝散"和"杞菊地黄汤"，嘱他先服"疏肝散"三四剂，可止痛；再服"地黄汤"近十剂，谅必好起来。每天晚上睡觉之前，用火酒洗眼，注意避风寒辛热，如果做到这些，就不必再跑这么远的路来求医了。

夏清就带着药辞谢去了。

半月之后，夏清又远道而来，一为眼病痊愈道谢，同时他还带着一个姓郭的人来看病。恰逢我遇事外出，一时不能回来，他们就回去了。从此再没有见过夏清。

祁相国之一

寿阳祁相国，退休后没回故里，就住在京城。相国素来有头晕病。发作起来，常常觉得天旋地转，几乎要跌翻在地。请过不少医家看视，都认为是虚症，因此相国就常服用参芪一类，未曾离口。但是病却缠绵不去。天阴多雨时节，病情会愈加严重。一天，下了一阵小雨，雨后相国就把我请去，谈到他的病情，问可有法子一治？我见他左寸独虚，右三部一概滑而且缓，就说，您这是劳心过度，脾湿停痰，时作时止，身重力疲，要得好转，非祛痰不可。古人讲，祛痰不从脾胃着想，就不是从根本上治疗。脾健则痰消，痰消您的眩晕病自然也就好了。这之间是有因果关系的。我就用"六君子汤"加了益智、泽泻等，嘱相国服用，五服之后，即不再感到眩晕。

相国就设宴招待我，席间，相国对陪坐的人讲，因痰致晕，闻所未闻，起初润园这样说时，我还心存疑惑，吃了他的药，竟把我的多年老病给治好了，如果不是深明脉理，是不会有如此的见识的。我觉得相国过奖了。

祁相国之二

仲秋时节，听说相国又得了胳膊痛的病，先是让他的一个部下给看。相国给那人说到我看病的经过，并且把我治病的法子也告诉了他。那人于是就附会说，我的见解是很有道理的，如今相国胳膊痛，原因不在别处，也是痰在作祟。还危言耸听地说，相国此病若不早医，必致瘫痪。就给相国开了"大秦艽汤"。相国吃了药，不但无益，反而病情更重起来，四肢屈伸都不方便。睡不着觉，吃不下饭。他就撇开部下，让他的儿子子禾来请我。我连忙去了。相国的脉浮而弱，脸上总是出汗。然而谈锋甚健，神气清明。我给相国说，您这是胳膊受了风寒，小病一桩，您的部下言过其实了。也许他畏惧您，不得不说得重些。风在表皮，先生放心，三剂药后，必有改观。于是开了"东垣羌活胜湿汤"，加威灵仙、苍术各两钱。只吃了一服药，痛就减轻了；三服药后，就完全好了。第二天我和相国闲聊。相国认为我的受风寒之说是不错的。相国的书法很好，常有人带着宣纸前来索书，堆积盈案，来不及写，近日正好有闲，心情不错，就打开窗户写字，窗外多竹，听得风摇竹叶，飒飒有声，顿感有寒凉之意。晚上睡觉，就觉得胳膊痛起来，让你一说，我就想起这些细节来。但是为什么都用发汗药呢？我有些不大明白。听了相国的话，我说，您操心事多，医术是小技艺，您因此没时间钻研，羌活、藁本，都属疏散之药，并不是用来发汗的。

我后来在陕西任职时，相国还写信来，和我讨论这方面的学问。

祁相国之媳

相国的大儿媳妇，也就是子禾的妻子，性格暴烈。但是相国家法很严，家规也多，大儿媳妇于是就郁积成病，腹胀不适。月事竟然连着两次没有来。都以为她是怀孕了，也就没有理会。子禾正好没有子嗣，因此很高兴，买来保胎药让她服用，但是肚子胀得更厉害了。一天，子禾趁公务之暇，邀请我去看看。病者脉象左关弦急，应属肝热瘀血。我就让把"逍遥散"和"左金丸"配合着服用。子禾依然觉得妻子是怀孕了，只要不是保胎药，就不情愿吃。我说，肯定不是怀孕啊，两个月的孩子，肚子哪里会大成这样，放心吧，我也不会让真有身孕的妇人吃这个药。就勉强吃了两服。肚里没那么胀了，但月事还是迟迟不来。又加了"味乌药汤"，月事就来了。

子禾虽然没有得到子嗣，从此对我却很是信任，家里无论谁有病，都请我去看。

王丹文之母

我的本家王丹文的母亲，夏天的时候，染上了疫症，断续几个月都不见好，前后找了不少大夫看，病是渐渐轻松了，但是苦于头痛发热，心里烦躁不宁。加上丹文的母亲性情不稳定、躁急，一时服药，一时又不情愿服了，不管亲邻怎么相劝她也不肯。一天，老人头痛难忍，丹文就特意把我接去，让我好好给看看。因是本家的原因，老人呼我侄子，我也称呼老人伯母。脾气犟得很，我开导再三，才答应服药。老伯母脉相沉数，肝部涩，左寸微。我对丹文说，这是血虚肝郁的病。若滋阴润血，可治发热，而且"乙癸同源"，血润之后，肝也必舒。就开了"归芍地黄汤"，另加薄荷、山栀用来清火解郁。二天后，丹文来我家，说老人的病情已大见改观，不发热，也不再呼痛，只是脾气依旧，又不好好服药了。我觉得老人的病已无大碍，她既不愿服药，就随她吧。

李友兰

我的同年李友兰，也颇精医道，辛亥年在会馆闲住，得了痛症。或手或脚，或头或腹，或腰或胁，发作起来没有个定时，也没有个固定的痛处。自以为是痹病，先用"续命汤"来治，无效；又以为是伤寒，换服"麻黄汤"，也没有效果。一天和我闲聊，对我说，他的病怎么如此难以捉摸。我说让我看看吧。他的脉相缓而且滞。我断言说，你这个病因在于湿痰流注。我正说着，友兰忽然打断我，不让我再说，他说他已经知道是怎么回事了，让我破题即可，下文由他来做。我们相互一笑就告别了。过了几天，友兰的病已好了许多。我问他服的什么药？友兰说，你我都属个中人，不必费神猜测，这样吧，你说说我所服何药。我说，不过是"二陈汤"加苍术、姜黄、羌活、独活罢了，难道我说的不对？友兰就拿出方子给我看，上面种种，与我所述如出一辙，不差分毫，当时在座的还有几个人，对我们两个之间默契如此都甚表惊讶。

拳党首领之死

英文著者：濮兰德　白克好司　　文言文译者：陈冷汰　陈诒先
白话文译者：石舒清

写在前面

　　此文选译自《慈禧外记》（珠海出版社 1995 年版）一书，著者为英国人濮兰德、白克好司，后为陈冷汰、陈诒先译为文言文，我从中选出"拳党首领之死"一节，由文言文译作白话文，各位读完此节若有兴趣，不妨寻到全书来读，这是非常值得一读之书。这是我们的历史，我们是从这个历史中来的。说人是历史的结果，也并非全无道理，这个且不多说。

　　在这里简单说说这篇文章的背景，拳党首领，指的是支持义和拳的大清重臣，计有庄王载勋、端王载漪、吏部尚书刚毅、刑部尚书赵舒翘、山西巡抚毓贤、甘肃提督董福祥、都察院左都御史英年、军机大臣启秀、大学士徐桐等等，当洋人入侵中国的时候，这些大臣都是主战派，主张借义和拳之力与洋人抗衡，慈禧先是和主战派站在一起，力倡一战，"太后悬赏购京中洋人之头，且谕令毓贤杀尽山西之洋人"（摘自《慈禧外记》），后随着战局不利，义和拳连连败北，被迫离宫西逃的慈禧为自保计，即将当初主战大臣，一一治罪，本节说的即是治罪的大致过程。

　　顺带介绍一下本文作者：

　　濮兰德（1863—1945），时任英国《泰晤士报》驻上海记者；

白克好司（1874—1944），英国人，汉学家。

白话译文

中国官吏无联合之力，少任事之勇，缺爱国之心。每值时势危急关头，常常意气消沉，畏懦不前。但从他们的古老传统中，也有一个特别值得关注的方面在于，中国臣民，一旦得到朝廷赐他死罪，都罕有抱怨，安然受之。受死的一刻，也从容慷慨，少有惧意。辛丑议和的时候，各国使臣都将严加惩处拳党首领为一重要条件，看那些首领们领命就死一刻的言动意态，也是可以为证的。由此可以很充分地看到中国人的性情之异于我们。中国政府之所以坚固难摧，不易动摇，实在和中国人的这一特殊性情大有关系。事君则竭其力，忠君则无二心，这正是孔教的大义所在。辛丑议和时，各国都催迫慈禧太后下令，杀掉拳党首领及一切支持拳党的人，太后起先不同意，因太后自己就是支持过拳党的人。但经与各大臣商议权衡，觉得若不满足各国要求，则议和难成，和平无望，不得已，于是在一九〇一年二月，也就是光绪二十七年，下谕定数人之罪，罪名为"倡首排外之人"。虽则诸谕均假皇上之名，出荣禄之手，但谁都清楚此皆秉慈禧之意而为，慈禧为了保自己的平安，即赐忠实于自己，并格外卖力的各大臣之死。这是不能不令人感慨万千的。

虽则太后定了数人之罪，但仍然不甘心完全满足列强们的过分要求，太后的打算是，从拳党首领中救下自己感到亲近的三个人，这三人是：端王、澜公、赵舒翘。这一点从上谕中也可以看出来，让我们来看看这篇信息量颇大的上谕吧：

> 京师自五月以来，拳匪暴乱，开罪友邦。现经奕劻、李鸿章与各国使臣在京议和，大纲草约已由双方签字画押。追思肇祸之始，实在是出于各大臣昏谬无识，嚣张跋扈，深信邪术，挟制朝廷。朝廷累下剿除拳匪之谕，彼等抗不遵行，反而纵容拳匪，妄起战火，以致拳匪气焰大张，聚数万之众集京师要地，若烈火浇油，势不可遏。尤不可恕者，彼等令鲁莽乌合之众，围攻各国使

馆，为时数月，酿成奇祸。当其时也，社稷贴危，陵庙震惊，地方蹂躏，生民涂炭。朕与皇太后危困情形，无以言喻。于今思来，痛心疾首，悲愤交集。诸大臣深受国恩，不思为国分忧担责，反而纵匪惹事，上危宗社，下祸百姓，自问当得何罪？虽则日前已连颁两道谕旨，以示惩戒，但仍感轻于法而宥于情，难服众心，因此度其罪行，追加处罚，以期罚罪相当。

追罚如下：

庄亲王载勋，纵容拳匪，围攻使馆，出违约告示，信匪官大言，枉杀众多，虽则前已革职，难抵其人之罪，特命其自尽，派署左都御史葛宝华前往监视督促；

端郡王载漪，率领诸王贝勒，轻信拳匪，妄言主战，此一切事端，彼难辞其咎，其人已由前谕革职罢用；辅国公载澜，随同载勋，妄出告示，罪有应得，前谕已革除爵职。度其罪行，犹应追罚，但念及此二人均系太后亲眷，特予加恩，将他二人发配新疆，永远监禁。

山西巡抚毓贤，曾任山东巡抚，其当政山东时，即妄信拳匪邪术，至今犹不思悔，倡言义和拳如何如何不得了，诸大臣纵信拳匪，与毓贤一意煽惑关系甚大，其在山西任内，更是变本加厉，杀害教士教民多人，昏谬凶残之至，罪魁祸首一个，前谕已将该大臣发配新疆，掐指算来，彼大致已到甘肃一带，传旨即行正法，派按察使何富坤前往监视行刑；

大学士吏部尚书刚毅，袒庇拳匪，构成巨祸，并曾出违约告示，度其罪，本应治以重典，但其人已亡，夺其原官，即行革职；

甘肃提督董福祥，统兵进京，纪律涣散，又不谙交涉之道，行事鲁莽。念其虽围攻使馆，也实由前述各王指使，身不由己，情非得已，且该大臣在甘肃任上，尽心尽力，功勋卓著，回汉群众，均表满意，纵使如此，其咎难辞，着即行革职罢用；

都察院左都御史英年，在载勋擅出违约告示时，曾加劝阻，只此一端，有可原处，惜乎未能力争，于事无补，前谕已革其职，难抵其罪，追罚其死刑缓期执行；

刑部尚书赵舒翘，前谕革职留任，查该大臣于诸友邦并无嫉视之意，此前查办拳匪时，也略无庇纵之词，但其渎职贻误，咎也难辞，特加恩判处其死刑缓期执行；英年、赵舒翘二人，可先将他们于陕西监狱暂为监押；

大学士徐桐及四川总督李秉衡，已殉职身故，均着革职，先前允准的抚恤事宜，现一并撤销；

此谕既下，凡我友邦，深望能体会朕之苦心，此番拳匪之乱，实由上述诸大臣昏不晓事，非出于朝廷本意，而朕于诸大臣之惩处，也是重拳迭出，有目共见。料必已达各方之满意也。

然而列强之心，并没有因此获得满意，认为至少对端王、澜公的处置，还重拿轻放，存意庇护。和谈因此耽延，朝廷进退两难，遂于一周之后，太后又下一谕，此谕定端王、澜公二人死刑，缓期执行。刚毅虽死不饶，开其棺而戮其尸。实际在中国人眼里，开棺戮尸的痛楚和侮辱是有胜于发配杀头的，实为中国人之最难承受者。赵舒翘、英年二人，前判为监斩候，又改判为令其自绝。军机大臣启秀还有徐桐的儿子徐承煜，在北京被处决。

其后又应列强之请，将当初五个主和派大臣官复原职。或罚或赏，或废或用，朝廷一受列强支配挟制，赏罚均非所愿，朝廷之心可想。这一点在对五个主和大臣官复原职的上谕里，也可一见。

谕云：

自本年五月以来，拳匪祸乱，上下不宁，是剿是抚，当如此关节，即朝廷也举棋不定。多次召见文武大臣，垂询应对之策，以期折衷一是。时有兵部尚书徐用仪、户部尚书立山、吏部左侍郎许景澄、内阁学士联元、太常寺卿袁昶等，经朕一再垂询，彼等总含糊其辞，意涉两可。惟念徐用仪等各在其职，劳力有年，平日办理的诸多事情，也大体说得过去，功劳苦劳，都有一些，因此加恩徐用仪等五人官复原职。

下文所述，为五大臣之死。

一为赵舒翘之死。

赵舒翘，本为军机大臣，素为慈禧太后所爱重，太后始□□想保他性命，先是定为永远监禁之罪，监禁在陕西臬司监狱，家属可以□□监探视。监禁赵的前一日，太后曾和人议论说："我不信赵舒翘也和拳□□牵连，他的罪应该只是知情不报，贻误国事。"明显是在替赵舒翘开脱□赵知太后对其如此看法用心，喜极而泣，自料太后作保，至少可以性命□忧。后来风声日紧，听说列强齐要求治赵死罪，不然断难罢休。西安□□流言四飞，人心惶惶，都为赵舒翘担心和不平，这是因为赵舒翘就是□安人的缘故。后有西安绅士三百人，联名上书军机处，请求特赦赵舒□不死。受外人鼓噪，杀自家重臣，谁乐谁痛，于心何忍？军机处将此联□不敢上报，刑部尚书也只在联署的末端批语表示，大家同此心情，且观□势云云。

其时太后、皇上，也正躲逃在西安。元旦那天□传言更盛，太后召见军机大臣，商讨赵舒翘死活问题，从凌晨六时议至中□十一时，拿不出一个统一的看法。这时候西安气氛异常，无数西安人拥□在鼓楼一带，请愿呼号，声称若是治赵舒翘一死，那么行刑之时，西安□必劫法场。军机处见势危急，敦促西太后莫再犹豫，早下决断，不如赐□舒翘自尽，这样赵舒翘在自己家里了绝，不去法场，劫法场一事，便无从谈起。太后觉得如此也好。

第二日下午一时，传谕赐赵舒翘自尽，要求五时以前须报来赵舒翘自尽情状。其时赵舒翘正关押在陕西臬司监狱，巡抚岑春煊到监牢宣布上谕。

听完上谕。赵舒翘不甘心地问道：

"难道就没有别的旨意吗？"

岑答说没有。

"一定有的。"赵舒翘说。

这时候赵的夫人对着赵说：

"没有指望了，我们一起死吧。"

于是岑趁机命人把毒药给他们夫妇。夫人服药立亡。赵只是取了很少的一点药吃了。至下午三时，赵精神如常，药效在他身上不见动静。他和家人谈着身后诸事，并叮嘱丧事当如何如何办理。令赵所不能放心所至为痛心者，是自己的老母亲年高失子，何人奉养？念念在兹，痛不可言。周围站满了赵舒翘的亲朋同僚，为数甚众。先是，岑春煊不许众人前来，以免有不测之事，后来也勉为同意。

赵对众人说：

"我落到如此地步，都是受刚毅所累。"

赵说这话时声音雄壮，毫无将死之人的样子。

岑春煊见状，又命给他些鸦片令他吞食。

赵服鸦片后，直到下午五时，仍然看不出明显的动静。

已到了复命时刻，赵还不死，岑春煊就命令把砒霜给赵吃。

赵吃了砒霜后，痛得在地上滚来滚去，手在胸前抓挖，叫苦不已。他请求允许他的家人帮他将将胸口，其惨痛之状，虽外人也不忍直视。然而直到夜里十一时，赵还活着。这是因为赵属身心极为强健之人，另外赵一直对太后心存奢望，想着时刻会有太后开恩的消息送到，此信念也支持他不致速死。

早过了复命之时，深惧太后怪罪，岑春煊焦灼万分，与从人商议说：

"五点钟即要我复命，此人不肯死，如何是好？"

一从人献计说，把厚厚的纸浸在烧酒里，然后塞入赵的喉管，就可以使他闷死了。

岑从其言，往赵的喉管里塞了五次，赵才气绝身亡。

直到最后一刻，赵舒翘都不信太后会忍心让他死掉，赵是期待着太后的赦免令死掉的。

他之所以故意服药不多，之所以忍痛不死，都是因为心里总有一线希望之故。

再说说庄王载勋的死。

庄王带着两个小妾及儿子等，到山西以南的蒲州。于一官署暂居，在那里静候着太后的谕旨。来给庄王宣布上谕的钦差叫葛宝华。一号早上，葛钦差捧旨到了蒲州，地方官放炮迎接。庄王听到炮声，很不痛快，感到这是一个凶信。

庄王对跟从的人说：

"这个时间，非年非节，放炮干什么？"

从人答说到了一位钦差大人。

庄王问道：

"他是为我而来么？"

从人答说：

"不是的，从这里过，到别处办事。"

正说着，钦差葛宝华进来了。

庄王问及朝中诸事，葛宝华支应着。说了没几句，葛宝华就出来了。装作无意的在各处转来转去。庄王住地后面，有一古庙，葛宝华就走入庙里去，于是就找到一间空房子，葛觉得该处不错，可令庄王于此处自尽。就让人预先在屋椽上悬了一根丝绳，又令当地县官带兵弹压，诸事料理妥当，葛宝华又走进庄王的住处。

葛宝华说：

"有上谕，请王爷跪接。"

庄王说：

"是要我的脑袋吗？"

葛不答言。

庄王于是跪地接旨。

接旨毕。庄王说：

"赐我自尽，我早知道，我若不死，很多人都不甘心，恐怕我们的老佛爷，也不能长久。"

说完这些，庄王请求钦差许他与家人作别。葛同意。这时候庄王的家人已知信息，都一拥而入。

庄王就训话说：

"你们要牢记着，要为国事尽最大之力，报效国家，是你们的本分，只要凡事于国家有益，就在所不计，竭诚而为。切不能把我们祖宗留下的锦绣河山让洋鬼子占去。"（庄王原是太祖的后裔啊）

儿子听了，泣不成声。两个小妾则已晕倒在地。

面对这些，庄王镇定自若。

庄王对钦差道：

"死的地方在哪里？"

葛宝华说：

"王爷愿意到后面的空屋里来吗？"

就一起来到庙里那间空屋，见屋梁上悬一丝绳，如有所待。

庄王对葛宝华说：

"钦差大人预备得可真周全，可赞！"

说着即把头自动套在丝绳里，很快就气绝而亡。

再是英年之死。

英年是胆小之人，先是，得到监禁之谕，夜里放声大哭，在其从人面前骂庆王不设法救他。第二天即是元旦，众人各有忙事，也没有谁特别留意到英年，他只是终日号泣不已。到了半夜里，哭声忽然听不到了。天亮后，他的下人才发现他倒在地上，满面污泥，已是濒死之人。原来他是吞泥求死。英年死后，赐他自尽的上谕还没有下达。赐死之谕未下，而其人已死，似不成体统，因此英年死讯暂匿不发，延至四十八小时后，赐英年自尽复命的一刻到了，岑春煊才将他的死讯复命上报。

再是毓贤之死。

毓贤原定发配新疆，今又改判为死刑立即执行，死刑之谕下时，毓贤正在赶往新疆途中。他身有不适，扶病而行。闻听死刑消息，惊得面无人色，其先前任山西巡抚时的凶狂之象，消脱无踪，判若两人。

行刑的前一天，毓贤的病忽然重起来。往刑场时，已无力自行，需人两边扶掖方可。兰州绅士，特备了一桌筵席，以表辞别之意。毓贤婉谢不受，并特别写了一副对联相赠，以表谢忱。绅士们又在刑场悬挂一红绸，表示对毓贤的敬意。下午，兰州街头忽有多处贴有告白，呼求朝廷开恩，特赦毓贤不死。此百姓心声，自发而起。但毓贤自知事已至此，百般皆属无用，就索要纸笔，立书一信，信中写到自己的过往经历，其中谈到生死大事，说死乃极荣光之事，自己死忠死节，可谓死得其所。百姓好意，毓贤心领，但不必再多操心了。又特别写了两篇遗书，毓贤死后，该遗书传布甚广，现综其大意录记于下：

> 人臣殉国，妻妾殉夫，谁能说这不是人之为人的本分？所可悲者，老母亲年垂九十，幼女还不满七岁，无人侍养，为人子人父者，何地自容？皇上所命，臣下遵行，此固然理。而况我杀人在先，今我被杀，还有何话可说？所惭疚不安者，我位至封疆大吏，历任三省最

高长官，并未为朝廷立有寸功，私心念之，有负朝廷厚恩者多矣。

又一纸上这样写道：

> 人臣有罪当诛，别无二话。惟思如此之死，也可视为荣耀（按曰：毓贤如此说，也并非虚言夸词，此人为人，虽极酷虐，但其操守，堪称廉洁，此一点可谓有口皆碑。毓贤死后入殓时，竟至于无一新衣可用。只此一端，山西人至今念念不忘。其任山西巡抚时，洋人也畏不敢侵。毓贤死后，山西百姓曾为其建有祠堂以为礼敬怀念，后恐为洋人忌讳，不好交待，拆毁了事。濮兰德注）。现我惟望速死，以免监牢之苦。太后于我，恩遇之隆，言语难尽，我也深惭无以为报，只是殷望我满朝臣工，各尽其力，使国运得以转机，使太后自此无忧。

次日午后一时，毓贤身首异处，观者皆叹息不止。

再是启秀之死。

启秀和徐桐的儿子徐承煜一道，被处斩于北京菜市口。时间是一九〇一年二月某日清晨，也即光绪二十七年。处决这两个人时，一些洋人也在场观看。

启秀得到正法命令，大声问道：

"是谁的命令？"

有人答说：

"有上谕，从西安来。"

启秀就说：

"是太后让我死，不是洋人让我死，我死而无怨。"

数月前，启秀曾被日本兵掳去，是庆王把他从日本人手里救了出来，庆王给日本人说下情话，说启秀的老母亲年事已高，无人奉养，以此脱于日人之手。启秀的母亲不久就死了。当时庆王曾力劝启秀自杀殉母，忠孝两全之名，由此可得，但启秀没有听庆王的话，岂非棋输一着。这话是启秀死后，从庆王那里传出来的。

天山印象

——记一次难忘的笔会

一九九二年秋，我去新疆昌吉参加全国回族文学笔会，那是我参加的第一个文学笔会，这么多年过去，所参加的笔会算来也不少了，但也许是任何第一次的印象都会格外深刻吧，我总觉得在我所参与的笔会里，那次新疆笔会是最让我难忘的，最值得纪念的。现在着手写这篇短文，于是一些场景和人事，就很自然地浮现眼前，好像一切都可以很容易重温一遍似的。

还记得当时我的身体很不好，爷爷的突然离世给了我很大的打击。我拿着笔会通知犹豫不决：究竟去不去呢？这样的一个身体状况。说心里话，是愿意去的，父亲也很希望我能远行一趟，给自己一些训练和信心，给家人一些宽慰。去了也就去了，不到半个月时间。父亲带着些商量的口气和我说。当时二爷还在世。二爷力主我去。我还记得老人家在市场门口劝说我的情景，他说，你如果担心，我陪你去。二爷是一个老知识分子，对类似笔会这样的通知格外看得重。后来的结果是我去新疆了，正好村里的一个乡亲，在新疆定居多年，回乡省亲，要返回新疆了，父亲即请他与我同行。记得班车离开村子的一瞬，父亲给那个老乡躬身道色俩目的情景，好像把我的性命都托付给了那个人似的。

其实远没有家人想象的严重，也没有我自己料想的严重。我很顺利地到了新疆，也没有使一同与会的人觉得我是一个身体状况很差的人。也许是非常时期的一次毅然出行，现在回想起来，那次出行于我个人而言，有着起死回生一样的功效。使我得以重新评估自己，使我的眼光可以看得远一些了。这样的话说来别人会诧异的，这是自然。但是我要说的是，那时候，有近半年时间，我连我的那个小村子也没有出过。记得一次我走到村子边缘的清真寺那里时，有很新异的感觉，觉得自己已经走得很远了，走到了自己的一个极限似的。对有些人来说，一片树叶的重量也可能成为他的一个极限。

但是接下来不久，我却去了几千公里外的新疆，火车需行驶三天两夜。

我历经一个梦境那样参加了那次笔会。未曾出过远门，新疆昌吉宽阔而又静谧的街景给我留下了很深的印象，记得路两侧有很高大的树木，我是叫不上名字的，只记得秋高气爽，树叶转黄，并且鼓掌哗哗，像在高空——给着我鼓励和安慰似的。干净的小饭馆里你刚一坐下来，就有人走上前来无声地给你把茶倒上。也不打问你的来处，好像你是一个熟客似的。我是太需要这种不被排拒的感觉了。感到昌吉人的静足与大气，他们买卖东西，好像是不论市斤而论公斤的。我尝试一个人在昌吉街上走着，看自己一气能走出多远而不至于迷路。昌吉的街道宽阔方正，是不容易走得迷路了的。除了编辑部的各位老师，还认识了许多来自全国各地的回族作家，像云南的马明康、白山，新疆的杨峰、马康健、毛眉。河南的陈萍，江苏的沙鼋农等。记得还有一个残疾的女作家，是新疆本地人，在教育部门工作，为了支持她参与这次笔会，当地主管部门还特意派了一个女教师一路照料这个女作家的生活，记得那个叫祁文娟的女作家在轮椅上坐着，一路被呵护着的样子。笔会安排得很好，去了不少地方，记得去了吐鲁番，车驶过街道时，两侧的葡萄架围就的浓荫使出汗的人顿感到一阵神秘的凉意，碧玉似的马奶子葡萄垂挂车窗两边，好像在逗弄着你去摘取似的。我有些紧张地看着车内，看有没有人禁不住诱惑摘一串儿。摘了也是没什么的，伸手可及，情难自抑嘛。看见一个女作家只是做出摘的样子，并没有摘下来。好像那是禁物，只可以稀罕，不可以染指似的。火盆一样的吐鲁番，我们的住所却是凉爽的，记得是安排我们住在了地下室里。是否吐鲁番的宾馆都有着这样的设置就不得而知了。晚上看了葡萄架下维吾尔族姑娘小伙的歌舞。记得姑娘们健康曼妙的舞姿带动脚腕里的银铃响成一片时，得见世面的我感到有若置身仙境似的。身旁的一些作家们难掩激情，不计舞姿如何，还是跳上去了。维吾尔族的姑娘小伙们宽容而鼓励地看着几个笨拙的加入者，好像他们早就习惯了别人和他们有不一样的舞姿似的。记得还去一个古城遗址，强劲的阳光烈火一样暴晒着，找不到一丝阴影。徘徊在古老废墟上的人们影影绰绰，看不真切，那情景若是细端详，真是能吓人一跳的。我想要是孤身一人在这烈日下的废墟上游荡时，会是什么样的情景和感受。在寂寥的地方人太多时，感受就不会很特别很强烈。偷偷留在这古城，做一个虚幻的王。当时还想出这句子来。我当然说的不是我自己，我是没有这样的胆量和雄心的，仅只是一种文学上的表达吧。

最为难忘的是去了天山和天池。天山天池在阜康境内。记得当时得到的一个信息是，阜康将由县改市。阜康由县改市，天山天池起了决定性的作用吧。山而名"天山"，池而名"天池"，普天之下可谓是有一无二了吧。这就好像一个人把自己叫成了"朕"或"寡人"似的，有一种舍我其谁，唯我为大的胆魄和气概。其实这样的名字是不好叫的，寰宇之内，普天之下，名山如林，佳池如星，为什么好名字偏你独享？然而实情是，天山天池已稳稳当当不容置辩地被叫了这多少年，还要这样子近乎永恒地被叫下去，自已经默默地回答了许多的质疑和争竞吧。

车驶入阜康境内，又攀爬了许多的曲折山路，这才来到了天山怀抱中的一汪天池。池水碧澈，有如翡翠。池中游艇如梭，听得游客的欢笑惊叫，看到有游客把手探入池水，激起的浪花像一串串激越难禁的笑声。抬头远望，静穆的博格达峰白雪裹头，像陶醉在静修中的端坐不动的圣者。游客不少，但是这阔大的山的怀抱依然显得空静能容。往后走几步就是莽莽苍苍，深不可测的森林，看到哈萨克的姑娘小伙子们在远处招揽着游客骑马。看到一个中年女子骑上马去，先是按辔徐行，马也头低下来像在寻草吃，喷着响鼻，但是不知怎么了一下，马忽然像受惊了似的往后炕出一蹶子，就跑起来，那骑手未曾料及，颠得后仰了一下，真是很危险的，不过她好像是骑过马的，紧跟着就俯身在马鞍上，拉紧缰绳，看见马头被缰绳牵制着偏向一边，但是马却并没有减缓速度，带着那围着红围巾的女人，沿森林的边上狂奔下去，很快就跑得不见了。都禁不住替她捏了一把汗，但是一会儿却看见马又驮着她原路跑回来，红围巾像一面得胜的旗帜那样向后飘扬着，不少人都被这一幕吸引了。看见那马意犹未尽似地又兜了一个小圈子，才在它的主人，一个哈萨克姑娘的身边停下来。等那女骑手走回来时，看到她激情未消的脸上竟是出过汗的样子，她很享受地接受着同伴对她的感佩之意，伸开手掌给大家看，她的手掌给缰绳勒得发红，像要渗出血来，她说进城后很少再骑马了，而且又是生马。好像对自己的骑术并不满意。不过在大家眼里她已然是一个英雄的样子了。她的同伴也一律因她显出自豪的样子。我们也鼓动着我们里面出一个骑手，好给我们也挣点光彩，据说我们中也有骑马好的，但好像是被那个女骑手震住了，只见频频鼓动，不见有人出来。记得当时骑马跑一圈十块钱。如果自己不敢独自骑马，还可叫马的主人陪着同骑的，这样要价会更高一些。我觉得无论骑马还是坐船，都可以不参与的，可选择在一边看那些参与其中的人，也是很有意思的。后来作家们坐船游玩时，我就没有同去，请了假，独自在林子里走了一会儿。高大的树木使人感到自己的孤单虚弱。我在林子里走着，感到自己像一个失踪者。感到自己在神秘的林子里可以寻找到什么可以寄托什么似的。我很高兴自己能一个人在这样大的林子里独自走走。天山下的森林里，我多么偶然地出现在这里，而且只是匆匆一过而已。这是很奇妙的经历和感受。我不敢走得远，始终保持着能听到远处的游人的声音。林子里有许多小桌椅，方便人随时坐下来休息遐想。我不舍得坐下来，不停地走动着。感到任何地方的森林都是很可亲的，都不会使人感到陌生。潮湿的马粪散发出的味道好闻极了。我尝试着透过密林的枝叶，看到高处博格达峰顶的积雪。这是天山。旁边是天池。高处的千年积雪使人眼神纯净，心思迷蒙。不知道这森林有多大，每一棵树都是前世今生的老前辈老朋友的样子，那么地值得信托和依靠，我神思恍惚。有一种被轻轻疗治的感觉，有一种偶来此处，却可以放心朝圣的感觉。人声在远处喧哗，巨大而又深厚的宁静使我有一种独享天赐之物的感觉。

那天晚上我们就住在天山，住在帐篷里。那样的时候，竟吃到西瓜，吃到马奶子葡萄。大家都有一个惊讶的发现，就是吃过马奶子葡萄后，再吃西瓜，竟感到西瓜的滋味是那样的寡淡。夜里听到帐篷外森林里浑厚无际的风声，像一首至为古老的歌谣能安抚一切人似的。这样的夜晚若是轻易睡去，该是多么地遗憾，于是不久，像是意识到了这样的夜晚应该怎度过似的，听到帐篷里传出了歌声。我们住在两个帐篷里，两个帐篷里都唱起来了。竟然还有音乐，新疆的一个中年作家，可惜忘了他的名字，他竟然带着手风琴的，在琴声的伴奏下，一曲未了，一曲又起，我们里面有几个能歌舞的人的，新疆的不必说了，像云南的白山等，都是歌舞的好手，正是他们的歌声和不倦的激情使我记住了下天山脚下的那个夜晚。还记得其中有一个叫毛眉的女作家，隔着千里万里，不过萍水相逢，我们竟然是有些相像的，不只长相，而且性格，包括文学趣味，不能不说这是缘分了。记得夜里有些凉冷，我还主动把我的一件毛衣贡献给她。这么多年过去，只那一次的缘分，我们之间的惦念却是未曾稍断过。

还记得将要离开新疆的时候，几个回族同胞还在一个清真寺里获得了各自久违的经名，从而感怀莫名，泪眼模糊。没有比这样的笔会更完满的笔会了，不只交流了文学，成全了友谊，还见识了物华天宝：天山，天池，新疆。

从那而后，我没有再去过新疆，我怕破坏了我的第一印象。

事过多年后，一次偶然的机会，我问及当时和我一同参加笔会的宁夏作家马青，她当时比我现在的年龄还小呢，我们说起笔会的话题，我即问她，这些年来参加过的笔会，哪一次质量最好，印象最深，最是难忘。不出我所料。她说出的答案，也正是我想说的。

北九州印象

去年年底，我随中国作家代表团往日本北九州一行，来去不过五天时间，有一些印象和感受，信笔记在这里。

街景

我生活在中国的北方城市银川，银川市面积约一千六百多平方公里，近四个北九州大，两个城市的人口相仿佛，都是一百多万不足一百五十万。但是给我的感觉是，银川的人很多，满街的人摩肩接踵，熙攘往来，公交车里也总是塞满了人。相比而言，北九州街面上的人就要少得多，好像屈指可数。我不禁纳闷，不是和银川一样，也有百多万人么，都到哪里去了？原以为日本是快节奏的社会，以为日本人天不亮就起来工作，深夜里还难得休息，然而实地一看，完全不是这样，早上快九点了，大街上还冷冷清清的，大多数店铺都还没有开门营业。偶尔早开了一两家店门，也不是赶早做生意的样子，倒像是打开门来，透透空气而已。即使整个白天，他们的生意也不是很热闹的。难得听到生意上的吆喝声。到黄昏时候，随着夕阳的余晖在街面上渐收渐少，那懒洋洋开了一天的店门又一个个关上去，好像一天的日子已达到了预期的目的，该挣的份额都已经挣到手里了，多余的钱不想挣了，到手的机会也不再想要了。这一份气定神闲，这一种生活的分寸感给了我很深的印象。我觉得北九州倒好像是一个休闲的城市。

我所在的银川市，被评为中国十大宜居城市，相对来说，是有些休闲的意思的，但是和北九州比较，就可谓忙得有些焦头烂额了。北九州的市容宁静又干净，空气清爽，使人禁不住想大口呼吸。我对同行的李锦琦老兄说，要是有肺病的人，来这里疗养，一定会有好的效果。尤其清晨时分，行走街头，会真切地感到呼吸到的空气是有益的，好像内在被反复地濯洗着那样。如此清新宜人的空气，一定和北九州的海水有关，北九州的海水那么蓝澈，就像孩子的眼睛从没有看见过脏东西那样。但是听说这里的海水一度污染严重，如今的好模样是被治理的结果。人的污染的能力和治理的能力都是不得了的，就看你选择哪一端了。我们所在的酒店正面临着大海，早晨或深夜之际，隔窗看海，看着海鸟在浩淼的海面上翻飞嬉戏，听着夜浪有力的喧响涌动，心境是很特别的。有一天夜里，我不想睡觉，觉得难得在海边住一夜，这样糊涂睡去，无疑是有些浪费了，于是悄悄走出酒店，在海边站了大半夜。后来又去街上无目的地来去了一会儿。偶尔看到一个夜行的人走过，并没有紧张感。这可是异国他乡，我的胆子是不是有些太大了？路过一段铁轨的时候，看见一辆小车由远处驶过来，我于是依循惯例，停在一边等车过去，但是车忽然停下来，车灯明暗不定，我立时觉得不安，不知要发生什么，这时忽然看到车里的人挥动着手臂，意思是让我先过，我不曾享受过这样的待遇，来不及多想，忙忙在车前走过去。我一直看着那车驶得远了，才怀着一丝难言的感动和新奇回住处去。也许我初来乍到，所见也少，有些想当然的意思。初来乍到，北九州给我的印象是，有城市的气度和富足，有乡村的宁静与祥和。

旧书店

离我们所住的酒店不远，有一家旧书店，不足一刻钟即能走到。可惜我们日程太满，没机会到那里转转。锦琦兄对旧书也是有兴趣的，一天上午，开会的地方距离旧书店不远，于是我们就寻机离开会场，去旧书店看了看。店面不大，给人一种老中药铺的感觉。只有一个店员在里面的。她任你看书，一点也不过来打扰你，好像她的任何一个行动和话语都会有广告或招徕之嫌似的。店内古旧的氛围和书香的气息恰好，使你一进门即可放心又贪婪地沉浸其中。旧书的装帧大都很讲究，这使我虽不识日本文字，但可以从装帧和版本的角度去欣赏它们。从书的装帧设计里可以看出一个国家和民族的审美趣味甚至更多。我觉得这许多被装帧得讲究的书在时间里显得安静又自信。文字我是不懂的。我想买数本浮世绘。印制真是精良，书香隐隐散开，使人有微醉感。然而来不及多看，我们得赶时间再回会场里去。在锦琦兄的建议下，我买了一套由学者徐文镜编纂、台湾商务印书馆一九七五年印行的古文字学书，恋恋不舍地离开了那家旧书店。我暗中打算，自己还要来的。每天晨暮之际，我们是有一点闲时间的，急急赶去旧书店那里几次，却发现还没有开门；或者是门已经关了，一天的生意已经结束了。直到我们离开日本的那天上午，我还寻机一个人悄悄到书店去，那应该是书店开门营业的时间，然而运气不好得很，那天正值星期二，书店整天歇业。门外挂着歇业的牌子。我在关着的店门外悻悻地立了好一会儿，才有些痛惜地离开了。我还记得书店里那个年近半百的妇人，给我卖书的时候，把我买的书认真包起来的时候，给我找零钱的时候，她显现出怎样好的品性和礼节，我不仅是想去买到我想买的旧书，也想再看看那个卖书的人。知书达礼。那么多的好书，那样和风袭人的礼仪，只领受一次好像是不够的。

两个人

两个难忘的人，一个是水野苇子，一个叫高桥睦郎。

实际此次北九州之行，难以忘怀的人不少，限于篇幅，先写这两个人吧。即使写这两个人，也只是摹其大概，难以尽写他们留给我的印象的。

水野女士，是我的两个短篇小说的翻译。真是奇怪，远隔千山万水，我见到她时竟丝毫不感到陌生，她很像是我家乡的一位女作家，让她们两人站在一起，说是亲姐妹，大概无人不信的。水野女士的汉语极好，普通话说得比我这个中国人都标准。而且她的记忆力奇好，一大段发言，她并不做多少记录，张口就翻译出来，像是照本宣科一样。真是一种特殊的能力，不为常人所有的。一次发言，为了活跃气氛，我没用普通话，而是用我老家的一种方言，事先当然给她说清楚了的。她出于谨慎，请了一个中国留学生陪坐身旁，以防万一，结果会后她高兴地对我说，没关系，你的方言我听得懂，倒是那个来自中国江西的留学生有些听不大懂我的方言。我觉得水野女士是有相当的语言天赋的。听说中国的姜文导演，总是找她来任翻译，如果见过水野女士，听过她的同声翻译，就会理解姜文为何会有这样的选择。水野是性格豪爽，不多拘束的人，我素来性格内向，不善与陌生人交流，但是和水野女士却可以一见如故，交流无碍，这完全是因为她的原因，她是喜欢朗声大笑的，她的笑极具感染力，好像正处郁闷的人，听着这样的笑声，不禁眉头舒解，忍不住自己也要笑起来。一次大家在一个酒吧里聚餐，远远地听到有笑声传来，看不见谁在笑，但是锦琦兄说，水野，水野，还有谁这样笑呢。水野是中国的媳妇，她的丈夫是中国东北人。这是可以理解的，我无法想象水野女士的丈夫是一个南方人。水野翻译的我的两个短篇小说，我好多次把在手里看着，当然是看不出所以然，但是我想，译得一定不错的吧，凭水野，一定译得不差。一定很好。我觉得水野女士的笑声我没有听够，就像有时候坐在墙根里晒太阳没有晒够一样。

接下来说说高桥睦郎。高桥先生，日本诗人，已年过古稀，他好像有什么疾病，腰弯着，不能完全直起来。他衣着朴素，从衣着根本看不出他会是一个有影响的诗人。在人群里，他是那种很容易被忽略掉的人。然而忽略掉这样的人会是多么的轻率，会是怎样的损失！我和高桥先生之间，想起来是些许有一点戏剧性的，一天下午，大家吃过饭后，要回各自的住处休息了，这时候高桥先生在平出隆先生（日本某大学教授、诗人）的引领下，忽然走到我跟前，说我国诗人田原（现执教日本某大学）曾给他推荐过我。我慌张起来，不知道说什么才好。但由此记住了这个老人。他当时立在一侧，听平出隆先生说着什么，不停地点着头应和着。我当时只知道平出隆先生是诗人，还不清楚高桥先生也是个诗人，以为他是业余爱写几笔的闲居老人呢。第二天夜里有朗诵会，高桥先生登台朗诵，朗诵的就是他自己的诗。原来这弯着腰的老人竟是一个诗人，原来这老人竟是如此一个不同凡响的诗人，诗被田原先生译作了汉文，我可以看得懂的。一边听高桥先生的朗诵，一边读着译过来的汉文，我极感震撼。这是什么样的诗啊。我被老人的诗激动得发抖起来。我想我必须要向老人表示我的由衷敬意。朗诵完了，老人蹒跚着下来，坐在人群里，我的目光一直没有离开他。我真是少有的激动。我要向他表示我的心情。一会儿趁他身边无人，我走过去，翻到有他的诗的那一页，由衷地竖起了我的大拇指。老人好像觉得突兀，但显然他是明白了我的意思，我看到他也有些高兴。第二天吃饭的时候，我听到中国作家莫言先生也在夸高桥先生的诗。是的，这样的诗人，这样的诗，听在耳里，不表示佩服是不可以的。

致申霞艳女士的信

二○一一年六月十二日

我把网线连在新房子这边，每天过来收信，写点日记。晚上回家里去。儿子快要中考了，为之发愁。肯定是考不上理想的学校。这一年补习，就成绩看，是近于徒劳了。女儿依旧争气，而且已经活出不少的人生经验来，要讲给我听。我当然是洗耳恭听，好像她的经验可以指导我的人生。

东莞这些年联办的文学活动着实不少。而且程序简单，所求无多，真是不错。不像有些活动，还要拉来宣传部等。我们去东莞领奖，正式的活动只有晚上的四十多分钟。这次奖金还是不错的，三万。

见到一个年轻作家，叫阿乙，北岛等对此人评价甚高，我看了他的一篇小说，真是不错。不知你对他的作品有无印象。我看见中国出现一个好作家的苗子时，就担心，怕他坚持不了许久，就被同化成和别人差不多。曹乃谦当然不错的，但也只是那一部小说而已，后来看过他一个中篇，已没有前时的元气和质地了。

买得刘再复访谈一册，是《羊城晚报》的编辑吴小攀和他合作的。真不错。刘在文中多次谈到一学者林岗，颇多肯定，记得你说过你就是此人弟子，这多么难得。我现在真是想寻到一个导师，给自己一些督促和引领。

二〇一一年六月十四日

我儿子不只学习能力差——这个倒罢了；生存能力更不强——所忧在这里。不过我们这里有一个说法，道是一个麻雀一口食，总归有命定的。我只是盼着他身心健康就好。

这两天给人写应景的稿子，比如林一木，《朔方》出她一小辑，需评论一篇，让我写，先是推掉了，她转了一大圈又让我写，不好再推，只好写给她。能帮的忙尽量帮。而且舍此也帮不了别的忙。何况她的诗我也喜欢的。一个老乡，在江苏工作，没见过面，发来稿子，让给写个序。我哪里是有资格写序的人。看了看文章，多是回忆故土旧事的，使我共鸣，于是答应写，他又催得紧。我的打算是写一千字即可。看能不能写出这样的短文来。写短文是对自己的一个训练。另帮人看着几个东西。那个考古所的朋友，写了一部考察日记，是对多年前在蒙古国考察的一个追记。这个人学养的底子很好，《读书》一期发了他一篇长文，和学者交朋友，对作家是很有好处的，就是使他们的文字可以稳重一些，而不至于滥情。还看了一朋友中篇小说一部，狠狠批了他一顿，太像外国小说了。中国人写小说，还是应有中国的面目。读外国小说，又食而难化，着实害了不少中国作家。

二〇一一年六月二十六日

你说荆歌要联系我，不知会有什么事。我也想在文字中效螳臂当车，对此有所挞伐。写了几篇千字文，写的也不过是袁世凯、蒋介石等人而已。

莫言的确是有大才华的人，就看他怎么使用他的才华了。

我也多次看到顾彬关于中国文学的言论，其中对诗有较高的评价，但这些诗总归还是当下的中国人写出来的，有相对的好，并无绝对的好。诗所以会好于小说，是因为相对来说，诗更边缘化一些，以诗得实惠的可能性也要小一些的原因吧。越容易热闹的，越是不能被期待。顾彬的声音在我们的这个环境里其实是很寂寞的。我好像能看到大家看他的眼神，是那么地古怪，好像大家都静默着的时候，一个人突然不合时宜地呼叫起来，因而引得众人侧目似的。

我好像发现了一个好办法，第一是远避热闹，要认识到越是热闹的地方越是空洞无物，一是要安于被边缘化，就像海水会用它的余波把一些海生物带向岸边一样，越是边缘的地方，越是有被浮浪余波悄然带去的东西。认识到这一点，就要不断地提醒自己，使自己有个好的方向和立场。

而且不要技术性写作，而要体验性写作。只有体验性写作使自己不致成为一个空想者，而必须要成为一个行动者。行动起来，即会有见闻，被感染，而且由于接触到了外部力量的原因，使自己也变得有力量起来。

二〇一一年六月二十九日

请推荐点好书给我。

其实天天闲着也未必好，如我，所有的时间是自己的，并没有做出什么事来。听一个物理学家讲，自由和约束之间有一个位置，是适合人在那个点上的。

白草要回来了，我收书有个伴儿了，小马对我的收书，已有些愤怒了。呵呵。确实像嗜烟酒者一样，已成了一个毛病。但不打算改的。

二〇一一年七月三日

白草已回来，但还没有见面，他要和女儿好好在一起几天。我淘书自是有了最好的伴儿。他在写一个关于他那个村子的回忆随笔，写完很希望你能给看看。但可能还需几个月才能写成。他是有意训练，想写点纯粹的文学作品，以便使他的学术文章在严谨可靠的同时，多一点可读性。

你说到海外作家写作上的技术性问题，昨天我还和宁夏的一个评论家聊了几句，他说现在流行的一些小说他都不喜欢看，觉得太零碎，太无章法，多是莫名其妙的情绪。好像一部车，总是在启动中，而没有一次欢畅地跑起来。我近来买了一册以色列作家奥兹的长篇小说，因听多人介绍过这作家，然而也是由无数碎片连缀而成。文物界有一种说法，对于特别难得的器物称为重器，现在好像是写不出重器似的东西了，而只能搞一些鼻烟壶之类的小物件。是否时间太快了，使人们只能有万花筒式的印象？是否人们的能力弱了，已不能对整体性的东西给予关注和思考？总之我是不喜欢过强的技术性。文学毕竟不是工业生产，要求那么强的技术性。我觉得在文学上过于强调技术性会让文学走上歧途和死途。过于强调技术性，就好像时装店里的石膏模特穿了一身名牌一样，名牌是好的，但那个穿名牌的却是一个冷冰冰的存在，谁会对他发生兴趣产生感情呢？当然现在需要的不是对技术性的肯定或否定，而是要分析思索一下，为什么我们的写作趋向于技术性写作了，必有其原因在。这个原因，不只在文学领域，一定在别处，文学因受影响成了这样。

二〇一一年七月九日

日前，一些美国女作家来宁夏。是爱荷华写作中心组织的，内中还有几个中国女作家，像阿袁、鲍尔金娜等。一个特别的现象是，阿袁、鲍尔金娜等，以汉语发完言后，自行再以英语将发言复述一遍，使人耳目一新。我是英语系毕业的，但丢弃迨尽，这些年来常有重拾旧学的念头，也买了不少相关书籍，但总是一曝十寒。我的学书法也如此。一曝十寒是学不了任何东西的，难以慎独，所以得在一个好的学习的团体或气氛中。语言得日常中运用起来，不然就难学得好的。你看李娜，英语说得多好，就是因为身在异国，逼得她不得不学，而且时时处处有习练的机会。

白草的计划是，用三年时间，写一部关于张承志研究专著，写一本关于自己村落的随笔集，已经是不小的任务了。他自南京回来，白细了很多，得益于南方的水土吧。

给你讲报纸我不编了，但辞而未果，报社要求白草上学这三年，我先帮着给编下来。而且对我实在优待，编稿子这么久了，不曾去过报社半次，编辑费也是通过邮局寄来，不劳我上门去讨要的。因此就还是编下去吧。这期把你三见史铁生的文章摘编了其中的一见，因史已是作故之人，因此在你文后面又缀了一句，还望原谅。报纸随后寄上。

银川这一段灰蒙蒙的，好多日不见太阳了。早晨去旧书摊，收得一本孙犁《铁木前传》单行本，有插图，是不错的收获，竟日为之高兴。

二〇一一年七月十二日

我是躲着各样的活动，因此和阿袁只是匆匆一见，握手致意了一下而已，也没有想到要她电话。经你一说，有些后悔了，可以和她约稿的。

我已与白草去淘书一次，在一个二折的书库里，有许多书，但需要仔细挑选，好书毕竟很少。翻得手指痛，再若去挑书，必须要戴一手套的。

你是名牌大学毕业，现又在高校，学好英语的可能性是很充分的。我也买了一些名人名言一类来学英语，是英汉双语的，但只是不由自主地去看汉语，对英语则好像有些畏难情绪。

感到日子过得太快。既感岁月不居，却又无所事事。反正我一天连楼也不下，看看书，看看窗外，有时感到是再好不过的日子，有时又感到如此生活，浪费了这个生命。生命应该是像风一样去浪游的，而不应只是像一面镜子，被动地反映从其面前经过的一切。胡乱想。只有写出还算满意的东西来，我才能过心里不慌且无愧的日子。四壁悄寂。生命在其中消磨着。

二〇一一年八月十一日

和老婆刚去宁夏的中宁县回来，耗去一天时间。我的一个舅舅，骑摩托车不慎摔了一下，跌得不轻，人现在还在昏迷中。

白草几乎彻底否定了某某的那部小说。说她写的中国人在外国的生活没什么新鲜处，我因没看，他就要求我必须要看一下，好和他做交流。前几天他说到小说的几个所谓硬伤，在我看来却都不足一论，比如说清时的少女无留大辫子者，而小说中却有少女剪大辫子的细节，即与史实不符。我认为这毫不成为问题，即使清时果真少女无大辫子，但少女而有辫子，何时何地都在乎情理之中。而况清朝之大，中国之大，即使严令之下，不能保证没有例外。另一个白草认为的硬伤是，小说中写到外国人有围观中国人的现象，白草认为对外国人有强烈兴趣，唯中国人有此习气，外国人则没有的。我认为好奇猎异之心，人共有之，即使中国人看客的心理重一些，也不能据此完全肯定外国人没有此心理，何况我们又不曾在外国生活过，关于外国人的一切都是书本上得来，以此为则来要求，难免本本主义。还有一个白认为的硬伤是，小说中某人，用两千元买得一女，加以施虐，常在晚上大睡，而于清晨时强行同房，白草认为这也不合情理。我认为这都是末节，争论不必在这里，看小说里更重要的东西立得住脚不？看小说能否吸引得人看下去？看小说中有没有使人怦然心动的东西？若这些立得住，则细节方面纵有破绽，也不能就此否定整个小说。总之学者看小说，和写作者看小说，要求大概不同。这小说我还没有看。等看过后可告诉你我的观感。

自己做的饭，吃起来总是香，人都这样子的。马珍回老家一周，回来竟说我胖了一些，她说早知如此，还不如不回来。可见自做自食，是容易有好胃口的。好了，信写好后，我可以看你关于张翎小说的评论了。

二〇一一年八月二十日

你说得很对，儿女都去上学后，小马会是一个问题。无正经事最是可怕。她在家里是待不住的。去搞她的化妆品，落得我一个人在家里清静。这女人的最大好处是皮实，长得也还清秀，吃饭却可以用大盆子。

上午去旧书摊买书，没有买到什么特别的好书。有一本《高尔基论文选集》，系鲁迅编，瞿秋白译，人民文学出版社1954年版，还不错的。还有一本斯诺著《我在旧中国十三年》，三联书社1973年版，当时还属内部发行。这两本书还是值得一看的。从斯诺的书里可以看到许多真实，毛泽东和斯诺的谈话里，曾说到毛泽东对抗战的预见，这预见是，抗战伊始，必是日本人占上风，而且国民党的精锐部队都遭重创。后来就会进入一个相持期，在此阶段，红军的游击战将发挥相当作用，而且由于国军的被重创，红军会因此得以空前壮大。

我看美国作家索尔兹伯里的《长征》时，就觉得那真是一部巨著。

读读闲书，许多岁月就过去了。

二〇一一年八月二十二日

你的写茅盾文学奖的文章看过，写得不错，我和白草也做了一个访谈，白草在整理，过后也发你看看。

这次获奖的这几个作家，大家印象还都不错的，但是如你所言，清一色的男性作家，清一色的中年作家，无一青年作家列名其中。在我这个少数民族作者看来，少数民族作家的不见踪影也是一个很大的空白。

不过评奖就是这样，总有这样那样的不足。而且我觉得如果真的是为文学负责，那么性别，年龄，族属，都不会是问题。

这几部长篇有四部我没有看过，看你的简介，算是稍稍了解了一些。

二〇一一年八月二十二日

白草还在整理访谈，马虎的我是很需要这样一个谨严的合作者的。且从我问白的问题里摘出两段，和你交流，看看你与白草的答复会否有所不同：

还算公正？

就评奖程序来说，为了尽可能地体现公正性，除了少数在文学界广有影响的评论家外，大部分评委都是来自各省市推荐，表面地来看，广泛性和民主性都有了，而且投票采取实名制，哪个评委给哪部作品投了票，网上一查，清清楚楚，有网友甚至称赞说文学界在这一点上走在了最前面，要是以后官员的任免方面也能有所借鉴，岂非利国利民的好事？但是我又想，如此庞大的评委团体是否真有必要，每省都来一个评委究竟是要证明什么？据我的推想，凡是从省里去的评委，多少都带着一点任务的，那就是尽可能地为自己地方的作家做争取，这是不言而喻的。我如果是评委，在不失原则的前提下，我就会这样干。虽然没有细看投票表，但这一现象想来是难免的，既然各省都要为自己争取可能性，那是否会造成评委之间的某些交流和互惠，比如你投我的人，我投你的人。无论现实中有没有这样的事，在技术上这样的可能性是完全存在的。而且诺贝尔文学奖也只有

18个评委，作为一个世界性的文学奖项，为了体现公正性，难道需要像联合国那样，每个国家都要派去一个评委？但无论怎么讲，扩大评委数和评委面，无疑是要体现公正性的一个尝试和努力，这个初衷是毋庸置疑的。我的看法是，一个评奖好不好，看它的结果可知一切，结果里包含着一切好的因素和坏的因素。我看到评奖结果时，眼前一亮。

比如莫言、刘震云。

回头再说说这次获奖的五部作品，老实说，除了毕飞宇的《推拿》我看过外，其余几部我都没有看过，虽然你给我推荐过刘震云的《一句顶一万句》，但至今也是未读一字。说个实话吧，初选入围的81部作品，我只是看过毕飞宇的这部和刘亮程的《凿空》。《凿空》只是看了一小部分，并没有全部读完。于是有两个话题就是很有意思的，一是，像我这样与文学关系密切的人读长篇都这样少，那么是谁在读长篇？读长篇的读者究竟有多少？二是，既然我没有读过这些作品，又怎么敢放言说这个结果让我眼前一亮？这个我是有我的道理的。我觉得对一个作家的判断和评价，不只在一部作品，而在其整体创作，甚至包含该作家的一些创作主张和作家立场。拿莫言和刘震云来说，我虽然没有读过《蛙》和《一句顶一万句》，但是读过他们大量的别的作品，觉得他们是早该获这个奖了，如今获奖，可谓实至名归，喜报晚来。而且这样的作家获奖，不仅是得到了作家个人的一份荣誉，也给这个奖项注入了真正有价值的因素，使这个奖的公信力和分量感因此都得到了提升和加强。像茅奖这样的重要奖项，不应该只是奖给某个作家的某部作品，而是应该包含或喻示着对该作家的整体评价。不知道你是否会认同这个观点。

二〇一一年八月二十九日

回老家看了看老人。昨天回来。职称还是要评上，尤其大学里。

看了谢有顺关于茅盾文学奖答记者问，不错。谢长于舌辩，又有见识，又熟悉文坛，谈得不错。又看了刘震云的一个访谈视频，也是获茅盾文学奖后受人采访。李敬泽说刘震云是老实的聪明人，说得真准，看刘的访谈，他是有些笨拙和执拗的。同时看了毕飞宇的一个访谈，就显得风流倜傥，言谈无忌。但是听下来细想想，却感到从刘震云不很流利的讲说里得到不少启发。

马上又要开学，你又要忙起来了。

二〇一一年八月三十一日

今天你打电话时正在清真寺做礼拜。礼拜者跪满了整个大院，连门口也跪满了。我和儿子去得晚了些，只能跪在门口外的地方，勉强做了一个礼拜。儿子上高中后好像是成熟了一些。时光如箭，前几天见到我妹的女儿，已快有她母亲高，真是让人吃惊。

但愿你这次评职称再无问题吧。

看你的信，谢有顺答问中有些话中之话是可以听出一点弦外之音了。但我认为学者太聪明就不好。像鲁迅，总不能说他聪明的。好学者必吃聪明的亏。然而太笨了也让人觉得无味。

来了几个日本人，到中国来旅游的，其中有一汉学家，在他编的刊物上发过我的东西，约我同去西海固走了走，感到日本人的细致入微和不动声色。在我们的拱北上，教主要求日本汉学家留几个字，他写了几行字，骨力坚劲，使我好像看到了另一样被保存完好的汉字。

等你的书。我这里有一本《阿拉伯女作家小说选》，也寄你看看。

二〇一一年九月二十三日

收到你寄来的书，看到你在书后还提到我，温暖又惶恐，赠人以物，不如赠人以言。我们都多多互相勉励对方吧。给梦也的书也告知了他，他很高兴。电话里乐呵呵地笑着，让代表谢意。今日才拿到大著，先是匆匆看了一眼林岗先生的序言。他写得很真挚。他认为你是带着强烈的感情来写评论，可谓一语中的。这是你区别于他人最重要的一点吧。评论也须有自家面目。我的印象里，老实讲，千人一面的现象还是多了些。

我父亲在银川的两家医院里都看了，开了药吃着，又在针灸，针灸五天先看看，今天是第四天，还余一天，但是他不去了，很愤怒地说，针灸不但无益，反而更痛了。今日一天，痛得他坐卧不宁，我也只能干看着。有一个大夫去美国进修，曾给我父亲动过手术，近期回来，现在就寄望于他了。

二〇一一年九月二十七日

日子很快地过着。感到在人丛里活着的不易。你说到你母亲是靠意志活着，这是很让我动心的话。这样的人凡事容易往积极处想。有苦多在心里，不给别人看到。我的一个老师，我多次给你说过的，已过古稀，二十年前就动了癌症大手术，和他同病室的人早死光了，他还活着，而且越活越精神。人和他讨所以如此的原因，他的说法是太想活的死掉了，不怕死的还活着。然后就是得意诡诈的笑，好像命运拿他无计，反过来他倒戏弄了命运一把似的。是一个极为坚韧的人，当作家二十多年，退休后又重拾旧业，画油画，他是中央民族大学油画系毕业，老底子还在的。又有多年作家的经历，是一般画家不可以比的。近几年他的画也卖了不少钱，不能说老人视钱如粪土，但确实看钱是淡的。最近他和学生跑去西海固深入生活，回来画了不少油画，都是强烈的阳光下有着蓬勃的生命气息的村子。我喜欢极了，真想买来几幅收藏。当然我手里有他的画已五六幅了。看过他画展的人都说，从他的画里看到的都是健康的信息。他是湖北人，会画很肥健的水牛，会画疯长的草木，好像过盛的生命力无法扼制似的。我想他的健康，和他的这样创作也是不无关系的。我母亲也是很强硬的一个人。但我父亲性格就偏忧郁，对各种疾病也过于敏感，使自己因此受苦不少。我的想法是，这个身体是暂借来用的，不必太看重它，不必太小心地侍候它，不必给它以太多的满足。到中年时，应该想想和这个身体的关系和合作方式了。

你寄来的第五期《花城》，上面的诗不错，大气又特异。好的作品，都是有异质特点的吧。还有那个写婆婆的长散文，选材不错，只是事无巨细了。小说还没有看。

游泳会使人有好身材。我们单位的一个人，五十多岁了，一次游泳，使大家都惊异于他的身材，真是浪里白条的样子。

你其实可以写写作家印象，这样题材的写作对评论家的文风来说，也是某种中和与调适。就像我多写随笔，甚至背地里偷着写诗，感到对写小说是有影响的。而你从资源上来说又有着这样的便利。比如三见史铁生等等，不得不叙事记人的。

二○一一年九月三十日

谢谢你给我的鼓励。我会从史料里找好东西。找到能反映人性和人的命运的东西。我只想找到个人。在无数线索中无所适从的个人是我所感兴趣的。其实自己也是。自己也是才好，因此有助于了解别人。

决绝的人出大动静，你的这话使我有触动，可选出一些决绝的人来，看看他们最终都做了些什么。比如高更的去塔希提岛，梵·高的去阿尔等，都不是一般人能够做得出来的，行事决绝，果然都搞出了大动静，但也有一些人因为对自己估计不准，有不同寻常之举，却没有结出什么值得品评的果实来，这样的人也是不少的，在文艺行当，这样的人可谓所在多有。宁夏有一个农人，一部小说，就写了一百多万字，当时还引起过轰动，但只是新闻上的轰动而已。这几年过去，大概他还是觉得种地更可靠一些吧。但是非常之事，必出于非常之人。这个应是必然之理。

冶进海又写了一篇小说给我看。两万多字。我每年要义务给人看近百万字的稿子，有时也不耐烦。但像冶的稿子，我还是爱看的。他的记者的身份，总是给我能带来别样的文字，此篇也是，写电视台与企业家们的合作的，身不在其中的人是写不了这些东西的。有时读着这样子直面当下的稿子，觉得那些文艺腔过重的文字实在是太轻了，轻到不必要一样。

二○一一年十月七日

你看过冶进海的小说感觉如何？我最怕看人东西不准。

今年诺贝尔奖获得者为一诗人，而且据说一生只写了不足两百首诗，这是让人感到不可思议的，怎么会写得如此少？记得希姆博尔斯卡也是一生只写了两百多少诗。如果以创作时间四十年计，一年只写四五首诗。这样的写作里，有许多值得探究的东西。

把光阴耗费在当代文学上，的确得不偿失，好处是自己可以做一个见证者，或者说发现者，万里挑一，把真正有好品质的作品经自己的眼，挑出来，也是功德事情。已有定评的作品，读起来自是稳妥，但是自己只能做一个欣赏者，而不能做一个发现者和判断者。所以凡事总是利弊同在。

二〇一一年十月十日

从我的日记里整理出 10 万字。《黄河文学》的执行主编闻玉霞和我约稿，想在他们的刊物上明年给我开一个专栏。整理的时候就发现日记中的文字还是有些太随意了。像运动员们正式比赛前的热身一样，因没有应有的紧张感和正式性，即使是优秀的选手，也不可能在热身的时候发挥出其潜力。看来日记类东西只能成为辅助性写作，就像路遥写《平凡的世界》的同时，写了一本《早晨从中午开始》一样。若无《平凡的世界》，则《早晨从中午开始》的分量就会轻许多，甚至无由写出这样的文字来。但是人心总是避重就轻，觉得与其写作，不如读书；与其吭吭哧哧写小说，不如信马由缰写日记，就在这样的拈轻怕重里很多光阴都流逝了。我写作是需要回老家的，如此可得素材的补充，但现在老人来银川，我就没有了回老家的足够理由。而就史料而来的写作也总是不能真正地满足我，好像总觉得是在临摹什么，不能算是原创，不能算是真正的写作。

瑞典那个诗人竟然平生只写了一百六十三首诗，这是我们中国的写作者不能理解的。白草说陶潜写诗也不多，我在网上查到获奖诗人的几首诗，真是不错的。作家们也是不一样的，有些人在制作大刀梭镖，有些人出手的是洋枪洋炮，有些人闷声不响，一出手却拿出导弹原子弹来。

二〇一一年十月十四日

宁夏来了几个作家，像王久辛、李浩等，李浩给我的印象很好。他很强调读书。不知道你们联系过没有。还来了一个孩子，叫王欢，看起来那么文弱的一个人，竟然是大成拳的第四代传人，而且对武术有着很精辟的见解，还养蟒，在近期《中国作家》纪实版上有一篇长文就叫《养蟒手记》。他讲的武术里充满了哲学，而又全是经验之谈，不教条，真是让人耳目一新。

我总记得特兰斯特勒默的诗我收过一本的，正由河北教育出版社所出，但一时找不到了。黄礼孩能和这样的诗人往来，对他的创作也是大有影响的吧。而且诺奖给了诗人，显出评委会眼光上的精细来。我觉得这个诗人的诗很好。我找到了一首他写上海的诗，不知他是什么时候写的，那么好的写出了我们的国情和人的特点。真是要佩服诗人直觉的能力，一瞥之间，即见本质。

也许你看过了，我发来你再看看，好诗不厌千回读嘛。

二〇一一年十月二十二日

看了你的文章，感到你们常做评论，有一种特别的敏感，比如你选的特兰斯特勒默的这首诗，好像是一个源泉，诗人的所有的诗，都可以从这个源泉里出来。从特兰斯特勒默的这首诗里，甚至能看出诗人的一种雄心来，即他要躲开所有既有的语言，即使那语言是好的，他要让语言从自己这里开始。雪地上多么干净，鹿蹄的痕迹何其醒目（此为特兰斯特勒默诗中的意象），这已经不是独一份，而是源头和开始。这样的雄心是直接要从上帝那里作为开始，甚至不愿意踩在许多巨人的肩上。诗人的诗如此之少，可能也与他的这个主张有关。长江黄河刚刚离开源头的时候，如泉眼惜流，并不具有滔滔之势。总之，从众多的诗里挑出这首诗来，是有其必要的。此诗有着提纲挈领的效用。但是由你来给这样的诗人写评论文字，好像又有些不相吻合，因你的文字总是强势的，激情的，有速度的，一鼓作气的，特兰斯特勒默却是静水缓流，如果视野更开阔一些，甚至会觉得这水是泊在那里，不流动的。我觉得你的评论，有些像茨威格写的传记，总是有一股强劲的东西将一切都鼓动并席卷起来。你的文章从第一个字到最后一个字都体现了一种速度感，到最后一个字，也好像是一辆迅跑的车猛然收住了闸似的。

谢谢你介绍了杨燕来这个画家给我。在网上查到她的一些信息，原来她一家三代都是画家，在这样一个时代，她竟然还能有这样一份超然的心境，自属难得。她的画我看不来所以然，只是觉得画面有清灵之气，线条洗练，有生命感，同时感到有些懵懂和蒙昧。总之是不好阐释的，容易给一些不负责任的人说得一无是处，也容易给另一些善于夸饰大言的人说得云山雾罩，总的一点是，画家自己的感受是最重要的，投入了什么，投入了多少，画家自己是最清楚的。所以需要画家的诚实。我尤为感兴趣的不是画本身，我觉得她的画大体上有一个相似性，虽然细看，变化也很多，但是，整体看来，又有一种一致性，她好像是在固执地表达着同一个主题，虽则这个主题的内部也是千变万化的，但它的外围似乎不大。我感兴趣的是她的这个一家三代的艺术背景和她个人的心态修为，在当下，我觉得一个艺术家有这样的认识和选择，甚至比他创作出了好的作品还要重要。

给 M 的信

二○○五十二月十四日

已自云南回。云南是一个神奇的地方。感到出行的好处，但是需一个人出去，一大帮人，就难得有专注。在一个叫玉水寨的地方，看水之清寒见底；看远风突来，疾行水上；看远处的苍苍茫茫如古人所在处，真是情难自抑。还看到一种驱邪的舞蹈，一些纳西族男女摩肩接踵，且歌且行，像抬着巨大而又重沉的棺木，脚为铁索所缚。再简单不过的舞蹈了，但是却留给了我极深的印象。算是一生中不多有的感受和经历。

但丽江、泸沽湖等地，已如被嚼来嚼去的口香糖，正渐失着它们的本味了。

见到的文学界令人失望。大家都在推波助澜，要使写作成为一件热闹的事情，损失和远离正在这些热闹里面。但身在其中，愈陷愈深。像我这种缺乏大力量和果敢举动的人，虽心存微火，但还是被裹挟其中，随流而动，这真是很让人绝望的。谁也不是圣贤，心事总是摇摆，但我可能在心事不定的时候就走出一步棋，以形成一个既成事实。选窄的门进，这是我对自己的一个要求和催促。我想不能再等了。因为魔鬼在心里，心事易变化。

写作上老实说，我是一点把握也没有的，许多时候简直就是家徒四壁，一穷二白的感觉，但作为一种生活方式，再没有比这个更适合我的了。我发现我如果到人群里去，很容易就会丢盔弃甲，乱了阵脚，文学却是一个人的搏斗，这于我是相宜的。

见到你的两个同学，周建新和杨打铁。周对你有很好的评价。

愿你心里的冲突少些，安宁多起来。愿你的情绪能益养你的身体。我虽不能如此，却如此告诫你，因为情绪波动的苦楚我是多有领教的。

二〇〇五十二月三十日

昨日聚会，好像你没有来。人多，望了全场，好像没有你的身影。

现在，逃避的人似乎更让人惦记。

但我是混在里面的，而且好像很活跃的样子。那么多的人来凑热闹，其中没有几个是写东西的人。

《十月》的稿子，你还是重视些吧，听王占君老师说，陈东捷向他推荐了你。若他们有意出你的小辑，则你不应消极，而应该借机逼逼自己。

外面有小雪落着，写几个字给你。

二〇〇六年一月五日

昨日开会，看你没去，便以为是你不愿去。觉得与其参加那样大而无当的聚会，倒不如二三谈得来的人喝茶闲话的好。我现在很是想在一个角落里待着，像消失了那样，但是却不能。我日渐感到写作与环境的冲突。一个朋友说，这个社会需要热闹，不需要写作。听来是有些悲观的话，往深处看，又确是事实。写作要求一个人是他自己，然后才可以写。我已经有半年不写作，有时心里会发急，更多的时候则木然。有内外交困之感。就像一条鱼，装在比它小许多的瓶子里。说来还是自己的原因，耐受性差，环境就是这样子的，历来如此，厉害的人大都有一个特点，都是混迹在人群里，在人群里悄悄地成就着自己。人群并不像艺术家们所乐道的，是一大团糟粕，这只是一个现象，就像一个人的嘴在说假话的时候，他的心却是真实的一样。即使在群体中，每一颗心也总是单独又真实地活动着。体察在群体生活中那种种不同的隐秘的心跳，本应是艺术家的天职和福分，但是却由于自身的脆弱，而轻易地逃遁了。

一些过于敏感的人就像温度计，是够敏感的了，环境稍有变化它都有感知和显示，但却只能在一种庸常的限度里显示其灵敏与精确，没有福分也没有能力领受它的限度之外的那些，再冷些它就要冻裂，稍热些它又要爆炸，而艺术又总是指向无限的，艺术的那种探索的特性也总是要求着逾矩和越界而过。因此像我这种温度计似的写作者的前景，也是很了然的。道理是明白的，但天性如此，也便止于明白个道理而已。

《十月》这期发了我和陈继明的小说，陈是中篇，我是三个短篇，原本想着让他们三选一，但是都发了，首篇尚可，后面的两篇自己看着也觉得不好意思。二期大概是漠月的三个短篇，让我给写了一篇印象记一同发。

刚开始写信，还没有温度计的想法，忽然地就想到那一面去，也算是对自己的一个整理。

张承志这十余年来的散文，都与他的行踪相关，看来真是多见才能博识。你又是乐于远足的，趁着有兴趣有精力，当多跑跑，但是我觉得出行一个人最好，在一伙人里，容易相互掣肘，不能一意。

脑袋僵僵的，一封短信也写得吃力。而且其中的观点也是很矛盾的。就这样子发过去吧。我自己比这信混乱多了。

二○○六年一月十三日

早就看完了你的小说，也看了宁大那个评论家的评论，他是有眼光的，已对你在比较中做了适当的评论。那人是个博士，听在宁大进修的同学说，他在《名作欣赏》上发过东西，于宁夏的评论家们而言，这是不容易的，他也曾对学生们讲到我的小说，因此我对他是有期待的，但看完他给你们写的评论，总体上还是没有什么新异之处。评论总是容易给人死水一潭的感觉。

（有你小说的）那期《黄河文学》被亲戚上大学的女儿拿去了，我现在只能凭印象来说说你的小说，记得我当时看完，没有看到让我很意外的东西，没有像以往那样，看到某个地方，心突然地一动。虽然一路可以愉悦地看下来，有些句子和段落也会把人的目光牵扯得停一停，但整篇小说读过，就像云影在地上停留和消失一样，不留有深刻的痕迹在地上。里面许多东西，观察、分析、谴责以及关怀，都给人一种痛痒莫辨，未得透彻之感，好譬针灸，是针到了穴位上，但进针深度不够，即不达病灶，这是让病人难受的事。而且给人的感觉是，这个医者，她是可以把针一下子就深进到位置上去的，但就是不，她好像不愿把力量全使出来，她好像对表述有某种厌倦感，她是在不得已地、勉强地表述着，似乎时时都想停下来，似乎巴不得结束，这样的一种叙述状态，使人觉得这个叙述者，其精神是涣散的，其力量是漫溢（并不是因为多）的，其视点是闪烁无定的，其目标是似有实无的。其实这是一个不错的故事，几个人去游玩，将一个人丢下回来了，而丢下的那个人是去找一条狗，一条他们中一个女孩子的狗，这里面有不少东西的，这里面其实有着不少厚足的况味与尖锐的痛点，是可以让人像通过显微镜那样，看取人的处境和相互关系，小说感知并关怀到了这些，但把真实生活中那种漫不经心的轻忽和伤害，那种无由申诉的窘迫与尴尬，都写得不够。那实际上是一篇百味杂陈的小说，看似单一，却有着其内里的丰富性。虽然说了这么多不足，但就像那个评论家所言，你的小说依然是那期小说里最具备独特气质和一定观照深度的作品，我现在的感觉是，你要用过于平静的眼睛来看取这纷繁世相，你要拿掉火的热烈与冰的严冷，你把冰与火之间的距离缩短了，也许是在心灵里经历了的缘故，在生活中倒取着一种深看不如浅看，着意何如随意的态度，因此写作时也无心加更多的佐料在里面。

　　我这样不客气地来谈论你的小说，一定程度上甚至是离开了你的小说在说我想说的话，老实说，最近是有些偏执，看什么也难入眼里，譬如我自己发在《十月》上的小说，头一篇还可看外，另外两篇我自己看着也觉得难受。看了某某某的两篇小说，写信过去，他于是就不高兴，来信与我商榷。我想我的心态也许是有问题的，很有些急躁和浮轻，这样的情况下实际是不应该提意见给人的，我现在觉得，给人的作品谈看法，诚挚倒在其次，关键是要说到点子上。

　　这也是我虽然答应看过你的小说后要谈谈看法，却一直没谈的原因，既然你要求听，那我就不妨说一说吧。犹豫着是否发它给你，犹豫未决，但还是发了过来。

二〇〇七年八月三十日

得信很高兴。也是一直惦记着。我也在为老人的病不得安宁，前段时间（我父亲）动了手术，但不成功，尿路不畅。还痛。大夫也无良策，只知道个扩尿道，这又是极痛苦的。我觉得我的耐心是不多的，简直可算是一个忤逆的人，但老人回去后，又后悔得厉害。有时想到把一对老人丢在老家，一瞬之间，心里急得要发疯。但愿老人们都好着吧。他们自己好着，远胜于儿女的孝顺。

给你的茶楼起了几个名字送过去，大概你不是很满意。梦也觉得"边城茶社"的名字不错，我也觉得不错。

新疆没去。不想动。惹得他们不高兴。

我今年什么也没有写，对那个电影看得太重，竟至于使我白了头发，而导演更是受到重创。好在我还拿到了稿费，不然真是受不了。导演正在养息，但愿他还能卷土重来。山大的几个学生在海原拍《清水里的刀子》，要我捐出版权，我捐出去了，心里觉得不快。总之这个电影后，我一直不想写什么东西。现在觉得休息这一段时间也好。但不可懈怠太长的时间。李春俊要出一部诗集，陈继明给编定的，我和陈都要写一点文字在这书里，但收到稿子近一月了，依然写不出什么，什么时候都觉得脑子里空荡荡的。

最近看了一本好书，山西作家曹乃谦的《到黑夜想你没办法》，瑞典汉学家马悦然认为他是可以得诺贝尔奖的。方言写成，极具特色。

没有搬家，房子那里似乎出了什么问题，迟迟不能交工，而且又涨价了，一平方米涨一百多。

以前写的随笔，我自己有时看了也觉得好，但是再也写不出那些了。人不知道将来会被变化成什么样子。

愿你开心的时间多一点。

二○○七年十二月二十八日

说一说我近来的情况：

我很安于我现在这样子。接下来会如何，我还有些茫然。但是没关系。走一步说一步吧。我始终感到写作对一个写作者是有要求的，甚至天然地对他有着一种制约性。我希望我有福气，能更多地体会到这种约束力。

今年没有写什么东西。但是感受了许多。这让我觉得高兴。我是有许多弱点的。缺乏应世能力。我渐渐也接受了这一点。年近不惑，应该对自己有个判断和认识了。应该百感交集地接纳这个自己了，不愿意和自己有冲突了。我希望我的命运能更好一点，使我和周围的这些写作者能区别开来。不是奢望要写出什么大作来，这个好像意思不大的，在这样的处境里似乎也没有多少可能。只是想活得好一些。毕竟还是有许多好东西是值得探索的享用的。但也可能像一团污雪那样消失掉。这就看自己了。文学艺术真是太好了。那么大的有诱惑力的空间，只是人福气薄，不能探其堂奥，沉浸其中。

你算是过了一劫。我知道你是坚强的。

好好的活着，为你女儿，为你自己。

好像有许多话要说的。但说来说去总还是想说好好活着的话。我有时候听到一曲音乐，看到一幅可心的书画作品，觉得活着真是太好了。昨天在墨香阁看到一个叫周一新的画的画，很受感染，我猜测着，像他那样活着一定是很好的。

我的诗不能叫诗的。我只是以此方式在试探和训练着我的感知能力。都写在日记本上。等真的能集满一册，就拿来送给你。也好，许出这样一个诺言来，我就得好好的写了。

先去吃饭，想起了再写。

二○○八年一月十一日

心理学，作家们都是感兴趣的。实际从自己身上就可以觉察到所有人的心理。这也并没有离开文学。你学这一域倒也是可以的，因你有着既敏感又冷静的一面。敏感可以获得丰富的感受，冷静有助于分析所感受到的。我在写作中对人内心的蛛丝马迹也是很留意的。

写作最好是随兴而为。但兴致是需要培养的。我反正有的是时间，太多的时间都浪费了。觉得太可惜。近来就迫使自己关门闭窗，在桌前冥然兀坐，运心遣思，时间长了，即使无所收获，心境也会因之一变的。我觉得学着写诗就是一个不错的培养兴致的法子。但诗不好写。我的诗容易写得概念化。诗应该写出不可言传的那一部分。我出手太实，是受了写小说的影响。已受过梦也的笑话了。诗只有对诗人是容易的。我先敲一些到电脑上，再寄你。

你的写作好在不郑重其事，信马由缰，散淡无为，但字里行间又有着纷杂的感受和清晰的认识及判断。这样的文字其实不好作。就像一个颇富沧桑的人把酒当茶来喝那样。在人在文两面，若是更多历练，也是可以做到极致的。这极致恰好就是意韵深足，貌却平常。

很高兴你来写这篇（关于我的）印象记，已回信《文学界》，言定六月底前交稿，印象记字数可长可短，三千字到一万字之间。我意三五千字便好。

先写这些。

二〇〇八年二月二十四日

这两天在看足球。有半年不写东西了。但一直在看书。你所谓是非，说到我耳边我也不愿听。

懒惰是最不好治的。我曾经算是勤奋过，曾经给自己定过一日写两千字。也能完成。那时候还代两个班的课。后来是学英语、练字、写日记、写读书笔记等，都是随兴而为，有始无终。

大概是一个阶段有一个阶段的活法吧。也不勉强。

也还写了几天诗。训练自己的直觉，看能否直觉到诗。诗在寻找着合适的人，它好像不愿意落脚在我这里。许你的诺言，也不能实现，（我的）所谓的诗，在我这里也通不过的。

一天，在书店里看到顾城的诗，真是佩服。诗人是天生的，而且无论怎么污染他还是他，他还是个诗人。顾城的一些诗论让我惊异。他好像在说大白话一样在说着那么多秘密。他其实死得也对。没有谁需要他的。

我没有博客。也无意开。已经算是一个够热闹的人了。

过两天打算请假，回去写点东西。

这是唯一实在的收获。

二〇〇八年四月二十八日

（你写我的印象记）草草看完，觉得是选对了人。除了一些错别字，就不改一字了。我从中读出你对我的一些规劝。比如拈轻避重。我是得想想这些。新近写的几篇东西，更是写日常生活中的一些冷暖和辛酸了。在这样的写作中既可以使写作得以延续，又可以让我暂得安全。这样的写作是有意思的么？先就这样写着吧。

题目极好，令我神往。我要是真的能成个"苍老的孩子"，那么也就能成个好作家了。刚看到这个题目时，吓了一跳，像是看到了一个埋得森严的谜底。

今天去了马老师家，他在等你来看他的画。老人家想搞个画展。羞羞答答地想找几个帮着鼓呼的人。看来你也是被他圈作一个了。他已年过七十，我真是盼着他能多活几年，使我在银川时能多一个去处。

祝福你。

二〇〇八年六月二十七日

昨天见面，觉得你显得很健康，这是让人高兴的。我其实近两年感觉很累，心态上的。容易陷在不好的情绪里。而且是长时间。这就使我觉得亏待了这个生命。人活得平静欣悦，是最大的收获，其余一切所谓收获，都是会反过来伤人的，让人脱离自己，活不好。你那个茶社挺好。你真是能干的，不经意中过着一份闲散又盈实的日子。再有一个孩子会好么？像你说的，对这个世界的前景无法乐观，因此生命本质上来讲，倒是来受苦的。我看我的儿子，真是心有不忍。学不好，又不得不学。学的那些东西未必就真的有价值。但我也逼迫了他学。他妈又是个暴脾气的人，又无好的教育方法，母子之间，是无法调和的关系。我看我的儿子，就像是一个翅膀柔弱的小鸟，一直在试探着要飞起来，却又无法真的飞起来。而我们还在迫使着他能够高飞。

你因工作关系，需要我有一个访谈。若以我意，真是什么也不想说啊。说得够多了。而且总是言不及义。说了白说。不如不说。昨天大家聚了一聚，我因长时间不参加聚会，已有不适应感。看见你，还是有些安慰的。

过一段时间，或许刘苗苗会来，或者是《花城》的编辑申霞艳来，要方便，就带她们到你的茶楼里坐坐。

访谈稿，你给我放在下一周吧，如此我可以从容一些。

你的博客，我是想看看的，但是没找到，在百度里搜索不得，请告诉我如何找。

二〇〇八年六月二十九日

昨天试着答你的那几问，有些为难，感觉说什么都像是在吃剩饭，想别人看了，也同此感。和你做个商量行不行，访谈就不搞了，我把我的那本诗集写完，送给你；或者是我用小楷给你抄写一本册页，内容为《茶经》数则，可以么？

二〇〇八年六月二十九日

收回我的话，访谈还是下周给你写来吧。简介、获奖介绍、对文学的一些看法和感受等。《茶经》不是出于我手，而是将陆羽的《茶经》抄录若干。看人写得一手好字，羡慕极了。我是想走捷径，即不通过练帖，还想有所作为，这当然是没有的事。

觉得你写这封短信的感觉就不错。文字涉于正式，不能随意，就不好。

先看一会儿你的博客吧。

二〇〇八年八月四日

昨日来一同学，相约吃饭。因在你单位附近，就把书给你送了过去。吃饭点菜是大学问，得好好学一学了。同学现为经商之人。不见面已近二十年。一见面就批评我，让我不写则已，写就应该学余秋雨。多大的名声啊，还那么多钱。我俩在大学里是上下铺关系，好得像一个人，现在却觉得互相陌生。但旧时情谊还是磨灭不了的。照相的时候，他一直用手指在我后面捣乱，捏一下屁股什么的。有些东西总还是不变的吧。

书里照片是在大理照的，洱海上。船行如箭，风迎面来，一时心情，为陆上所难有。有时间在海边寂守上一段时间，再回来肯定会有不小的变化。

你的小说改好后给我看看吧。还是要交流的。李春俊希望我写出一种小说来，入口很小，内蕴无穷，这是让我向往的。我没有写出自己想写的东西来。我现在的写作还像是在做一个手艺，有游戏性，心血的成分不多，这样肯定是写不出什么好东西的。痛在身上，强忍不住的呻吟听起来才会让人感受杂多。无病呻吟在写作是最不可取的。但是又难免。尤其成为职业写手以后。

《茶经》我还没有写，还是想等字写得更好一些了再动手不迟。但又不勤于练。我还是近日就写给你吧。写在一个小的册页上，至少可以工整地写下来。

二〇〇八年八月六日

你的小说昨天就看完了。想把房子收拾一下，昨天在找人看房子谈价钱。这是麻烦事。你当时把房子收拾成那样，一定是花了不少工夫。

小说我觉得还不错的。语言、气息以及内容，都还不错。把公园中的那种特殊的气氛也写出来了。这样的一个故事，既显得异样，又不出意外。写到女人和少年的事，有些悬念，就是要看看到底会有怎样的一个故事。看到那女人在信中讲，她已经死在了房子里时，还是有些怵动和出所料。这一笔应该是不错的。如你所说，后面的处理是不大好，有些潦草和纷乱，有些像小说了，而不像生活。好的小说应该还是自始至终像生活。后面三小节，都不长，但是好像不是小说的合理部分，有些像着意安排上去的。有接痕之感。就像电影还没有演完时，人们已纷纷离席要去了。少年看信后跑起来，那样子的喊着，也可以，但不是最好的处理。到后面写他继续在公园里卖书，也属交代过详，倒显沉闷和多余，如果没有更好的结尾，倒不如在少年读完信时（或者读完信的主要内容），就戛然作结。毕竟如何来处理这个事，对少年而言也不是一蹴而就的，读者也不必知道一个明确的答案。

说这些吧，总体还是不错的。发在哪里的杂志上都是有可能的。

二〇〇八年八月七日

近日可能要改剧本。（装修）房子事又需停一停了。拿到钥匙已一年，一直丢在那里，而建材也不停地在上涨着。主要是收拾出来也一下子不能住人。知道你是这一方面的行家。把房子收拾得好，跟钱多少无必然联系的。这就跟素面朝天能胜过浓妆艳抹一样。也是很大的学问啊。你的话已让我心动，在说服老婆用水泥地。

二〇〇八年八月二十六日

谢谢你。然而不能去山里写，因去了还要有个适应过程。剧本的写作和小说不一样，小说是写自己，剧本是就他人。晚上导演又打电话来，说起一些修改意见。虽然说得句句在理，我却是不大热心了。去北京见了这个片子的摄影，他建议拍成黑白片。

昨晚写了一夜。窗子发白时才离开电脑，但是不满意。我其实是爱电影的。只是觉得变数太多。我得在九月上旬弄出本子来。改来改去，已改得面目全非。我在硬着头皮干。心里惦记着写小说。

二〇〇八年八月三十日

（访谈）能得你的认可，我就放心了。

剧本改来改去，已无多少激情。只是导演弄这个电影不容易，中途停下来后，第一个投资方撤资了，又好不容易寻到第二个投资方，还要赔第一个的损失，说是七十万。这样的因素在里面，只好咬牙做下去。我并不觉得本子是越改越好了，也许正相反。也许电影和小说的要求不一样吧。因此，若真的会写电影了，大概代价就是不会写小说了。

连导演也承认，一切好的小说家都不大会写电影，他觉得我写电影的天分还不错的，不知是夸我还是骂我。我也觉得我是能写电影的。若弃了写小说，一意写电影，会写出不错的本子来吧。这当然是舍本逐末了，我也不会干的。

黑白电影的事，正如你言。中国文人做事，往往想法不错，架势也是不错的，激情和理想也都一样不缺的，不知为什么，拿出作品来，却让人觉得不是所要的那个东西。我见过影视圈内的人，也有一些了，若只是听他们的说，个个都能搞出不同寻常吓人一跳的东西来。现在有经验了，就姑且听听罢了，不再信的。

你有机会了，也可写写电影剧本，可根据自己的小说来改，是不错的写作感受。电视剧却不能写的。看过刘恒的一种说法，他说，小说是他的儿子，电影是他的孙子，电视剧他也搞过一些，说不清电视剧是他的什么。

顺手写这几句。

安好！

二〇〇八年十月八日

我还在深圳，但愿一月后能回来，心里已是发急，走时和单位也不曾告假。说是在一个客家人的村子里住着，然而村子已不见踪影，到处是高楼林立，打工者如过江之鲫。原住民不知都在哪里。这个村子有二十万人之众。我尝试了解生活，帮他们写一村史，语言不通，交流甚难，加上我又不爱说话，很是麻烦。

给你写的序里有"鸿雁雪泥"的话，今天才看出不对，实为"鸿爪雪泥"。来于苏东坡的诗"恰如鸿爪落雪泥"一句。

二○○八年十月九日

是的，大海没有想象的好。但真的见过，会有助于想象。这里去海边需两个时辰，只去过一次。十一期间，人多如沙。海边只合一个人才好。对面就是香港。但是水天茫茫，好像只有大海，没有别的热闹。我这里忙完了，一定还要去海边坐坐。在海边感受一介生命，是很好的所在。

二○○八年十月十四日

能有满意生活伴侣，是大福分。祝福你。我见中年夫妻，能相安无事就已不错。你山里的茶楼那里今年是去不了了。导演十一在银（川），原说好是要去你那里的，恰好我又不在。我要在深圳还需一月时间。这几日已感到有些习惯，人的适应性之强如此。今天听一人唱客家山歌，其音怪诞，不很中听。客家人却可以听得如痴如醉，一方水土一方人，于此可见一斑。我想唱一首西北花儿给他们，想他们听来也感怪诞吧。终于没唱。客家山歌，词甚优美，多属情歌，有句云："脚踩凳子手攀墙，两眼睁睁望情郎。"不闻其音，仅此歌词，也让人不能无动于衷。

《青年文学》李兰玉让你把新作投她，不知你们已有联系否？我这次回来，要安分守己，好好写我的小说。

二○○八年十月二十二日

我在深圳的工作已渐近尾声，但一时还不能回来，因还要等他们收集的资料。不知彼等有新的要求否？晚上前面的空地上在放电影，励志片。一幕悬树，很容易想起儿时岁月。这几日大概无事，要无所事事地过了。我就到阅览室去。这里的阅览室不错。也可以借出书来。我今日就借出

《中国土匪》《中国的公社化时期》等书来。打工者多的缘故，阅览室里总是满坐着静静读书的人。你也休息休息吧，不必太累的。今天上午采访了一村中首富，系一女子，年近四十，言谈之朴素实在，令我吃惊，不见有钱人的样子。说她的钱几辈子够用了，但她不想袖手不干，主要是给儿女做个榜样。成大事者，总是淡定。

这边全然夏时光景。我依旧穿着短袖衬衣。上午过一悠长小道，树荫森森，静无一人，恍若古时。

村里有几条村道，椰树夹路，宽阔气派，夜来则非常宁静，两边深林，蝉声极响。我每晚都要沿路走走，只是不敢远行。夜里能看到飞机不停地飞过头顶，机灯明灭，机声隐约，觉得每一架飞机都是飞往家乡的。现在还不大觉得，过后来想，是难得的印象和记忆吧。

二〇〇八年十一月四日

已经睡了，爬起来又上网，就看到你的信。这两日觉得累。很愿意躺到床上去。但是又不安心。窗外的机器昼夜响个不停，这就是南方的生活，也觉得意思不大。人不能像机器一样劳作，完全没这个必要。你关于母亲的文字让我的眼睛也湿了。人都说独生子的心是狠的。我有时候觉得在父母上，儿女的孝心是很不够的。好像造物主把儿女们的心都造成了叛逆的。我清楚没有比他们俩更疼我的人。我来深圳，我母亲就来银川照看我的孩子，父亲则一个人在老家守着老院。说到这里时，忽然觉得人心里的感情好像是越来越少了，这也许是最可怕的吧。你不是说正写着一篇小说么？写成了没有，写成了若愿意，可寄我看看。我今年四月份回老家，写了一个月的小说，有四五篇，陆续都发了出来，《人民文学》和《中国作家》来信，在年底会各发一篇，但发出来才算，就写了那一个月，此外就没有写过什么。我们的电影，导演终于找到了投资方，而且钱已到位，若无意外，年后会拍吧。南方人太多，就像一阵巨浪把无数的鱼不容商量地送上了沙滩。看到太多的脸晃动在眼前，连发疯好像也是容易的。是啊，不该有这么多人，造物主太疏忽了。但是说这个话时，忽然我的心里是不安的。好像是触到了一个禁忌。看到一个女人，带着两个孩子，小的还在吃奶，大的刚学会蹒跚走路，但是已经很习惯于向一个个垃圾桶那里去了，到跟前他就抬起脚后跟，向桶里望望，然后拿出他需要的东西来，很高兴地去交给他的母亲。也好像是一种收获和欢乐。我就觉得真是有各种各样的生和我们同在这个世界上。不写了。握手祝安。

二〇〇八年十一月十三日

我还在深圳。若是顺利，不日可回。这次来深，练得脸皮厚了一些，脸皮厚也不是什么坏事。在这个村里待了近两个月，对村子究竟有多大至今茫然。昨日午后闲逛，走出很远，也还在厂房和街市之间。但是很多的楼在阳光下都显得不明所以，有痴呆相。也有一些厂子倒闭了，员工们在哪里闹事。一些保安如临大敌一样纠集在那里。最终来看，我只是蜻蜓点水而已，未能深入客家人里去获得有价值的东西。应该说这还是与性格有些关系，若你来收获可能就会多一些。但是也不易找到他们，要是我那样的村子，走门串户就会是可能的，这里不行，已成城市人，一旦为城市人，就不愿不速之客上门去。

在路上走，路两边的山上深绿依旧，全无冬日样子。很大的树竟然在开花，开出的花在高处给人一种孤寂感。我先前以为大树是不开花的。人的经验是多么的不够，但又是多么地容易自认为是。还有一种树，树冠开花，树身长刺，刺甚尖利，如狼牙棒。宽阔的路引向深远，无一行人和车辆，不知修那些路做什么。据说是为将来在做准备。到处在施工。这里叫大浪街道办，有一千六百多家企业。但是很容易给人另一种荒芜感。今日天气颇好，依然可以穿半袖衫出行，我想出去走走。我们是不容易满足的，在哪里都觉得有缺憾。唯心满足了，看天下才会是无处不好吧。

关于小说《底片》的通信

佐红：

　　好！

　　抱歉，才回信过来。《底片》是我写的一个最长的东西。也许一辈子只能写一次这么长的小说，因我是习惯于写短篇的。我自己觉得《底片》是我写作到一个阶段的总结。敝帚自珍，若是让我在自己的作品里选一部出来给人看，我是会选《底片》的。当然自发表后我自己也没有再好好看过，不知现在看会是什么感受。人的看法总是随时改变的。

　　刘亮程是有特殊才能的作家，他的许多篇章我很喜欢。唯愿他能有更大的发展。

　　谢谢你的关注和鼓励，《底片》我这里有电子本，发来闲时看看。

　　谨祝安好！

石舒清
二〇一一年二月十日

佐红：

　　好！

　　真是抱歉！你费心给我写的评论，因发在了我早已不用的一个邮箱里的缘故，一直没有看到。我不用搜狐的邮箱好几年了。

　　谢谢你的评论。于作者而言，评论家是一面很好的镜子，作者可以通过这样的镜子来打量自己，这样打量自己的机会是不多的。

就我个人的写作来说，《底片》是我的写作里很是重要的一部作品，因我的许多经历和生活观的形成，都能从这本书里寻得蛛丝马迹。看我的所有的写作，其主要面貌和走向，无不是从这本书来的。《底片》对我来说是一次写作上的小结，原拟《底片》之后，写作上做些求新求变，实践证明这是不容易的，人只能在自己的基础上活动，无法脱离而另起炉灶的。这也并非全是坏事，认清楚了，就在自己命定的园地里勤加耕耘，如果得法，如果执着，结出好果子，也是可以预期的。

这两年没写什么东西，明年打算好好写一点。

再次致谢。

一切好！

石舒清

二〇一二年十一月十一日

爱军：

好！

信收悉。感谢！那是我的一段不错的写作时光，两个多月里写出了这个《底片》，把村子里给自己印象较深的人都细细过了一遍。就在村里写。每天写一篇，写完后心里很是充实，觉得劳动给人的安慰那么好。在《朔方》看过你的散文，有些意外，但更多的却是高兴。这样我把小说给你就远不只是工作关系，而是有深入的交流在其中。

我已经两年没写小说了。写作有时候会让人感到苦。太熬煎。只有不写作的时候，或者写不出好东西来的时候，我才感到我是多么地喜欢写作。

书的合同还没有签，是否还是上次你传我的那个合同，记得你曾发到我的邮箱里，却是找不到了。若是原来那个合同，我就补签一份寄过来吧。

安好！

老石

二〇一一年十二月二十九日

李健兄：

　　好！

　　真是不好意思给你回信。原说七月份要给你稿子的。关于长篇小说事，我是有一个长篇，约二十万字，在《十月》发过，没出过单行本。我是想再修改一下。另这个小说虽名长篇小说，但写法上有些特别，即总体上写一个村子里的人事，一人一节，或一事一节，之间并无情节上的连贯。形式上有点类似于萧红的《呼兰河传》。我再收拾一下，你若有兴趣，我收拾好后，发你看看。

　　对你曾有食言，我一直记着的。

　　安好！

石舒清
二〇一〇年九月二十日

生滨兄：

　　好！

　　说是要就《底片》给你写一篇短文，真的提笔来写，却不知道写什么才好。

　　这篇小说写于二〇〇五年，距今已快十年了。我写东西都是要回老家的村子里去写。每次回去一两个月不等。写《底片》大概是我回老家写东西最长的一段时间。前后有两个月之久。我主要以写短篇小说为主。写《底片》，刚开始也是想写一组短篇的。想写一组童年时期留给自己很深印象的东西，小时候，家境寒苦，可以利用享用的东西不多，因而一些衣食住行方面的东西会留给自己很深印象，我就写了一组这方面的作品，名之为"物忆"，可称小说，称之为散文也未尝不可。此后意犹未尽。想着物事写完，还有人事呢。先从自己家里的亲人写起，又写到父亲一支的亲属，写到母亲一支的亲属，继之又写到邻里亲戚等，几乎把全村给自己一定印象的人都写到了。基本是据实写来。就像把袋子里的米下到锅里一样，写得很顺。我后来定了写作计划，每天写两篇，每篇最长不过三千字。两个月写下来，一通计字数，我自己也吓了一跳，竟是一个长篇的篇幅了。我从来没想过自己会写出长篇来。仅篇幅而言，也因此有了一种从未有过的沉甸甸的感觉。像这样的写作，在我可能没有第二次了。我觉得我写出这小说，潜意识里还是受了萧红的《呼兰河传》和美国作家安德森的《小城畸人》的影响。就是以碎片的形式拼接出一个气息和风格上统一的整体。就是说，我写的虽然是林林总总的人事，但这些人事，又都不出我写的这个村子的范围。以村子为整体，这部作品也有其整体感和统一性。

我不敢说这是一部长篇小说。

但我觉得这一点是不重要的。

重要的是，我凭着我的经验和记忆，凭着我的感情和对人生的观察及认识，写出了这样一部东西。只要它还值得一看，那么它在形式上是什么样子，这一点是不重要的。

我在已逝的岁月之海里勤勉打捞。这部小说就是我打捞记忆的结果。我在老家的那间小屋子里关门闭窗，回想着村子里过往的人事。我的一个想法是，时过多年，岁月淘洗，经岁月而不磨灭的人事，总有其不磨灭的原因，那么就是值得一记的。有时候的想法很简单，就是要记录世上曾经发生过这样一些事情，曾经存在过这么一些人，这些人在我们这样一个天荒地老的小村子里度过了各自命定的岁月。有时候甚至无心于探索所谓命运和意义等，只是想记下一些场景，一些过程，一些痕迹和稍纵即逝的情绪波动。

此前我已经写了十多年了。我觉得《底片》的写作对我的写作是一个小结。一个阶段的写作结束了，以此为限。接下来还会写出什么，是一点把握也没有的。但是作为一个写作者，我无意中写了自己的村子和父老乡亲，这是很能安慰我的。另外人至中年，这样的回望其实也是对自己人生的一个小结。

小说写出来，先投给了《花城》的编辑申霞艳，她很喜欢，尤其从语言上做了肯定。但最后《花城》还是有另外的意见，小说又回到了我手里，我就投给了《十月》的赵兰振，赵兰振兄是我上鲁院的时候认识的，当时他还是《青年文学》的编辑，我在鲁院上学半年，经兰振兄的手，就发了我一篇小说一篇随笔，我回到宁夏后他又在《青年文学》"封面人物"专栏发表了我三个短篇小说。对我的写作路子他好像一开始就比较认可。加上《十月》的主编王占君老师对我的写作也鼓励有加，我在《十月》经他的手发表的第一篇小说《清洁的日子》就获了《十月》文学奖，因有这样两个人，我就把《底片》投给了《十月》。运气好得很。结果就在《十月》长篇版发了出来。通篇有近二十万字，《十月》只发了十六万字不到。余的部分后来陆续在《青年文学》《红岩》等刊物发了出来。

迄今为止，要说我的哪一部作品最为我看重，那自然非《底片》莫属了。因为我在其中写了我的村子和亲人们。

石舒清

二〇一三年七月二十三日

书信三通

德间先生：

　　您好！

　　来信收悉。非常高兴。谢谢您的鼓励。这个《公冶长》的故事，我当时看到时就很激动，很有写作的欲望，但是写起来却觉得力有未逮，难以尽意。有些段落是啰嗦了一些。我也感到这小说有很多丰富的东西，是难以言道的。好的写作就是对品质的追求和对难度的克服。没有难度的小说不能称作好小说的。

　　您问到我的最满意的作品，说实话，我还挑不出一篇来。我愿努力写出自己满意的作品。

　　您能翻译《公冶长》，在我自是荣幸之事，很感谢！

　　我手头有一本井上靖先生以中国西域为题材的短篇小说集，我写《公冶长》一类小说，从井上先生的作品里得到不少启迪和方法。人的个人的生活是不够的，要从历史里去寻找那些被埋没的值得一写的人，这是井上靖先生的作品告诉我的。我很奇怪，相隔千山万水，写的又是中国古代人物，怎么可以写到那样活灵活现，如同亲见，可见好的艺术家的能力真是令人惊讶和佩服的。

　　中国作家里，我一直喜欢的是鲁迅先生，我从他的文章里得到许多享受。

　　您说您在中国的大学里讲课时，以川端先生的掌上小说为范本，这个信息使我感到高兴。像川端先生的掌上小说不好写一样，也一定不好讲，很多人会觉得无处下手无从说起。我会从那些貌似平常其实却不同凡响的作品中好好体会学习。

宁夏也是春暖花开的时候，但是花期不长，开花的第二天，就能看到地上有零落的花瓣，古人说，好物不坚牢，从这里也可见其一斑吧。

谨祝安好！

石舒清

二〇一四年四月十六日

德间先生：

您好！

谢谢关注。《公冶长》我又改了改，发您看看是否改得合理。古训说：文章不厌千回改。但我是不适合改文章的，往往写前构思多。写后就无法再大改了。暂时还没有决定在哪家刊物发表，我想投给《民族文学》试试。《民族文学》是中国专发少数民族作家作品的刊物，他们和我约过稿子，我也好多年没有给《民族文学》稿子了。一旦他们决定采用，我及时告知您。译文是很辛苦的事情。自己的文章能被您翻译，心里是很感激的。

您说到教化的作用，我深以为然。中国人以前是很尊师重教的。所谓一日为师，终身为父。但世风日下，如今大家的教育状况和思想能力都是不容乐观的。君子喻于义，小人喻于利。这也是中国古贤给君子小人画出的界线，但如今谈义会让人们皱眉头，更容易为利害所驱使了。当然人性本就这样的吧。这也更显出教化的必要。

且说这些，谨祝安康吉顺！

石舒清

二〇一四年五月十五日

德间先生：

您好！

近日身体不是太好，不宜上网。回信晚了，请谅。

很高兴您对《公冶长》的看法。这于我是很大的鼓励。但是编辑朋友看过，还是嘱我应该多写老家的事情，多写回族的事情，他觉得每个人都有自己写作的根据地，范围太大，不一定是好事。他的主张是不要求一个海洋之大，要求一口老井之深。我的想法，则是想拓展一下自己的写作路子。

小说后来还是投给了《十月》。大概最终会在《十月》第六期发出来吧。因《十月》二期发了我一个短篇，不会连着发的。但他们决定发表这篇小说，只是会往后推推，您说十一月会在《火锅子》发出您的译文，若真能如愿，则正好在中国和日本的刊物上可算是同时发出了这小说。感谢您的费心。

且说这些，谨祝一切好！

石舒清

二〇一四年五月三十日

从"跨界"谈起

——石舒清访谈录

提问者：田鑫，《银川晚报》记者，青年诗人。

答问者：石舒清，宁夏文联专业作家。

问：石舒清老师，谢谢你抽出宝贵时间回答我的问题。这个访谈涉及到的问题可能有些杂，不过都会围绕"跨界"来进行，我觉得这个词比较合适你这几年的状态。先说小说，大概有两年没有在刊物上看到你的小说作品了，如果没记错的话，最后一篇小说应该是《十月》杂志发表的《公冶长》。你这两年在忙啥有新的小说作品吗？

答：田鑫好。如你所说，我这两年没有写小说，按说是不应该再接受什么访谈之类，没写东西就没有什么好说的。但是由你来问，我又不能不做配合。我对你的诗文印象还是比较深的。你属于那种活做得好，同时又不张狂的人，这正是我所认同的。有些人则恰恰相反。有时看你微信，你信手拍的那些景致也让我眼前一亮，觉得你如果搞摄影，也是可以期待的。

我自二〇一四年动了个手术后，就停了写作，连写了好几年的日记也停写了。这里面有些一言难尽的东西，连我自己也不知怎么说才是。几个朋友，梦也白草等等，催我尽快写起来，说文学这个行当，最是容易淘汰人的。后浪上来，前浪就不见了。我自己也着急。清楚写作是个手艺活，三天不练手生，何况成年隔月。但写作的准备我一直做着的，收集了不少资料，把可以写成小说的都整理出来。书也一直在读。读书可以说是日课。但是读书总是站在岸上看人游泳，真的要学游泳必须自己跳到水里去。我会尽快跳到水里去的。当然我这里说的没有写，主要还是指小说，其他的东西多少也还写点的。于我而言，没有写小说就等于什么都没有写，小说在我这里有着特别的位置和意义。

问：梳理你的作品和部分访谈等，发现你除了参与部分文学活动走动之外，基本上在银川和老家海原生活写作，想让你谈谈在不同地方生活的文学创作状态。

答：我一直不大喜欢动，就想安分在一个地方看看书写点东西。即使有出国远游的机会，对我也没有多少诱惑力。我已有近两年没回老家了。我那个村子离县城近，城镇化的原因，现在的村子和我小时候的村子相比较，已经面目全非。我的情感好像在原来的村子里更多些，现在的这个老家则多少有些隔膜感。而且已经有一些原本是县城里的人住到了我们村子里，原属我们村的，也住到县城里去了。如果老家单指我那个村子的话，已经大变模样。我以前只要写小说，总是回老家去。回去的时候，其实也不知道自己能写什么，在亲戚邻居家里走走看看，听听家长里短或五谷桑麻，一些触动我的事，就可以成为我的小说，最有收获的一次，我回家不到一个月，写了有五篇小说，有两篇后来发在《人民文学》。在老家我是容易写出小说的。触动我的东西多。而且老家的氛围也让我容易有一个好的写小说的状态。状态是很要紧的。状态好了会事半功倍。我从来没有刻意深入过生活，我也不是一个善于提问者，而且在自己的村子里以一个采访者的面目出现也是很不合适的。我多是混同在亲邻里悄悄地听。我的小说素材大多是这么来的。在银川我很少写小说，不是写不出来，而是根本就没有写小说的打算。算是形成了这样一个习惯吧，习惯反过来又决定着人的行动。在银川我就是读读书，写写随笔。如果说回老家是创作的时间，那么在银川就是我充电的时间。对我的写作而言，老家有生活，银川有好书。

问：老家那些事基本上是你作品最让人痴迷的底色，想知道，你如何看待作家和故乡的关系？

答：至少对我这样的写作者而言，故乡的重要性是怎么强调也不会过份的。我的写作和故乡的关系，可以说是因果关系，母子关系，也可以说成是种子和土地的关系。好比一只土豆，带着故土的营养和温度活在世上。人挪活，树挪死，但我觉得对一个以写家乡风物人事为尚的写作者，无论怎么挪移，无论挪到哪里，也无法把他挪出故乡去。

问：故乡提供了丰富的写作素材，但是文学作品除了呈现之外，还有其他力量吗？

有人把文学比喻为人脸上的眉毛，说眉毛好像没什么用，但是拿掉了也确实不好看。很多时候文学好像真的也只有这么点作用。有时候连这么点作用也没有。人人都需要眉毛，但显然未必人人都需要文学。但真正的好的文学应该是有力量的。首先是它自己不选择只当眉毛才可以。

问：《黄河文学》给你开过一个专栏，写的全是藏书的故事，跟了一年，我对你那些书的来历和你对它们的解读有了初步理解，同时也加入了淘书队伍，经常去你去的旧书摊。在我看来，这是你的第一个跨界，一个作家本来就是一个读者，你把自己从读者升级到了藏书家，你给每一本书注明了来路和标签。虽然有两年年多没发小说，每个月发几千字的随笔，也让读者感到过瘾。藏书的爱好从什么时候开始的？

答：我从上初中起就开始经营自己的藏书。这个乐趣一直持续到今天，兴致从未减损，而且越来越浓。到银川这些年，平均来算，我至少每天都能进两本书。收书的兴趣越来越强，收书的范围越来越广。什么书也喜欢，什么书都觉得读读有用处有好处，收过一本书，是编竹筐的，上世纪六十年代版本，有很多竹编插图，喜欢得很，就收了来。我的一个亲戚，这些年多次变换工作，先是在财务上，我收有不少财经资料汇编可以给他看；他到税务上去了，我有全套的《中国工商税收史资料选编》；等他去公检法工作时，这方面的书我就更多了，各种法学辞典和案例选编使我好像是这方面的一个专家，其实真正看过的没有几本。小舅子在医院里上班，我让他有机会来我这里挑挑医案方面的书。就在昨天，书摊上的小白还打电话给我，说他收了一批书，是否去看看。当然要去的。出了门才感到冷，衣服穿得不够。但是一下子却买到数十本书，一套两千多页的《天津商会史料汇编》，让我喜不自禁，大冷的天，心里真的感到热乎乎的。书摊上有一个很敬业的女人，我买她的书她自然是高兴的，但是忍不住似的对我说，你收这么多书也是要卖吧。收书带给我的快乐难以言喻，我的观点是，可以不读，不能不收。

问：是怎么想着写一个藏书的专栏是无意为之，还是专门调节自己的写作？

答：也不是有意写藏书方面的文章，我先前有记日记的习惯，收书自然是一日之间的大事，每有所得，录诸日记，其实只是日记中的部分。后来和《黄河文学》的闻玉霞女士谈及，她鼓动我把日记中有关藏书的部分摘出来，给她发表。我当然也是愿意的。这些年收书，也收出许多感喟来，比如我在书摊上就收到不少文学界同行的书，上面有签名等，一看可知，收这些书的时候，心里的感觉是比较复杂的。君书我来收，我书又归谁有这样的感慨。当然感慨不止于此，当时也都是心怀激荡的文学中人，到头来弃之如敝屣，其间会发生了什么事呢，还收到不少日记本，也是感喟多多，我发现，一本日记，从头至尾写得满满当当的是极少的，可谓千里无一，为什么不写满呢为什么空白地放着呢为什么留着那么多的空白呢我对"文革"时期的东西情有独钟。我发现，"文革"时代的日记很少有记录个人心情遭际的，多是报纸社论摘抄一类，好像每个人都在拿着喇叭高声喊话，好像每个人都是一个集体，而找不到个人，即使在日记这样私密的地方也找不到一个独在的人。这样的日记在日记史（如果可以这样说的话）中是很特别的，会给人非常特别的印象和非常怪异的感觉。记得某年，书摊上有人拉了一小车日记在买，是家里的老人写的，老人过世了，家人拉出来卖。我翻看了多次，觉得有些凌乱和琐碎，终于没有买，但那一车被兜售的日记给我的感觉是很特别的，好像总觉得那个写日记的老人躲在哪里，暗中偷看着这一切。我的所谓藏书记，多是记录收书经历及带与我的种种触动。曾有往刚刚收得的书上写几句的习惯，应该说是受了孙犁先生的"书衣文录"的启发。买到一本书，看前面有留白的部分可供我来涂鸦，手就痒痒起来，一书一则，陆续写了大概有几百则，现在都零散在我的藏书里，不容易一下子找出来。现在这个好习惯也丢掉了。

问：这些随笔对于您的写作来说帮助有多大？

答：说不清楚，但肯定是有帮助的。我想此类随笔的写作也许让我的文字稳当了一些，注重呈现事实，不容易显得情绪化。写作虽然是很感性的劳动，但我对过于情绪化总是警惕的排斥的。

问：作家圈里的书法家不少，远一些的有贾平凹等，身边的有已故著名作家张贤亮。作家中的书法家，因为双重身份的关系，其书法作品带着鲜明的文人特点，明显区别于专业书法家。在宁夏文学圈，有人因为得到你的书法作品而欣悦，那么问题来了，从作家到书法家的跨界，机缘来自哪里？

答：我至多算个书法爱好者吧。从没有当书法家的想法。就是喜欢。也是多少年如一日的喜欢。我的大欠缺是懒惰，没好好临过帖。所以写字也是野路子。说到机缘，有两个，一个是，我写字历来比较工整，在海原回中当学生的时候，学校办黑板报，我是抄写员之一。我的理科课历来都不怎么好，但教化学的刘立红老师在我的作业本上批过不少优，就是因为我的字写得比较认真干净，那是一个女老师，很有亲和力，会弹手风琴，她给的优字对我还是很有鼓励作用的。另外我的一个同学叫马海宁，喜好书法，我俩关系不错，他的爱好一定程度上也影响了我。迄今为止，我在写字上的最大成就是，经书法家郑歌平先生推荐，《书法报》用一个版面介绍了我喜欢书法的缘由，并发表了我两幅写字作品。当然这个版面所针对的，正是非书法家里面那些对书法有兴趣的人。这个把我算在里面是比较合适的。徐静蕾说，她见了好字走不动。我也是这样的，见到好字总要站下来看半天，有时候喜欢得口水都要流出来了。

问：在书法方面对自己有什么要求么？

答：首先把字写得要让人认得，要端正大方，练练行楷就行了，永远不要想着去练草书。逸笔草草，对有些人来说，这是十足害人的话，我是不敢听信的。

问：书法是不是反过来还喂养文学？

答：好的书论，不但富于见识，也有着很高的文学性。王羲之、林散之等书家，其文学能力，即使终生侍弄文学的人，也有望而难即，高山仰止之感。这种喂养应该是相互的，而且文学对于书法的喂养，说来好像奶水更充沛一些。当然读帖品字带给我的快乐是无可替代的。

问：书法在技法等内容上来说，对写作有没有启发？

答：书法禁止胡来。当然文学也禁止胡来，但书法上的胡来一眼就可以看出来。我觉得书法就是在最大限制中求最大自由。是从心所欲而不逾矩。从心所欲和不逾矩同样重要，缺一个就不会有好书法。出新意于法度之中，寄妙理于豪放之外。这话在我看来好像是为书法量身定做的。书法所凭依的东西看似最为简单，就是线条。说书法是线条的艺术也未尝不可。但是要凭借这最简单的求得最丰富最神妙的，靠的就是人的创作力。总而言之，书法给我的启发就是两条，在严苛的法度中求最大的自由；凭最简单地达到最丰富的。这样的启迪不但可以用在文学写作中，也可以用在别的很多事情中。

问：有评论认为，你的短篇大致可分为两类：一类以《清水里的刀子》为代表，依托西海固地区和民族的文化资源，书写本民族清洁的精神和对生命的尊重；一类以《低保》为代表，书写乡间底层的现实，不避体制与人性的晦暗。这个评价在我看来颇有代表性，但是今天我们不说你既有的小说特点，我想说的是这么多年，您一直坚持这两类作品的书写，有没有考虑过介入城市生活，写一些快节奏的带有水泥的柔性和硬性的作品？

答：城市题材的作品就留给对城市更熟悉更有感触的作家去写吧，我写的这两种小说已足够我来写了。我要的不是拓展写作范围，而是把我一直写着的人事写得更加好更加地令人满意。我这两年有从史料中找小说素材的企图和努力。但即使找到了，我也需要把这些素材移转到我所熟悉的环境里去，把那些异地的人事置换为我家乡的人事。虽然这样的置换是不容易的。我对城市题材一直缺乏应有的兴趣，也许我的长处不在这里。但对城市题材的作品，我又是很喜欢读的，这种喜欢的程度，大过了阅读乡土题材。这个也是可以理解的。

问：说说你的诗歌创作。前段时间你发表在《朔方》的一组诗，一经文学朔方微信公众平台推广，迅速成为热议话题。你的第一组诗歌发表后，《诗选刊》转载，多家刊物约稿，《回族文学》杂志紧接着也发表了一组。对于你的诗歌处女作，青年评论家张富宝就认为，无论是小说，日记还是诗歌作品，石舒清都体现出了艺术与精神的"统一性"，简洁、冷峻、深邃，在日常生活情境之外充满思想的意味。那么问题来了，作为第三个跨界，作诗人的想法是从哪里冒出来的写诗和写小说的状态一样吗？

答：谢谢张富宝能如此评价。诗歌写作在我完全是出于不得已。也就是说，我现在如果有顺利的小说写作，那么我就不会在诗这里劳心耗力。和喜欢书法一样，我也一直喜欢读诗。我读诗的量不比一个诗人少。很多诗人及其作品在我这里都是耳熟能详。我有时候会给一些很好的朋友背诵我喜欢的诗，我的激动并不比我的诗人朋友欠缺多少。诗是激情的产物，我觉得至少在对诗的阅读方面，我还是很富激情的一个人。但我和诗的关系可能会止于一个欣赏者而已。我志不在此。当一个诗人不是我所愿望。我还是想写小说。像诗人看重诗一样，我更看重作为一个写小说的我表现如何。我之所以写诗，就是因为歇手时间长了，我怕手生。手艺活儿，手生是很容易的。而诗从体量上来说，在各种文体里算是最小的，同时又是最为精粹的，正好适于我眼下的状况，可以用来练笔。但是对一个写小说的人而言，我的经验，好像写诗练笔不如写随笔练笔来得有效。无论如何，写诗对我来说是特别而难得的体验。如果有一天看到我不写诗了，说明我一定是去写小说了。

问：想不想在诗歌里让自己有变化？

答：诗有诗有路径。我多少有些不得其门而入的感觉。梦也兄让我写有别于他们诗人的诗，就是那种写小说的人才可能写出的诗。我也想照此尝试一下，但是写起来总还是受诗人们的影响。好像只有那样的诗才是诗。反正我在这方面总之不是太用力，对自己没有高要求，以此练笔就是了。也有意读了当下中国诗人们的一些诗，总的印象，大部分诗内容空洞，抒情乏力，像在没果子的树上纠缠个不休那样。但是也有一些诗人让我耳目一新，觉得他们探知到了很险远很孤绝的地方，那样的诗自己是写不出来的，对它们的作者也心存敬意。我觉得好诗是对整个文学的引领。我拿到《人民文学》等刊物，先读诗，再读随笔，对诗的阅读兴致是很高的。我对写诗的朋友说，小说是杂货铺，诗是杂货铺里的干辣椒和味精。当然也只是个比喻而已。实际远没有说的那样简单。

问：最近一次大家对你的关注和你的小说《清水里的刀子》有关，早前几年，有学生拍摄过相关短片并引起关注，拍成电影这是第一次，没想到效果很不错，先是荣获第21届釜山国际电影节最高奖——新浪潮大奖，又荣获第36届夏威夷国际电影节"评委会最佳摄影特别奖"和"亚洲电影促进奖"。现在很多人都等着电影公映，其实这些人里一大批都是文艺圈的，他们是冲着"石舒清"这三个字去的，当然很多人以为你是编剧之一，像刘震云一样，用小说横跨了作家和编剧两界，但是电影宣传过程中，你仅仅只是作为原作者出现的。我知道你在电影拍摄早期参与过剧本的编写工作，你觉得电影的表达跟你小说的本意距离有多大？

答：我一直希望从自己的小说能拍出好的电影来。但现在这个愿望还没有完全实现。《清水里的刀子》作为电影已经获得了好几个奖项，作为小说作者，我当然是很高兴的。关于这个电影，在拍摄期间，我和王学博导演有过比较频繁的短信交流，我们的这个短信整理后，也是经闻玉霞女士之手，发在《黄河文学》2017 年第 9 期，大致内容你一定也看过了。那里面就有我对这个电影的期许和电影拍出来后我的一些看法。后来因为屡屡获奖，我对我的看法也有过反思。我想，这个电影可能有一种我的审美范围以外的好。这样的现象也是存在的，我常和朋友说，并非所有的好你都可以尽情领略，每个人的口味都是特别有其范围的，有些好东西恰恰因为你的某种欠缺和局限而不能领略，比如一些获诺贝尔文学奖的作品，当然是很值得写作者来研读来学习的，但是我怎么读也读不出来其中的好，比如这两年获诺奖的作家，加拿大的门罗和法国的莫里亚诺，我就读不出其精妙之处的。也没有什么尴尬的，也没有必要不懂装懂，一百个诺贝尔奖作家里，有一半让你觉得有亲近欲望，读了他们的作品有收获感，就不错了。总归一句话，小说是我的，电影是导演的。所以电影获奖的消息传来，我也忙着向导演道贺，就像自己的一个亲戚朋友中了彩票那样。阿富汗电影《坎大哈》，伊朗电影《一次别离》等，都是我所喜欢的电影，而且我觉得我的小说的风格和气息也是近于这样的电影的。如果将来有导演据我的小说拍出这样的电影，我的电影梦就算是实现了。

问：影片拍摄过程中导演多次和你沟通部分细节，你觉得电影人和作家沟通起来顺畅吗？

答：我前后和三个导演沟通过，我觉得我和他们沟通起来还行。沟通的基础还在于大家在要求和向往着一致的东西，不然这沟通就无从说起。我和导演刘苗苗的沟通很默契很深入，她手里现在有我的两个本子，都还是不错的。她在等待好的时机。但愿好的时机早日到来。王学博导演虽然年轻，但是极具韧性和耐力，咬定青山不放松，有十年磨一剑的劲头，是个干事情的人。你和他讨论，他多是听，不轻易说出他的想法，但是他心里总是自有一套的，到真正创作的时候，他会照他自己的来。这一点给我的印象比较深。另外觉得他比较稳健，有些人不获奖时好好的，一旦获奖，忽然就喝了烈酒似的，要变成另一个人了，王学博不是这样的人，获奖以后，依然稳稳当当的，这让我感到这个小伙子也许能走得更远。当然作家和导演因为各有其短长与边界，有时候感兴趣的东西不一样，侧重点会有区别，这时候就尽可能各把各的话说出来，之于对方听不听，不可强求，尤其拍电影，作家可以进言，但不必想着影响导演，这就像生孩子一样，你总归是个男的，即便是妇产科的男大夫，孩子也不可能由你来生，生孩子还是女人的事，就像拍电影不是你作家的事一样。你要眼馋了，也想过过拍电影的瘾，那也不是不可以，你自己直接就当导演去，作家当导演的也不在少数，而且还卓然成势，形成了电影中的一个独特门类，就叫"作家电影"，作家电影，一般都是比较讲究一些的电影，偏于小众电影。这样的小众电影，其实是很适合我的性格和兴趣的。

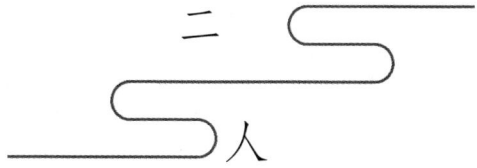

卷二　人物篇

莫言印象

曾随同莫言先生等出访日本一次，岁月匆匆，转瞬数年，点滴印象，信手一记。

1

出访前大家有一个碰面会，是在中国作协的一间小型的会议室里。那次出访，铁凝是团长，莫言是副团长。碰面会上，第一次见到莫言，他围着一条大红围巾，显得精神又帅气。很简单的一个会议，大家互作介绍，说了出国的注意事项等等，就结束了。记得轮到莫言，他刚要欠身介绍自己，旁边的刘宪平主任说，这位大家都认识吧，还用介绍么？莫言就又坐回去，好像别人已代他介绍过了似的。也有人拿莫言的"副团长"说事，莫言一副既会尽职尽责又超然事外的样子。散会时说好，各自照顾，第二天早上在机场见。

2

来日清晨，当我们一行到机场时，莫言已先行在那里了。大红围巾还在的，在黑大衣的衬托下，格外地惹眼，还多了一顶礼帽。也许是莫言向来好脾气的缘故，中国作协的胡殷红总是喜欢开他的玩笑。当莫言在前面走时，胡殷红让我们看他的走，那果然是极为特别的走姿，好像是扭秧歌前的练步，好像是走在暄软的新棉花上，好像是一个喝得微醺的人走在恍惚中走在梦境里。都禁不住开心地笑起来。老实说，看莫言那样的走，觉得他是无法甩开了大步来走的，觉得他那样的走是走不了长路的。就想起莫言曾经当过兵，那么部队训练时，他是怎么走正步的呢？

也许是莫言走姿的特别，引起了关于走停立站的话题，当飞机降落在日本富冈机场时，大家纷纷用一种特别的造型和莫言照相。我也依样照了一张。站在莫言身边照相时，不免有感慨，名气那么大，却可以如此地俯就人成全人。

3

莫言在日本的影响令人惊讶。在日本几天，天天有安排有活动。上午在这个大学里做讲演，下午又被请去另一个大学了。给我的印象，莫言不是一个多话的人。他也不大善于和人交流。不主动和人交流，然而你和他交流时，他又可以体现出足够的善意。其实莫言的口才很好。我觉得就口才而言，他就像是一个武林高手，绝少出手，任人花拳绣腿，我自袖手一旁，然而一旦出手，却可以一招致胜。在日本时听过他的两个讲演，其中一个讲演的题目是《悠着点、慢着点》，是探讨贫富和欲望的关系的，能听出他的忧患之广和思考之深。说真的，我预先看到那讲稿时，不免为它的尖锐担心，想这样的稿子会否通过？会否被要求修改？

4

莫言给我印象最深的一幕是我在上海虹桥机场看到的，我们已经回国，在虹桥机场等待转机北京。要等好几个小时，大家百无聊赖地在大到无有边际的机场里转来转去。我看见莫言坐在那里，一排空椅子，只有他一个人坐在那里，好像在发呆，好像有些困倦，好像他被单独了出来，好像他被遗弃了，好像他在忍受或者享受着一种自我折磨，好像他还没有找到地方，但是哪里都不想去了，好像懵懂正好，无须再多一点明白……我们走了好几个来回，他还原地不动坐在那里，在某次回头一瞥之际，我的心强烈地一动，不远处那个兀坐呆望的人，竟使我觉得他有些像一个古人，像谁呢？我竟然觉得他有些像老子，正被关尹喜困住了那样。妄念一闪而过，真是匪夷所思。

5

回到银川不久，我给莫言写了一封信，表示我想和他讨一幅字。我是很少这样子开口求人的。能如此唐突开口，也一定是基于某种默契吧。不久就收到了他写给我的字，注明是左手写出，四个字是"起意高远"。

6

记得在日本时，有一个朗诵会，中日韩作家都朗诵了各自的作品。其中日本诗人高桥睦郎的诗给我留下了极深的印象，我觉得那样的诗是用刀子在骨头上写下来的。一日晚餐，我即对莫言说起高桥睦郎的诗，我表达了我惊讶和佩服的意思，同时我的言外之意是，我们的作家诗人，未必有着如此的身手啊。

但是现在，时隔这么短，他就把诺贝尔奖拿了回来。

除了为莫言先生和中国文学由衷欢喜，还能再说什么呢？

温亚军印象

班长

我们在鲁迅文学院上学时，亚军是我们的班长。当时觉得亚军是当不了班长的，因为从五湖四海来的学员里，很有几个领袖气度的人，走路、说话似乎都是有讲究的，有霸气的。老实讲，我刚入学的一段日子，一些气度不凡的人让我产生了敬畏感，觉得真是见到了个性卓异、超拔不群的作家。比较而言，自己就不能不有惭愧心，觉得不小心入了龙虎之地，自己这样的人，实在是摆不上席面的。亚军也并非像可上席面的主儿。后来想，他所以从一批骄傲的孔雀中被擢拔出来做我们的班长，大概因为是他当了十几年兵的缘故吧。

果然他的班长当得不怎么样，老实讲他根本就无意当什么班长，不大开展活动，也不拉开班长的架势讲这个管那个，有个什么不得不说的事儿了，他才从自己的座位上站起来，例行公事地匆匆地说一说，然后就解脱一般坐下来，搞得我们那时倒似乎没有他这么个班长。班里有几个同学在地方上大小还有一个官衔的，是吆喝惯了也秩序惯了的，受不了这样的无政府状态，窃议说，自己不负责任，就把位置空出来嘛。

想必亚军听到这话，一定是求之不得的吧。但他那时候正紧锣密鼓地写着一部已经签约的长篇，这样的话是不太能听到耳里去的。我们那一班同学被老师评议为"静有余，动不足"，与亚军这个班长不能说没有关系。

但好静而厌动，不正是作家的本分吗？

隐隐记得亚军似乎沸粥那样笑着说："这样的一群人，你管谁呀。"

总之，亚军还是暗暗得意的吧，班长虽没有当好，但不到两月的时间，一部长篇却已杀青，等一学期快要结束的时候，他的书也快要出来了。

岐山县

亚军是陕西岐山人，模糊地记得这地方似乎是姜子牙的老家，果然一脉承传，地杰人灵，仅这二十余年间，岐山县所出的全国有影响的作家就有三个，除过亚军，还有《兵车行》的作者唐栋和近几年势头猛劲的红柯。

我与红柯也是很好的朋友。

在鲁院，亚军多次给我讲过红柯。这两个激情似火的青年作家都在新疆待过不短的年头。亚军说到他与红柯的首次见面是在新疆作协召开的一个小说作品研讨会上，照例是有几个目空一切，尾巴一摆一摆的"孔雀"的，但有一个人却坐在偏末之处一声不响，似乎他是一个字也不曾写过的，似乎他来就是虔诚地聆听种种高论的。大概觉得他实在是显得寂寞吧，亚军就走过去与他闲聊，这才知道他是红柯，在《北京文学》《红岩》等刊物发过不少中篇了，而当时的高论者里，都不过是在本省的文学刊物上发发作品而已，《北京文学》一类，想都不敢想的。

记得亚军这样说时，我们都快活地大笑了。

我给大家讲个笑话

在鲁院时，我们还是开过一个联欢会的。作为一班之长，亚军不出一个节目是说不过去的。

"我给大家讲一个笑话吧。"

他站在前面，略显拘谨地说。接着就滔滔地说起来了。他那些话像一群被鞭子抽着的羊那样，从一个窄小的门洞里纷纷乱乱地跑出来，只看得见羊头攒动，却看不清一只羊的面目。

真的，几乎一句也听不清楚。

大声点，大声点。

许多人这样抗议着。

亚军向两下里看一看，清一清嗓子，但这嗓子显然是白清了的，过后他还是那样低微的咕噜咕噜的声音，看他的表情，他的声音似乎比方才大了一些的，而且他似乎乐在其中，自始至终，他一直都像被人胳吱着那样忍俊不禁。

讲完笑话，他就像打靶打准了十环那样，用他那特有的走姿走下去，只有当兵当久了的人才有那种亦兵亦民非兵非民的走法。

他一路还向他的朋友谷禾挤眼睛呢。

我们可是从来未曾听过这样的笑话，真是有些冤大头了，不知为什么，直到今天我都真切地记得亚军是给我们说过一个笑话的，至于说的是什么笑话，天地良心，真是丝毫不记得了。

亚军这个人

如果要求用几个字勉强概括一个人的话，那么亚军就是一个"真率无伪，口无遮拦"的人。

亚军的口无遮拦，许多人都是领教了的。他眼里似乎容不得半点沙子，亲仇立判，爱憎分明，对于自己所不屑所憎恶的人，即使狭路相逢，他也不会主动伸出手来要求修好，大抵是要昂了头军人一般走过去吧。他常常会面带愠怒，眼神激烈而挑战地看你，逼得你要直道直行，不要玩什么花花肠子。对于一些不中听的话，对于一些高人一等的自视优越者，我们一般都会取个中庸之法，装出一副眼未曾见，耳未必闻的智者之态，亚军不行，他会立马变色，会用眼睛挑衅地看你，会出锐言利辞，当场给你一个下不了台。记得一次在饭桌上，他近乎以牙还牙地抢白了一个总感优越的女子几句，使那女子颇显惊愕，显然她优越惯了，出语无忌，对亚军的快速反应一点也未曾料及。因为那实在是一个很好看的女子，就使得我们心情复杂，一来觉得亚军代我们言，果决淋漓，真是痛快；二来又觉得这女子实在是好看，这样美的面目，亚军他就看不进眼里么？

只要觉得对方把人不当人，只要觉得对方居心不良，要以恶对善，对不起，不管什么人，亚军都会犯颜直向的。

后来就屡屡觉得，虽然自己做不到这样，但亚军能这样直人快语，能将内心的激浪烈火喷出来让你一见真实，让你觉得一种凛然难犯，实在是很叫人感佩的。

我还记得一次亚军让我谈谈对他的小说的看法，老实讲，对他的许多小说，我是喜欢的，至少是觉得写到他那个程度已相当不易，而且在文字追求和操作方面，我们也有着许多一致的地方，但那天我着重谈了一些不足。他先是有耐心的听着，我说完后，他低头想了一会儿，突然一拳头砸在床上，还出了一句愤语。就亚军而言，他的举动一点也不让我意外，我甚至因为他这样做而更加地喜欢他。他心里觉得不适，他就会不避闲言碎语，率性地砸床一下，他不像我们，别人当面批评我们的作品时，心里早五味鼎沸，不是个滋味了，脸上还要做出一副肯于纳谏，大度能容的样子，想想与亚军比较，我们表里不一，徒自煎熬，真是何苦来哉？

夜谈

亚军有一个不好的毛病，有时候兴味上来，会不择时间地唤我去和他闲扯。他毕竟是班长，把持着学校阅览室的钥匙。我们上学期间，阅览室没怎么开放过。但阅览室却成了我们闲聊的一个好去处。

有时候半夜两三点，亚军会呼我到阅览室去闲扯。我睡得雾山云海的，一听到他呼也就去了，而且奇怪地觉得这也是很自然的。亚军是很勤奋的人，当兵出身，体魄强健，我从来没有从他的眼里看到过一丝倦意，他似乎一直脸色红润着，精神总是抖擞着，让人觉得他一直是这样醒着的，从来没有呼呼大睡过。班里有几个女同学暗暗地呼他为"虎子"，真可谓名当其实。

像真切地记得亚军给我们讲过一个笑话一样，我也真切地记得夜半三更被亚军呼去闲扯过，至于闲扯了些什么，也是几乎不记得了。

"最好是能保持一种纯洁的关系。"

记得在婚姻之外的男女方面，他有过这样一个见解。

亚军的小说

对小说评头论足，而且确实能说出独到见解的，总还是编辑和评论家吧。因此对于亚军的小说，我不知能说些什么。我只能说，他的小说，无论是《高原上的童话》还是《苦水塔尔拉》等等，我都喜欢读。大概是我们的路子有些相近的缘故吧，读的时候，总是更容易领会和共鸣些，但也正因为路子相近的缘故，有时候反而有强烈的拒斥感，眼光也更挑剔，老实说，我在亚军的小说里也寻觅着我小说里的不足。

但亚军去年发表的一篇《寻找大舅》，却使我有些震动，我忽然觉得亚军原来和我是很不一样的，文如其人，读《寻找大舅》时，我一直想到这一说法，一直想到亚军，一直觉得整部小说里处处弥散着亚军的影子，那种执拗，那种率性，那种敢爱敢恨大爱大恨使我读出了一个活生生的极具个性的亚军。

我给他打电话说，我喜欢这篇小说。

我由此对亚军有了别样的眼光。

但愿亚军更多些努力，不要让我的期望成空。

东西印象

1

很清晰地记得东西兄给我的第一印象。是开一个什么大会，已到会场，大家各寻座位之际，他看到了我胸前的牌子，就主动打了一个招呼给我，说，哈，舒清。手在我的肩上轻拍一下就过去了。我自然也看到了他的名字。落座后一边在人群里寻找着他的身影，一边回味着这突然的一幕。心里是很特别的感觉，陌生人之间，能如此致意，我虽心向往之，却是无论如何也做不出来的。我想，只有率真无忌，心里有足够善意的人，才能做到这样子相逢即兄弟吧。当然东西兄也并非见个肩头就拍，他是有选择的，我还记得他看我牌子时的眼神，那应是很挑剔的一瞥。第一次见面，不过就是这样的点头之交，然而印象却是格外的深刻。

2

没想到几年后我们会在银川见面，某届电影金鸡百花奖评奖，由张贤亮先生的影视城承办，也许正是因为这个原因，张贤亮才把他在影视城的礼堂冠名为百花堂吧。当然其中一定有着百花齐放的寓意。那届电影节评奖，东西兄也有作品参评，和他的导演主演一起来宁参与那次盛会，应该说，是很忙碌的，但是东西兄竟然还记得我，邀我和金瓯择时一聚。一天晚上，我们在一家穆斯林餐馆吃火锅，记得东西兄衣着入时，风度翩翩，显然混得不错的样子。他是南方人，我怕他牛羊肉吃不惯，他说吃得惯吃得惯，好像他从小就是吃牛羊肉长大的。我不怎么喝酒，请他喝宁夏的八宝茶，他说很好很好，喝茶很好。总之是一个很好招待很容易交流的人。那天在火锅的一次次沸腾里，我们说了很多的话，说的什么不记得了，但是那种与火锅相宜的气氛，至今犹难忘记。似乎虽然喝的是茶，却喝出了烈酒的气氛。这气氛的造成，正与东西兄的性格有关，他是那么真挚又恳切的一个人，好像他说给你的每一句话，都是从他热烫的心窝子里掏出来的。我不禁想，这样的一个炽烈到有些单纯的人，可怎么和他的制片人谈价钱，但也许这正是他的优势呢。万类相感以诚，我诚心待你，你也不必费尽伎俩来和我周旋吧。果然听东西兄的意思，他和导演包括主演，都有着相当不错的合作关系。

在银川也只是谋得这一面，东西兄有他的事情要忙活，不能常陪着我们的。但是却在宁夏的报纸上看到一篇关于他的文章，火药味不轻的，说是针对影视圈里的一些不足之处不良现象，作家东西口无遮拦，语惊四座。语惊四座几个字就在标题里。我仿佛从那报道的文字里能听到了东西兄的声音，东西说话，底气十足，快人快语，很有些斩钉截铁的意思。他的声音若是低下来和你促膝相谈，是很能魅惑人的，如果陡然一下子高上去，也是很能吓人一跳的。所以语惊四座之说，至少有七八成我是相信的。我觉得满意。也有一丝骄傲，好像我虽在暗处，但他却替我们这个群体争了光似的。想想那么多的灿灿明星，前呼后拥，众星捧月，何曾被人这样子棒喝过，印象一定再深没有了。就想东西兄虽是来去匆匆，却是丢了一个大石块在深湖里。这样的事，得便时干它一下子也是很好的，很必要的。

然而让我不安的是和东西兄的那一顿饭并没有吃好。虽则他一再说喝茶也好的，但其实他却是更想喝酒的。

3

我知道东西兄喜饮酒，尤其对好酒有着格外的兴趣，是去年开作代会时的事。我因家里有事，没能去开会，但是在宁夏却接到两个性格特别的兄长的电话，一个是叶舟兄打来的，问我何以没去开会。我因这份牵挂感念无已。另一个就是东西兄打来的，也是像叶舟兄那样问讯我，但是我发现东西兄除了惦念我外，也还惦念着喝酒的事的，他忽然有些突兀地对我说，你的那几瓶茅台，可不可以给我们大家喝了。他说到了《北京晚报》的孙小宁女士，我一下子听明白了。二○○八年奥运会的时候，孙小宁女士组织了一些作家写各自所在省区的城市，这些城市，都是火炬传递时要经过的，火炬传递的同时，让大家对途经的城市稍有了解，是这次策划的目的所在。应该说，是很好的策划，毕竟是名报名编，事情做得大气又漂亮，千字千元的稿酬外，每篇文章还另加一瓶茅台酒，我是三篇文章，应得茅台三瓶的。虽说自己不很喝酒，但是茅台酒，还是想要的，就像我虽是须眉汉，但是人若拿一个金镯子给我戴，我也禁不住要伸出腕子，戴它一戴的。但是怎么拿回来？酒是不可以邮寄的。我也不好出门，十年八载也去不了一次北京，偏孙小宁女士还是一个认真的人，过一段时间便问酒还寄在她处，可怎么处理为好。我说不必处理了，你拿去喝吧，以为事情就这样完了，没想到几年过去，却接到东西兄这样的电话，看来孙编辑还是把酒搁在我的名下的。隔着数千里，也似乎能看到东西兄贪酒的眼神。好像不即刻下手，这酒会忽然蒸发了似的。我即发了一个短信给孙编辑，说酒是你的了，你们愿意一起喝，我也是很高兴的。过了不久即接到东西兄的电话，很高兴地说，好了，我们喝了酒，我寄茶叶给你。只当是他的一个醺醺然的醉话而已，并不当真。然而作代会结束才几天，我就收到了从南宁寄来的两大盒十分精美的茶叶，一看就价值不菲的。而且邮箱里环衬着十多个透明的小气囊，给人一种重兵押运的感觉。那是我迄今为止收到的最费心最细致的包裹了。打开礼物盒看着，我感动得说不出话来。

4

东西兄的文章我这里也简单地说几句。我觉得好文章都是不同寻常的人写出来的。所谓非常人行非常事。在我的印象里，有些人的性情是不同于庸常之辈的，总有着某些特别之处，总有着一些犯规越禁的地方，使人不好把他们框定在一个约定俗成的规矩里面，就我有限的交往里，留给我特别印象的作家，就有叶舟、红柯、莲子等等，当然，我觉得东西兄也算一个的。这些人似乎有着更大的更活跃的一种力量，是大于他们的掌控的。写作其实就是写人。能真正写好人的作家从来不多。记得一天我去开一个与文学无关的会，还被当作一个花瓶摆在台面上，好在坐在后排，是一个相对自由的位置，我哪里愿意开这样不相干的会，于是一边作态听主讲人的哇哩哇啦，一边就拿出东西兄的一本散文集看起来，我看得投入，看到他笔下的作家凡一平时，我竟然忍不住笑出声来。我这样一个刻板的人，我这样一个已然被抬举到主席台上的人，在这样一个特别的时刻，对着黑压压一片头颅，竟笑出声来，笑得肩膀抖个不已，这可是从来没有过的事情。这已经很有些失体统了。果然听到会场里轻微的骚动声，看见报告人的脸像一个特写镜头那样对着我转过来。这个东西兄，可真是害人不浅。

　　东西兄的文字是有其特别的幽默的，然而比较于幽默，包含在幽默中的辛酸是更多的，且看看他的这些小说名字:《耳光响亮》《目光越拉越长》《没有语言的生活》《送我到仇人身边》《不要问我》《好像要出事了》，若是这样的名字连成的一串儿镜子，会映照出怎样的一个世界来呢？东西兄的文章读到后来，会形成这样一个难以言喻的印象，就像是一个无依无靠，四处乞食的老者，忽然找到了一个被弃的墙根，于是将带着的棍子面袋等且丢过一旁，靠在墙根儿里眯了眼晒起太阳来。是有无量的此伏彼起的辛酸的世界，是有些许的稍纵即逝的暖意的世界。就是这样的。

白草印象

1

一九九九年，我在鲁院上学，收到白草一封约稿信，他当时给《新消息报》帮忙编副刊。我便就鲁院见闻写了一组短稿给他。陆续都给发了出来。正当我想趁势再多写几篇时，白草的信又来了，大意说，关于鲁院种种，到此为止，可别寻一题目写来。

我当时的感觉，就像吃馍馍不小心被噎了一下。

这个白草，也太直接了吧。

那时候我们还没有见过面呢。

2

现在我们已经是非常要好的朋友了。

这么多年交往下来，检索印象，好像他不曾有过一次胡子拉碴的时候。他好像有一种本事，胡子剃过一次后，就可以保持一种一劳永逸的干净。他的衣服也总是刚刚熨过后穿在身上的样子。我有时候记起了什么似的突然看一眼他的脚上，没有问题，他的鞋子总是干干净净的。好像世上的灰尘和这个人已经无关了似的。

我们都喜欢收旧书，但只要品相不好，即使多喜欢的书，白草也不会轻易收来，偶或收得一两本——这样的几率是很小的——再拿出来时，已经被他收拾成了另一番样子，可谓是另一种好的品相了。

家人让我学白草的干净，我觉得这实在是有些太"法乎其上"了。

3

只要有红灯，就会在它的对面看到端直而立的白草。即使前面空空荡荡，长时间没有车辆通过，即使一大帮人抢宝贝那样从他的面前鱼贯而过，只要红灯还亮着，就能看到立定不动的白草，好像红灯在放任着众人的同时，独对他施加了约束力似的。

要白草过街的办法只有一个，那就是红眼睛闭上去，绿眼睛照过来。

有时候想，像白草这样守规则的人，全中国可数得出五十个来么？

4

我们写了东西，总要发对方看看。听听对方的意见。是好是坏，照直说来，这个信诺我们之间还是有的。白草就更是。但是我的文章从他那里返还回来时，总会多出一些彩字部分。这是白草帮我校对了一遍。错字别字啊，典故辞章运用得不确当啊等等，一经白草看出，那错谬之处就必是错谬之处，失误之处也必是失误之处，不容辩解也不必辩解的。他的细致认真加上他做学问的能力，使得别人在这方面对他有着相当的信任。有时候也想着要投桃报李，人家从你的文章里帮你捉出那么多的奸细来，你就不帮着人家捉一个两个么？于是就格外认真地看白草的文章。但是寻不出。白草的文章和他的胡子一样弄得干干净净，就像给了你一只鸡蛋，使你无法从中挑出骨头来。

有一段时间，白草帮着《朔方》校稿子，漠月称赞说，凡白草校过的稿子，是可以不看第二遍的。

5

表面看来，除了读书写字，白草好像也别无嗜好，但是就我所知，白草不喜欢什么则已。一旦喜欢，那也是上了瘾一样的令人不安。毋庸讳言，就比如吃烟喝酒吧。一度，白草的烟瘾是不小的。酒不多喝，然而一旦喝开，也很容易把自己喝翻弄醉。有几次他喝醉了，时已深夜，甚至天都要快亮了，记得他醉醺醺地打车而去的情景。于烟酒，说他有些贪也并非过甚其词。

但是，忽然一天，白草宣布要戒除烟酒了。他在医院里查出一个什么病，实际是良性，但是却使他痛下决心，要戒烟酒了。我不知别人戒烟酒是怎么戒的，听说不好戒，很痛苦，戒除一段时间极有可能老病重犯。但是到白草这里好像是立马就戒了的，好像头天说不抽烟了，第二天果然就不再抽了。直到现在也是一根烟不抽。这样的立马斩断，断痕分明的性格，细细想来，是有些让人震骇的。

6

年过不惑时，白草忽然要考博士了。而且要考南京大学知名学者王彬彬的博士。

我设身处地想了一下，不是白草考博士，而是我要考博士……真是连想都不敢想。

那么白草到底考上了没有呢？

长话短说，白草现在就在南大读博士呢，导师正是王彬彬。他们之间，可谓亦师亦友的关系吧，王彬彬先生写出得意文章来，也不忘给他的这个弟子过过眼的。

7

有其父，有其女。白草的女儿是配得上他的这个父亲的。

孩子是白草一手调教出来的。

我们的评价是，调教有术，令人嫉妒。有个健康出息的孩子是多么让人安慰的事啊。

他们父女之间，真好像须臾不可离分。我们有时候在外面吃饭，白草女儿的电话就会寻踪而至。一顿饭的工夫，父女之间至少会打上五六个电话。白草无论和人说得多么投机，也会停下来接女儿的电话，好像没有比这个更重要也更享受的事了。记得有几年，白草总是带着他的女儿看病。好像每年都会看一两次，花费不少。我的感觉，并非他的女儿有病需要看，而是白草太谨慎了。只要女儿一咳嗽，就会把她的父亲吓得不成样子。还有一件事记忆犹新，那时候白草的女儿还小，还在上学前班吧。白草说，他就吓唬女儿说，要是她总是耍小脾气，那么他们就给她再生出一个小弟弟来。这一招儿管用的，女儿即刻乖顺了一些，但是宣布说，他们两个要是胆敢生下那个小东西来，她就把他掐死。还记得白草说这话时的开心样子。转瞬之间，他的女儿都要考初中了。

得知白草要去读博士时，首先从我这里跳出来的一个问题是，白草上学去了，丢下他的女儿咋办。

8

看到两句话，总是容易想起白草来。

一句是：板凳须坐十年冷，文章不说一句空。

一句是：益者三友，友直，友谅，友多闻。

对我来说，白草正是这样的学者，也正是这样的朋友。

季栋梁印象

记得第一次见季栋梁，是在陈继明家里。当时季栋梁好像还在同心，陈继明则已调到《朔方》当编辑，但还是住在他的原单位宁夏电大，陈家附近好像有一个养殖场，我闻起来格外敏感。但继明的家里总是常年如一日的清洁风雅。季栋梁是来送稿子的，小说多篇，好像是《朔方》要出他一个小辑。没什么特别深的印象，算是见过了。时间大概一九九三年左右。其时我还没有结婚，现在我女儿大学已毕业。时间之迅快如此。

诗人梦也早年间在固原有一套房子，小二层，大院子，很气派，梦也又是性格豪爽的人，就招引得一些文朋诗友不时聚会在他那里。有一年，我和诗人冯雄已在那里养息了多日，正要打道回府时，栋梁来了，于是又继续住下去。几个人攒在一起，主要的事情就是听栋梁给我们讲段子。那时候段子好像刚刚兴开，但栋梁显然已经搜罗了不少，简直讲不完，一个刚完，吃一口茶，或者来一个喷嚏，接着又续上。栋梁讲段子时，神情是很特别的，他有一张锅盔似的大脸，段子一旦开讲，那脸上就溢出一种诱惑的、撩拨的、痒痒处被挠个正着那样的笑，即使段子不好笑，仅栋梁的这个样子也要叫人乐不可支了。何况段子又总是不错的。听栋梁说段子，可谓痛苦又受活，夜里瞌睡得眼睛都要睁不开了，但还是想听听他的下一个。毕竟是作家说段子，受听而外，指陈时弊，尤显深刻。有时候觉得一部长篇小说未必讲得透的东西，一个小小的段子，就给你揭示得清清楚楚，表达得淋漓尽致。亦庄亦谐，使人娱乐的同时，受教良多。由此来看，小说家们低首下心，向着段子手们求教请益，不只必要，甚或是应有之义。栋梁二者兼能，比较于一众刻板的小说家，自是多出了几套拳脚。

善讲段子的栋梁，为文友同事们所喜欢，理固宜然。无论聚会聚餐，只要栋梁在，好的气氛便可以预期了。然而据说连官员们也很喜欢听栋梁说段子，这便让人有些困惑甚至不安了，毕竟他的相当一部分段子就是针对着官员们的。能让官员们忍着某种难堪和不适，乐听栋梁的段子，足见该段子的娱乐性之强，足见该栋梁的能力，自不限于只会讲几个段子而已，须知也有一般能言者，能言于市井乡里，一旦面对了我们中国式的官员，戁觫之余，嗫嚅而已，舌头已短了半截，还怎么指望他神气地讲出一个段子来呢？

又据说栋梁写作时，可以不受干扰，任它平地雷，我自一意写作。举例说，办公室里人来人往，杂事多多，然而不妨栋梁写他的小说的；他写小说时，电视机在一边开着，你演你的，我写我的，毫无影响；现在则是换成了他的孙子，说是栋梁写作时，孙子在他的身上爬上爬下，挠脖子，揪耳朵，栋梁的一些好小说正是这么着鼓捣出来的。如若属实，可真是大本事，别人不说，就我写东西吧，那架势实在是有些过分了，不只关门闭窗，连窗帘也要垂下来。要是让老婆知道世上还有栋梁这么一号写手，可真是会弄出是非来。也想学学人家那种闹里取静的写法，命里没有莫强求，学不来的。

某年，栋梁已由灵武调至《宁夏日报》，初来乍到，住在很小的一个屋子里。不知为着一个什么事，我们需到八楼他的办公室里去。走过一楼大厅要进电梯时，不小心让我看到了很惊心的一面。大厅里有个立镜，一人高的样子，站在那里，看着去来往还的人，就让它把我们给看到了。栋梁人高马大，这个无需说，但没想到会庞巨到这个程度，我往镜子里不慎看了一眼，心情一下子就不好了，镜子里的栋梁和我，就好像骆驼旁边站了个山羊。好好的一面镜子，看起来倒似哈哈镜了。这个给我的印象太深了，多年过去，未曾忘却。我想要是搞一个什么竞选，别的且不论，仅只是这样的一个联袂亮相，我不是就败北难胜了么？

一次会议间隙，关于当时小说写作方面的一些现象，我和栋梁谈得投机，达成共识。等回到会上，栋梁就将我们的一些观点谈出来，大意是小说越是能深度地切入现实人生，越是会显出底蕴力道来，这其实是对大家都多所裨益的识见，偏偏主持人对此是持异议的，彼又颇长于言说。这时候栋梁兄就看看我，好像是要让我呼应一下他的观点，就在刚才，不是我们还说得很热烈很一致么？我心里涌动着，我很想借机说出我们的看法来。不是谁一个人的看法，这确实是我们两个的共识，而且我们那一段的具体写作，也充分体现了我们的这一观点。而主持人的说法，多少是有些清浅了，有些过于文艺了。但最终我什么也没说，我歉然地看着栋梁兄，一个字也没有说出来。不是我滑头，不是我瞬息之间就变了观点，实在是我一当众言说即刻就像被施了魔法那样，变得秃嘴笨舌起来，尤其是在那样需要亮清观点，展露舌辩的时候，我愈加不能。好在如今文友们是知道我的这一特点和短处了。但当时看着栋梁望向我的眼神，实在是不好受的。当众叛变了似的。一晃十多年过去了，如今这话可以说出来，给栋梁一个明白了。

《文艺报》的崔艾真老师来宁夏，使大家有机会一起坐了坐。晚上，吃饭聊天，不知怎么的就唱了起来。没有麦克风，清唱，也不站起来，各坐在各的位置上唱，散漫随意。我和栋梁合唱了一首与王洛宾先生有关的花儿："走哩走哩者走远了啊，扯心的妹妹病下了……"崔老师后来把我们唱歌的照片发过来，唱得可真够用情投入的，我和栋梁的头抵在一起，就像两个人挤在一面小镜子前面照脸似的。这算是我们最为密切的接触与合作了吧。镜头太近的缘故，照相效果不是太好，使我们的脸像一对挤得变形的土豆。但这次聚会却是有成效的，崔老师在餐桌上和我们郑重约稿，让我们写短篇小说给《文艺报》，每人一个版面，这待遇是不低的，不久，栋梁、漠月、李进祥还有我的短篇小说，就先后在《文艺报》堂而皇之地发出来。

还是一次聚会上，谈到文学需要重视的话题时，栋梁说，要是有关方面能大手笔设一奖项，每次奖一人，重奖，这种力度会有助于造成一种气氛。说到得奖的人时，栋梁拿我做了一个例子，让我惶惑又动容。文学需要不需要大奖，大奖会否促进文学的真正繁荣，这个在我是没有明确答案的。但是此说过后不久，我果真就得到一项重奖。真是有些过分了。受之不安。掂量回味之余，自然会想起栋梁的话来，不说有预见之明，也是吉人吉言吧。

栋梁的小说在宁夏带来一个个小的震动，可称频频。《北京文学》尤其对他青睐有加，仅我的印象里，他获《北京文学》奖好像就不下于三四次了。有一年，他的短篇小说《吼夜》好评多多，迭获转载，都觉得照此架势，有可能要得鲁迅文学奖了。但最终只是入围那一届的鲁迅文学奖。这也常见。并非好作品笃定就有好结果。作品和人一样，各有命运，尤其评奖这样充满了偶然性的事，同一篇作品，换一拨评委来评，看法也许会全然两样，结果也许会完全不同。这真是没办法的事。栋梁更具声势的作品，长篇小说《上庄记》，同样没得到应有的结果。于宁夏文学界而言，这部小说的出笼，就可谓一个大的震动了。朋友白草向来出言谨慎，也说，《上庄记》是宁夏作家在茅盾文学奖面前拿得出手的作品。当然就像劣作获奖也还是劣作一样，好作品即使不获奖，也终归是好作品。获奖不过是种种评价里比较突出的一种评价而已。就在前两天，马知遥先生还打电话来，说他刚刚读完季栋梁的中篇小说《上庄记》，不错，有分量，他要为这部作品写一篇评论。老先生每每看到宁夏作家写出他满意的作品时，总要情不自禁，吭吭巴巴写出一篇评论来。之所以说吭吭巴巴，是因为年迈八旬的马老师过于认真严谨，写出一篇两三千字的评论，总要耗去他一两个月的时间。马老师说的是栋梁的中篇《上庄记》，我就趁便给老人家推荐了长篇《上庄记》。

梦也印象

  朋友里，最为皮实的人要属梦也了，我的这个皮实之说，是指朋友里最能受得了别人揶揄和批评的，非梦也莫属。我二人之间，相互批评，要远多于给对方说点好话，梦也批我，我会尽力忍耐，但究竟道行不够，给批得有些过头时，我脸上即会显露出我的不悦来，有时甚至逃躲无路之际，还会磨牙吮爪，反戈一击，恨不得手头有许多脏水泼在他身上才解气才快意。而我对于梦也的批评，却尽可以充分地释放我的火力，他像个饱经世事的老牛那样，一边安详地闭目反刍，一边听任我的攻击，好像我再猛的火力也不能将他摧毁似的。记得一次在画家刘彦家里，我们俩为什么事争执不休。我对梦也的无情批驳使得刘彦大感意外，她是修为很好的人，主张事事要以理服人，实在看不惯我的哓哓咄咄吧，她带一些责怪的样子说，你们俩总没有什么仇吧。我老婆也认为我对梦也说话是有些放肆了，说，幸亏是老赵，换一个人你试试。不用试，我知道的，换一个人我也不会这样子说话。换一个人我会动动脑筋想想怎么样说话才得体，才不致犯忌。但是这样掐头去尾说出来的话还有什么意思呢？

  由于梦也的不计较能包容耐批评，就使得我可以尽可能多地在他面前袒露自己，也因此我有一些小辫子抓在他手里，是别人所不知道的，他有些居心不良地说，要是由我来写你，那是很好写的。我算不得一个直率的人，但是在梦也面前，我可以充分地品味直率带来的快感，比如他借了我的钱，我是可以张口就要的，比如他的文章我有看法，我不必声东击西，不必隔靴搔痒，不必王顾左右而言他，我可以直接说出我的看法来而勿需稍有顾忌。我觉得这样的时候就好像我们面对面很近地站着那样，可以清楚地听到对方的心跳声。我和梦也之间虽然常常剑来戟往，但我有事时，想起谁能帮我，他的身影就会主动地跃到我眼前来，一次为着我的一点事情，他被我呼来陪人喝酒，好不容易凑合着送走客人，走出餐馆，他就瘫软在街边上，一步也走不动了，眼皮也耷拉着了，我还没心没肺地指着他的样子大笑。朋友们之间约会聚餐，性格原因，我常常会有一人向隅的毛病，天性如此，真是不好改道易辙，因此每每有此等事情，我总是要提前问问，聚餐一事，梦也可在？这几乎成了我去聚会的重要条件，我也说不清为什么竟成了这样子，好像有这个人在，我的心里就有了某种依托似的。

这么多年来，我们互相批评指责不知多少，好像我们生来就是给对方挑毛病指欠缺的，事实证明这未尝不好，只有诤友之间，才能情谊长在。但是细细回想一下，他的有一个方面我是很少有过批评，反而是多次给予由衷激赏的，我之鲜有批评，多加激赏者，不是别的，正是梦也的诗。

作为一个写小说的人，可以说，多年来，我从梦也的诗里受益不浅。有时候我甚至觉得他没有好好珍惜他的才华，我按捺不住，多次用一些诗人中的典范刺激过他，用一些最好的标准要求过他。

就在前数日，我在校对他的一部即将出版的诗集《大豆开花》时，又一次集中读了他的诗，一边读，我一边感慨，诗多么好啊，做一个诗人多么难得啊。

写到这里，心里不禁一动，这样的一些诗篇，哪里是一个只显皮实的人能写得出来？皮实之下，还有什么？

我眼前晃动着梦也的影子，模糊又清晰。

好像有多个梦也重叠又分离，分离复重叠，一会儿是那个皮实的混世的梦也，在朋友之间张罗交通，碌碌来去；一会儿却是一个被诗深深蛊惑和影响的人，在他深幽的，不为人所知的暗室里，将藏匿着无数秘密的底片一张张洗出来，洗出来……

马金莲印象

1

第一次注意到马金莲是因为她的短篇小说《掌灯猴》，记得当时看完这篇小说，我对一个写作的朋友说，如果换个人来写，凭这样的素材可以写成传世之作啊。现在回想这话，我觉得其中包含着至少两层意思：一、初出茅庐，马金莲的写作多少还显得幼稚，还会留下某种遗憾，好比她看到难得一见的好吃的果子了，拿竹竿去勾，想打落那果子，但还差得分毫，不能把那果子如愿收归己有。二、无论如何，马金莲是看到那果了了，这一点很重要，须知多少在果园里来来去去了一辈子的人也未必见到过这样的好果子呢。也就是说，刚一着手写作，马金莲就对小说这种文体体现出了她特有的敏感，能捕捉到质的部分，能抓住核心，能一开始就走在对的方向上，与其说得之于训练，莫若说是禀赋使然吧。从这个角度讲，马金莲可谓是一个很幸运的写作者。

2

第一次见马金莲，是在宁夏党校的一间小屋里，她那时候好像在接受什么培训和学习，我闻讯去看她，带了几本书给她，她准备了一点水果招待我。我见生人总是多少有点不自在的，然而见马金莲好像并没有这感觉。

这和我们之前读多了对方的文字有关吧，虽是初次见面，却是神交已久。

　　具体谈的什么不记得了，我也是待了一小会儿便出来，但是马金莲作为一个写作者的模样和状态，还是留给我很深的印象。随着马金莲的日渐知名，这一初次印象后来多次浮过我的心头，路遥一再引用柳青的话说，文学是老实人的事业，我是服膺此论的，而老实一说，搁在这里，真是殊多意味。混迹文场多年，所见写手亦多，形形色色，不一而足。从我的经验来看，真正能成为好作家的，真正能写出好作品的，恰就是马金莲这种本色而又内敛的人。唐代诗人罗隐写过一篇关于斗鸡的小品文，说有一种鸡，冠距不举，羽毛不彰，兀然若无饮啄意，但是一旦投入战斗，即为众鸡之雄，伺晨打鸣，也在众鸡之先；还有一种鸡，羽毛彩错，鸡冠华丽，但是斗鸡每每落败，伺晨总是误事，峨冠高步，饮啄而已——看似气概超群，实则一个吃货而已。我很喜欢这篇短文，又背又抄，熟记在心，用以自勉，借以识人。所以马金莲一身清素的第一印象，恰让我的识人术派上了用场。

3

　　算来我和马金莲的单独见面，也只那一次而已。后来见面也不多。见也是在一些文学会议上。马金莲自然成了一个被重点评述的对象。老实说，无论褒贬，当众受人评点多少是有些尴尬的，尤其被人批得灰头土脸时，还要带着一种古怪的笑陪坐在那里，想想真是何苦来哉。所以我对开自己的作品研讨会一类，历来兴趣不大的。马金莲毕竟有一些好作品摆在那里，所以她得到的正面的评价总是要更多一些，然而也不是全无批评，每当这样的时候，我发现马金莲都显得平静，洗耳恭听的样子，很少辩驳。一次宁夏德高望重的回族老作家马知遥先生直率地提出了批评意见，希望马金莲站得更高远一些，视野更宽广一些，马金莲就站起来，当众给老前辈鞠了一躬，以表谢意。还有一次会上，也是有人对马金莲的小说说出了自己的看法，我觉得那是泛泛之论，听得出论者并没有认真看过马金莲的小说，我当时正看过马金莲发在《回族文学》上的一个短篇，印象正好，那短篇的名字不记得了，只记得结尾给人一种牵肠挂肚，地老天荒的感觉，我当时就举了这个例子，并说我感到马金莲的小说是越写越好了。我觉得马金莲在听取关于自己的评论时，并不是乐于只听到顺耳话，而是从种种认真的褒贬里汲取着一切有益于自己的东西。这无疑是很难得也令人欣慰的。

4

评论家申霞艳女士同时兼任《花城》编辑，不知从哪里看到马金莲的小说，表示喜欢，托我帮她约一篇，我就约到马金莲一个中篇小说《老人与窑》，五万多字，老实说，一看这字数我发愁了，说发怵也不过分。可能自己一直写短篇小说的原因，一看太长的小说，即感不适，如果有人给我一个六千字的短篇，我是很乐意看的，若是这短篇小说过了万字，即使再好，我也要暂时搁过一边。何况五万字。我的经验，短作品也更容易发表一些，体积不大，便于安排。

然而一看小说，我却有了信心。我首先觉得这是非常不好写的小说，是具有相当难度的小说，就像拿着个看起来并不大的洒壶在给花饮水，并不见续水，好像始终只那一壶水，这里洒洒，那里洒洒，从从容容，富富余余，好像饮遍这满园子望不到头的花朵，只这一小洒壶水便足够。读那小说的感觉是特别的，给人一种时光漫漫无尽，空间茫茫难测之感，其中好像有无数事件纠葛，无数人影晃动，其实这小说的情节再简单不过，人物也屈指可数。这小说使我暗暗惊讶，觉得就此篇看，马金莲可算是一个不寻常的写手。自然这篇小说很快被《花城》发表出来了。有人想看马金莲的小说，我也多推荐这篇。我的推荐词是：大雾茫茫难辨，依稀几个人影。后来马金莲的一篇小说获得某刊物奖，我在写我的推荐语时，有这样的看法，我说马金莲的小说，像用绣花针绣大地毯，我自己清楚，我所以出言如是，主要还是针对那个叫《老人与窑》的中篇而言。

5

马金莲和我都来自宁夏西海固地区，都是回族，题材也大多不出那片土地上的回族生活，因此一些论及马金莲的文章，总会说到我们写作上的相像。

老实讲，我自己倒从来没有这个感觉。我觉得我们的写作面目是很不一样的。十里不同俗，我和马金莲来自两个县不说，还来自回族中两个区别很大的教派，我曾和李进祥讨论过不同教派对回族作家风格的影响，因为我们身在其中，一看即明，我们都很清楚地看到各自所在教派对我们写作的巨大影响。马金莲笔下的回族生活，使我觉得熟悉和亲切的同时，也多少有些新鲜与陌生。比较而言，我更看重我们写作中相异的部分，正是这部分使我们各具面目，气息两样。我想我们越是忠实地写出各自对生活的感受和印象，我们的写作面目就会越是不同，也许在别人眼里可以忽略不计的区别，在我们看来这区别却是巨大的，不要说别的，与我们村子比邻的那个村子，其实相距不过两三华里，抬头可见，举步便到，但我一直觉得邻村的气息和生活状态，甚至包括口音，和我们村子都是不一样的。读马金莲的小说给我的正是这样的感觉，这种极熟悉又很陌生的感觉真是有些奇妙，难以言喻。我想马金莲看我的小说时，也会有同感吧。

我说不清写这一段我是要表达一个什么，但我想，比如画家，面对同样一个模特，他们会创作出完全一样的作品来么？绝不可能有这样的事。也许看到说马金莲和我写作相像的话多了一点吧，我这里需要辩白一下。举个简单的例子，比如前面所说的那个小说《老人与窑》，马金莲写得出来，我估量了一下自己，觉得我实在是写不出来的。而且，就我的印象看，马金莲的一些素材，在我是很容易被忽略掉的，马金莲却凭借它们写出很好的小说来。同样，我所感兴趣的一些素材，搁在马金莲手里，大概也会使她为难，觉得凭这些零碎无法写出自己满意的小说来吧。这其实是很有意思的话题，迹近精微，可惜不是这篇短文的应有之义。只是愿意与马金莲共勉，努力写出我们各自能写出的好小说来。

6

有两段让我深受教益的创作谈，摘录于此，以期对马金莲也有所启发。

一段是鲁迅先生关于《红楼梦》的评论，说《红楼梦》"全书所写，虽不外悲喜之情，聚散之迹，而人物事故，则摆脱旧套，与在先之人情小说甚不同……盖叙述皆存本真，闻见悉所经历，正因写实，转成新鲜"。这短短的一段文字，寓意既深且大，实在可作为写作的一个路标或警示来看。尤其"叙述皆存本真，闻见悉所经历，正因写实，转成新鲜"之论，征之于马金莲的小说，她的写作，恰恰是循这个路子而来。只需转无意为有意就是了。

　　另一段创作谈出自孙犁先生笔下，针对一些骤得一时大名，后来却无声无息的作家作品，孙犁先生说出了他的为文之道："从平易近人处出发，从入情入理的具体事物出发，从极平凡的道理出发，及至写到中间，或写到最后，其文章所含蓄的道理，也是惊人不凡的。而留下的道理，比大声喧唱者，尤为深刻"——这样的话，真是值得写作者再三领会和实践的。

　　如果可以说文运的话，那么马金莲的文运可以说是不错的，我也是文运不错的人。文运好当然求之不得，但善处逆顺也是人生的一篇大文章，是人之为人的一个大本事。按一般的说法，文章憎命达，悲愤出诗人，太顺的时候人容易轻起来，即圣贤也或难免。日前和申霞艳女士交流，她一直看好马金莲，多次论及，但在最近给我的一封信里，在谈及马金莲时，她说，作家有时候写得太多，还不如静处默想，多发发呆。作为资深编辑，申女士是和很多优秀作家常打交道的，因此征得了她的同意后，把她的意思转引在这里，也让马金莲知道而有所思。

大木青黄

印象

李德贵老人家，生于一九四〇年，二〇〇九年一月十五日逝世。

其实李老人家，我是很熟悉的。我们两家有姻亲之好。我的二姑，就嫁给了李老人家的一个侄子，李老人家出家人的缘故，自己没有子嗣，视这个侄子如己出，一旦回老家，都住在这个侄子跟前的。所以我也一直不叫他老人家，而呼他爷爷。很多教民见到他都要跪下来以示珍重。记得一次我跟他去一个村子，村民们在村口的一棵大榆树下等着迎候老人家，远远看到他从车里下来，榆树下的人黑压压跪倒了一大片，我从来没见过那样的阵势，感到头皮发麻，立即藏在李老人家的后面。我看到跪倒在地的人里，有年近耄耋的白须老人，而老人家神态自若，领受惯了的样子。但是我从来没有一次跪过。老人家自己也不做这样的要求。好像跪也由你，不跪也由你，他是不要求也不拦挡的。我们都是省政协委员。老人家来银川开会，不愿住宾馆，多住我家里，老实说，老人家住我家里，我是既感荣幸又有负担，老人家是不好侍候的，这个不好侍候，并非说老人家有着多么高的生活要求，天地良心，他的生活条件是很低的，因出门饮食不便，老人家一旦出行，总是自带着干粮的，所谓干粮，只是两样，一样干粮馍，一样腌咸菜，有时候中午时间促狭，赶来我家吃饭会显得紧张，没有休息的时间，他就会在会议室里吃点馍馍咸菜，坐着打一个小盹，就算是休息过了。我的所谓老人家不好侍候，是说这样一个人物住在家里，人心不得消停，老人家的作息时间是完全不同于常人的，夜里两三点就起来，小净过后，开始点香静坐，会一直坐到天亮，数十年如一日无不如此。老人家这样办功的时候，我们两口子一墙之隔，酣然沉睡，就有些不大像话。所以也是很早就醒来，再也睡不踏实。老婆就说老人家要是在家里住一个月，她一定会瘦去好几斤，一副不胜其苦的样子。李老人家给我影响较深的有两点，一是他走路很快，年近古稀的人，走路真是像一阵风，年轻人都不好跟上的；另一点是，他好像总是喜欢把新衣服穿在里面。我好多次看到他掀起衣襟装东西时，下面赫然地露出新衣服来。但是老人家给我最深的印象倒不是来于我亲见，而是来自我父亲的转述。

一个背负着那样一块白布的人，一个在深夜里点香静坐的人，他身上完全没有什么传说，倒是不大可能的吧。且看看关于李老人家都有一些什么样的传说。

传说

传说也多，随手拈出一例看看。

传说一：非常时期，李老人家逃到青海去，住在一户回民家里。回民一家对他很好。但是那家的一个儿媳妇，是一个积极分子，去大队告发了老人家，于是来了几个民兵，将老人家逮去了，夜里几个民兵看守着，老人家听到他的师傅在他的耳边连声说，赶紧走赶紧走，再不走就没有机会了。老人家一看几个民兵都睡着了，就听师傅的话跑出来。民兵很快发觉，在后面追，老人家就跳到湟水里去，湟水深不见底，老人家不会水的，但是却被谁托浮着那样，很快就过了河，民兵们站在河边放枪，看着是个人，就是瞄不准。其实那几个民兵也是回族人。其中一个后来给人讲，他那天夜里对着河里的人放枪，一放枪眼前就一黑，就像有个大手在眼前头罩着似的，他心里害怕，就不敢再放枪了。过了湟水，老人家没敢再留青海，跑到新疆去了。

传说二：马圈堡有一个叫毛胡子的人，喜欢有事没事来拱北上转悠，拱北上是一个肃静地方，轻忽不得的，但是这个毛胡子，不只在拱北上说是非捣闲话，还脾气大，做饭的厨师给他吃得他不中意，就说出很难听的话来。惹得拱北上的人都有些烦他。这倒罢了，这个毛胡子一天竟跟老人家争竞起来，眼睛瞪得牛眼睛那样大和老人家论高低，老人家说，你眼睛不要瞪我了，这对你不好。过了不长时间，这人两个眼睛看不见了。生活很不便，两便都不好送到厕所里去，他的儿子给他想了个办法，用一条长毛绳，一头儿在屋炕上，一头儿在厕所里，毛胡子要上厕所，就顺着绳子过去，再顺着回来。就这样过了十几年，才无常了。他无常后老人家去给他送葬，他的几个儿子哭着请老人家原谅他们的父亲，请老人家活的不原谅，把亡的原谅给一下。

　　传说三：李老人家最终是无常在了他的肝病上。他的病是遗传病。李老人家的父亲哥哥都是肝病上下场了的。老人家查出来有肝病，先是在兰州的一家私人诊所给看。后来到南京的大医院看，找的是有名的专家，就发现老人家的肝上有瘤子，这时候人民的意见有了分歧，有建议老人家当机立断，赶紧手术；有人断然否决了这一提议，说老人家怎么能动手术，如此元气破了还怎么当老人家。意见不一，只好回来。后来又去南京找那大夫看，意思是看能否保守治疗，开些药即可，不必手术了。大夫一查病情，说现在就算动手术也晚了，老实说，药也不必再吃，回去准备后事吧，最多半月，也可能只三五天。老人家出了医院笑话了那专家，说真是胡说呢，他一点也不痛，感觉好好的，就给他判死刑，太轻率了。结果大半年过去，老人家还活着，父亲他们几个跟着侍奉的，说老人家就住在兰州的小西湖拱北，照旧吃那个私家诊所的药。父亲说，老人家每天早晚都带着他们几个在黄河边上散步，回忆起好多事情来，还回忆起自己的打篮球，说他的左手带球上篮，很少有人能拦得住的。这期间，我们的一个教民，出于对老人家的疼顾，自己偷偷又去了一趟南京，找到那专家，央求他想想办法，救救我们的老人家，倒是把那专家吓了一跳，说你们的教主还活着么？真是不可思议，这样下去，也许他真的不用手术会好起来呢。那专家和去的人互留了电话，要求这个人随时把老人家的情况告知他，他想在这里收集一个医案。那人回来后向老人家转述了专家的惊讶，老人家像一个孩子那样高兴得笑起来。

任务

　　李老人家是二〇〇九年一月十五日逝世的，此前半个月左右，我接到父亲电话，说老人家叫我回去有话说，我即从银川赶回老家，又从老家赶往蜗居于深山中的韭菜坪拱北，一见老人家，我即忍不住痛哭失声，疾病把我们的老人家折磨得脱了形。老人家唤我回来，是有任务给我的，他知道自己的日子不多了，想把自己经历的一些事情口述出来，让我记录在案。我其实在拱北待了一周多些，即被单位叫回去了。那几天时间，老人家天天抽出两三个小时来，在几个人的围拢和提醒中，给我讲了许多，我都一一记下来，有些神奇的是，最后一次记录，老人家讲得时间最长，断续讲了有平日的好几倍，好像他的时间不多，再不讲来不及了似的。就在那到下午，我正整理老人家的口述，忽然接到单位电话，我第二天就回去了，而且心里也感释然，觉得自己可以不多遗憾地回去了。在老人家的讲述中，不免说到那些和他的传说相关的部分，我听来觉得惊异，老人家的自述和传说是多么地两样。

　　我回来只数日，老人家就归真了。

真相

　　从老人家的自述里，我震惊又欣然地听到许多真相。不多举例，只把上面说到的三个例子和老人家的自述略加对照，在我看来，这种对照真是太必要太重要了。

　　真相一：非常时期，为了避祸，李老人家确实逃到青海去，住在一个叫马成海的教民家里，那家人待他很好，只是那家的一个媳妇子，和男人淘气，气不过，就想把家里害一下，这样就把老人家告发了。几个民兵把老人家逮去，夜里看守着，老人家趁他们几个疲累瞌睡之际，悄悄逃了出来，但很快民兵们就追上来，老人家情急之下，只好不管深浅，跳到一条河里去。好在河水不深，只是冰冷刺骨。民兵们大概受不了水冷，没有下河，只是站在河边向水里打枪，月亮很亮，一粒子弹激起的水花溅在老人家的脸上。就这么糊里糊涂地过了河。

有人问，不是说那是湟水，深得没有底底子么？老人家说不是湟水河，是大通河。水不深，就是冷。老人家还说到那个告发他的小媳妇，说事发后她的男人打了她一顿，离婚了。

真相二：有人问到毛胡子的事。老人家说毛胡子这个人他有印象，印象中这个人是一个直炮筒子，有啥说哈，脾气也大。他的眼睛麻（瞎的意思）肯定有他的原因，有个眼睛就可能会麻，有个耳朵就可能会聋，这是个常理。老人家说毛胡子的几个儿子不知道哪里听的闲话，竟来找他，让他不要计较，让毛胡子的眼睛重新睁开去（意即复明），老人家说，好像是我叫毛胡子成了麻眼子的，这些没脑子的人。

真相三：在这一点上，事实是，南京的专家和老人家之间相互都有些疑问和不信任，南京专家的疑问是，这个病入膏肓的人，我不是断言他的生命不过最多半月么？他凭什么还能活那么久？李老人家的不信任在于，他感觉不痛不痒，照旧可以健步如飞，这个专家凭什么留给了他那么局促的一点时间呢？但是后来，听父亲说，老人家还是服了专家，他说知识分子你不服不行，能看出人的寿限呢，真是不得了。听父亲说，后来那专家还给老人家打来电话表示了他的慰问和敬意。专家会说话，说他从老人家身上得到了一些启迪。我们的老人家是一个不善言辞的人，不知对着专家的满腹经纶和伶牙俐齿，他都说了一些什么。我的一个广东的朋友和老人家通电话时，已经形销骨立的老人家反复只有一句话，多谢你的关心，我好着呢。他这样说时，旁边的听的人都忍不住要哭的样子。

好看的果子

老人家归真后，父亲要求我回去最后看上一眼。回去的路上，我想着老人家留给我的诸多印象，不禁悲从中来，但是看到老人家遗容的一刻，我却觉得我的悲切情绪是多么地不必要，显得多么多余，那是何等好看的一副容颜啊，听到很多人说，老人家的脸好看得就像果子。说一个人的遗容好看得像果子，在我们这里，这是最高的评价了。在老人家这里，说得又确乎是一个事实。亲眼所见，妄言不得。我想无论怎样和老人家交谊深厚的人，看到老人家的如此遗容，他的哀伤的情绪也会烟消云散，他的心里会安宁下来，会觉到说不清的足够的慰藉吧。这样的脸，应该记录下来的。县电视台来录像，但是被一些人断然地制止了。我不知道这样的制止有无道理。为什么不把好的展示给人看呢？

那样偏荒背僻的深山里，竟来了六万余人为老人家送葬，满山遍野的白帽儿晃得人眼花头晕，好像无数采蜜归来的蜂子忽然不见了熟惯的蜂巢，只好拖着各自重匋匋的收获，在那里挤挤挨挨，嘤嘤嗡嗡地飞舞热议着一样。

谜底

前两天家里来了一个亲戚，他问我老人家说给我的那些我整理出来没有。现在不少教民见面就向我讨这个，很带些巴结的样子。如果我想发财，真是可以借此发一笔的。这是罪过的话了。那个人和父亲闲谈时，又谈到了李老人家涉湟水而过的事。我忍不住说了我听到的事实。我说这是李老人家亲口说的。父亲在一边没有言声。那个人看着我，脸上的神情很是特别，好像答案在他心里，而我答错了，出于礼貌，他又不能明言似的。我说，我本子上记着呢，还有录音，老人家亲口说的。他有些不自然地动了动身子，怕伤着我似的，用不大的声音说，老人家看你是个知识分子，才对你那样说。从他的口气里听得出，知识分子可不是个什么光彩的身份。我真是吃了一惊。不知道该和他说什么了。

我想有些谜底大概是永远无法揭晓的，既使你拿出那个谜底来，也没有人愿意相信。有些事情，人们是不需要它的真相的。比较起来，真相好像是无用的。

亲戚看得出我不是他的谈话对象，就扔开我，和父亲谈去了。他们是很能谈得拢。

我在旁听着他们的谈话，一时想到很多，感慨无已。

三个编辑

杨志广

志广老师去世近一个月了，不时看到一些纪念他的文章，在不同的镜子里看到同样的人，从别人的文章里，我频频看到我印象中的志广老师：清高、淡泊、认真。他好像是不大容易通融的人，但又显得讲义气，这似乎矛盾的印象，都是他留给我的。我觉得好编辑就该是他这样的，望之俨然，即之也温。

我还不认识志广老师的时候，他就给我做过一件好事，十几年前的事了，那时候我刚开始写作，初生牛犊不怕虎，我寄了一篇稿子给《中国作家》，后来收到《女友》杂志社的一个获奖通知，我不曾给《女友》投过稿啊。原来志广老师把我投《中国作家》的稿子拿去《女友》参赛了，他是评委，给我评了一个二等奖，奖金可是不低，扣去税还有四千块，我当时的工资二百多块，算来是近我两年的工资。这个情分就大了，我们之间还完全不认识呢。

后来就认识了，近二十年间，有过不多的几次见面。志广老师是很帅气的人，立在那里，如清竹临风。也许和他是一个燕赵之人有关，志广老师留给我的印象，高蹈而又悲情，风萧萧兮易水寒，这样的诗句，和他这个人是很吻合的。记得一次他来宁夏，我们一同去西海固，正赶上多年难遇的暴风雪，志广老师行走在风雪中的高大身影，多年过去，不能忘怀。

此刻追念着这一幕，我忽然心有所动，我想，要是志广老师不务文学，而投身别事，或许他会更长寿一些吧。晚上我们同住一起，记得说了不少话。志广老师还是向佛的，隐约记得他说过，他是常常打坐冥思的。

这样的人对于现实人生，总有些镜花水月的观照和认识吧。

后来就听到志广老师得病的消息。也只是去了一封短信，慰问了一下罢了。又是几年过去，光阴真是如箭之迅忽。这期间几乎没有和志广老师联系过，只是在朋友温亚军那里常常听到关于他的一些情况。亚军说，志广老师心态不错，病情也算得到了控制。至少对惦念着他的人来说，这是好消息吧。我想，病况且不论，但志广老师有常年打坐的功夫，心态还好，是可以想见的。

但是一日看《文艺报》，得知志广老师已经去了，享年五十三岁。

陆续看到一些记怀文章，朋友王季明说他受益志广老师良多，想请他吃顿饭聊表心意，志广老师答应去，但前提是吃一顿饺子他便去，不然就不去了。结果两人去吃了一顿让季明记怀终生的饺子。冯立三先生大概和志广老师共事过，他写了一首诗给志广老师，诗中评说逝者：轻名轻利轻争斗，重情重义重职责。

真是好诗，过目便记住了，就像是给志广老师量身定做了一套再合身不过的衣服那样。

越儿

越儿是重庆《红岩》杂志社的编辑，她不知从哪里得到我的电话，就来电约稿，从声音听，好像是一个出校门不久的学生，热情、善解人意、点到即止，绝不勉强。我前后给过她三篇小说，还推荐过朋友的几篇作品，她都不作声响给发了出来。这样一种于人要求不多，于己尽心竭力的行事方式，留给我的印象太深。我就想，越儿虽然听起来不过是一个孩子，却是可以托大言深的人。

认识多年，打电话好像只有过那一次，更多的联系是通过手机短信，这也是我所喜欢和适应的方式。仅只是短信交往，也觉得相互之间，已经是很熟悉了。我觉得越儿是一种水火相融的性格，这水是用来应事接人的，这火是用来焚燃她自己的。犹如火是不得安宁的一样，越儿即使表面上温静贞淑，骨子里总是野烈不拘的。常言道：纸里包不住火，但我觉得，越儿正是纸里面的火，这是否正是她后来遭遇不幸的原因？

还记得她发来的那些短信，像一些来去迅疾的火星，并不期愿着点燃什么，而只是因为自己本身是火星罢了。我就想着她为什么给人帮了忙后不声响，只有这样才是合乎她的性格吧。火一样的性格，总是简洁的。

有一年单位组织去张家界，留居重庆一天，当然就想起越儿来，我站在宾馆的窗前看着窗外的万家灯火，想越儿就在这如许的灯火之中。但是直到离开重庆，我也没有联系她。后来也不曾说及到过重庆的话。编辑和作者之间，在我看来，这样子是最好不过的。心有所系便好，不在盏来杯去。

后来她又来短信约稿。越儿常有短信联系，但并不常约稿，因此她约稿时，我就会记在心里。然而还没有来得及写出一篇小说给她，忽然就在网上看到一则新闻，说是重庆的一个女编辑，从十四层高楼上跳下来，自杀了。叫什么名字？叫越儿。可就是《红岩》杂志社的越儿？正是。

心境一下子坏起来。

越儿，为什么要这样？

网上也还有越儿的照片，这也是我第一次看到越儿，竟有些不敢看她。网上也公布着越儿自杀的原因，说她去参加一个笔会，同行的人里，有人言谈失范，不大检点，使越儿因此不快……

事已至此，还有什么好说。

此后三四天，我收到了一本《红岩》杂志。我心头一震，看信封上的字，正是越儿的手迹。我想寄杂志的时候，连越儿自己也都没有料到后来的事吧。越儿并不常寄杂志给我，偶尔寄一本，大概是提醒我，不要忘了约稿的事吧。

这本杂志让我不得安宁。我觉得好像收到了一份无法兑现的契约似的。我把它藏起来，以免轻易看到它，直到今天，装这杂志的信封，我也没有打开来。

付德芳

写作这些年来，给我感动和影响的编辑自然是不少的，细细想来，几乎每一个有过交道的编辑，都可以促使我写出一篇感怀系之的文章来，也曾写过这方面的文字，借晓东兄约稿的机会，就再写出他们中的一位吧。

她叫付德芳，原是黑龙江《北方文学》的小说编辑，不知现在还在那里做编辑否。我们的联系是较早的，那时候我也是刚刚开始写作，还在一所乡下中学给学生教英语。说是教英语，主要的心思却是在写小说上。时时盼望着邮递员来，好像时时刻刻都会给我送来好消息，时时刻刻都会有我的作品发表出来，其实我们学校地处偏背，邮递员一周才能送来一次信。我和邮递员的关系好得不行，他把邮件送达校长后，会把我的信特意送到我的宿舍里来，若是碰到我正好在上课，他还会把信送到教室门口。一天我就在教室门口收到一封信，是一封约稿信，就是付德芳写来的，那时候我很少收到类似这样的信的，退稿函倒是不少，我就激动得课也上不下去了。我一定是很失态的样子。但我的学生对我却是谅解的，他们一边卖力地自习着，一边尽情地和我分享着这远方到临的好信息。

我很快就做了一篇小说寄过去了。

然后就是眼巴巴地等消息。我想着会有怎样的一个信封来到我的手里。已经有经验了，不同形状不同大小的信封里会包含有相异的信息。最好是一个小信封，摸起来薄薄的，这就说明有可能是采用通知啊，至少不是退稿，退稿不用摸，一看信封就看来的。回信缓缓才来，声明稿子不用，但是上面有着不少已经编辑的痕迹。付德芳附有一信，当然是说了不少优缺点，末尾是让我不要气馁，她向我约稿的期望和诚意都还在的。然而我不能不气馁啊。那时候是很容易高涨，同时也就很易于气馁的。不久却收到一纸汇款单，二百四十多块钱。当时我的月工资才一百三十几。这钱正是付德芳寄来的，附言栏里说明这是退稿费。就是说《北方文学》约稿了，稿子不用，于是就给作者一定数额的退稿费，以作抚慰和补偿。老实讲，写作这么多年了，如此待遇，当属仅有。印象于是就格外地深刻。我觉得这稿费我不能得。文章没有发表嘛。没发表的原因肯定是写得不够好，问题在作者的。若是我得退稿费，那付编辑在我的稿子上费心修改那么多，难道我不应付她编辑费？钱我就退回去了，说着我的一些理由。但是很快这钱又回到了我手里，同来的还有一封让我心底暖热不已的信。我只是个无名作者啊，这是我当时一再感慨的。我没有再寄这钱回去，我收下了这份特殊的稿费。心里却总是不能踏实，好像无端地欠了付德芳一份什么，无以为报似的。

付德芳却好像因退稿而欠了我什么，她频频来信向我约稿，说着一些鼓励和期待的话。终于经她的手，很快就在《北方文学》上发了我的小说，后来还发了我一个小辑。对一个刚刚步入写作的青年来说，这是多么大的肯定和鼓励啊。

然而编辑和作者之间的关系就是这样的"君子之交"么？这么多年过去了，我们竟然再也没有联系过。直到今天，我们也不曾见过一面。甚至连其性别也不能了然，之所以自以为是地写成"她"，也不过是望文生义罢了。但是这样一些编辑和作者之间的往事，近二十年过去了，却是无时或忘的。

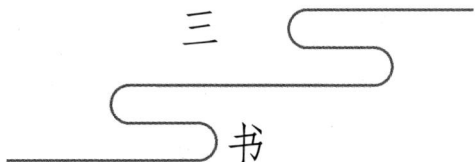

卷三　书评篇

百叶窗的影子

——读安德里奇短篇小说《锁门》

　　小说所写的事情发生在二战时期的贝尔格莱德。贝尔格莱德名义上是南斯拉夫的首都，实际已是一座沦陷城市，控制在德国纳粹手里。贝尔格莱德的居民，人人自危，见面也不敢说话，从各自的眼神里窥望隐情。德国人和专职警察时不时会来查夜，要是没有身份证，要是查出陌生人，后果是不堪设想的。一个大胆的人曾忍不住激愤，指着贝尔格莱德悄悄地对小说的主人公说，你以为眼前这座城市是人间天堂吗？不，也只能叫它贝尔格莱德。在这样特别的话语里，能感觉到的东西其实一言难尽。

　　小说就是在这样的背景下发生的。主人公是一个工程师，一天在火车站很偶然地看到了他妻子的一个亲戚。这个亲戚是特别的，他因为年轻而激进，从事过大学生运动，被捕过，后来则是不知详情。总之在乱世，这样的人都属于危险人物，还是躲着不见为好。因此虽然明明看见是妻子的亲戚，说来也就是自己的亲戚，但是工程师还是很快躲了起来，免得被亲戚先看见。"说不定有警察在盯他的梢"，他这样想。但这样子躲起来又使他觉得难堪，觉得"不礼貌，不体面"，为了让自己心里稍安宁一些，他寻出很多理由来安慰自己，"如果跟他打招呼，他恐怕会更不高兴。还是随他去好点吧"，他甚至想也许自己是认错人了，并不是亲戚，因为"他的声音和举止都是陌生的……"，"多半是我弄错了，没必要跟妻子讲起"，他就这样子心里翻腾着很多念头。这时候作者又勾连出一条重要的线索来，这个线索带出的信息是，其实主人公和他的妻子关系很不好，"妻子及与她有关的一切都成了他既不能承受也无法抛弃的负担"，既然与妻子是这样的关系，那么这种关系就一定会影响到他对妻子一方亲戚的态度。这是不言而喻的。他回到家里，没有向妻子谈到他的所见。

后来的事实证明，在那样的境遇里，其实妻子比她的丈夫更害怕认自己的亲戚。

过了三四个星期。一天晚上，快到宵禁时分（每晚八点差一刻为宵禁开始时间），他们的门被敲响了。两口子吓坏了，以为来了德国人。然而来的不是德国人，来客正是工程师在站台上看到的，妻子的亲戚，他只是穿戴讲究了一些，而且戴着墨镜。亲戚的要求很明确，他无处去了，要在这里住一宿。妻子自然知道她的这个亲戚的危险性，被这个要求吓得不轻，她暗示着工程师，希望他当即拒绝。工程师说不出口。容不得迟疑，妻子就对她的亲戚直说了，她说他们的房东很坏（其实房东并不坏），楼上住了不知底细的人，不知有多少双眼睛盯着看，因此，她保证不去打报告，但是希望亲戚不要为难他们，因为他们还有孩子。然而无地可去的亲戚好像听不进她的话，这使她担惊又愤怒，"她越说越响，再也顾不得客气了。她直截了当地说，把他们逼到这一步是很不好，很不讲道理的，又说每个人都关心自己，都得替自己负责，她不能拿自己孩子的生命去冒险"，最后的结论是"请他愿意上哪儿就上哪儿去，就是不能留在这里过夜"。

工程师打忍不住打断了她的话，并且"为她的话感到羞愧"。

亲戚也坦率地说："你们知道，我不得不留在这里，现在我没有地方好去。"他说着话，并且抢先一步，在工程师的一侧，斜着身子进了屋内。

其实工程师也不知道该怎么办才好。他先是把烦躁不安的妻子连劝带哄地弄进了卧室，然后又故作镇静地陪着亲戚吃了一点东西，亲戚"吃得很少，但是吃得很快"。两个男人默坐着，不知道说什么话才好。亲戚主动分析着情况，说查夜是有的，但也并非夜夜都会来查，同时他保证说，无论如何，他最迟清晨五点就离开这里。他自己会小心的。两个男人之间没有更多的话好说，亲戚就去睡了。好像一切客套都没有了。好像许多已涌至唇边的话又不得不收回去。工程师记起打开门，看到亲戚的一刻，亲戚也没有说应有的问候话。是的，特殊的境遇，使亲人们之间的关系特殊起来。然而他们依然是亲戚。这关系依然是亲戚关系的一部分。不然，亲戚不会寻上门来，他们也早就寻机打电话了。工程师在客厅和卧室之间的空地上站了好一会儿，才回到卧室去，果然妻子在焦灼地等他，问他是什么意思，问他还有没有良心，是不是要拿她和孩子的性命不当性命。他也没有好的办法。他还不得不安抚妻子。但是妻子像身怀定时炸弹那样不得安宁，她睡下了又起来，她虽然压抑着声音，但总是咆哮的样子，后来她拿出了撒手锏，如果丈夫再这样模棱两可优柔寡断，那她只有打电话给巡逻队。

两个人之间有这样的对话：

"等一等，你安静一会儿！稍微等一等！"

"我不能等，我安静不下来。"

"请你躺下。哪怕让我安静一分钟也好。"

"不，我不能让你安静。这太可怕了。这简直是胡闹。"

工程师觉得自己也快受不了了，他发现妻子好像疯狂了，"他所坐的椅子仿佛也以同样的疯狂的节奏在跳舞"。

"那我就要打电话到警察局去，告诉他们我们这儿有这么一个人……就这样！我要自己的孩子……"

女人是说得出来做得出来的。

容不得工程师多想，他跳下床，几乎是以自己强健的体魄和男子汉的威慑力把那个狂躁不安的女人一步步逼进了孩子们的房间，然后反锁了门。

他听着妻子隔着门在哀求他，在对他晓以利害。他在空荡荡的客厅里木然地站了一会儿，就回到卧室去，躺下来，他想去和那个亲戚谈一会儿什么。但是能谈出什么来呢。他仰躺在大大的双人床上了无睡意，外面有灯光，把百叶窗的阴影投下来，"像地毯一般覆盖在他的白色床铺上"。

因为主要情节都发生在晚上，因此小说中多次出现百叶窗的复杂古怪的投影，一会儿投在墙上，一会儿覆盖在他的白色床铺上，"那巨大的条纹阴影没有一刻是静止不动的"。在一个和平的时代，百叶窗的投影会给人怎样美好的心境，如今竟是如此的阴森恐怖了，那百叶窗的暗影和纳粹之间，多么使人容易有所联想。

难堪的亲戚不会只有这一次，纳粹也不会只有这一茬。人与人之间的关系，因此要经受多少磨练和考验。

考验是残酷的。无法隐藏，相互间把心里所有的都呈现。

"他用手掌捂住脸，浑身颤抖，一动不动地躺着。"

"孩子们的房间里，房门已经锁上，所以听不见那儿的一点声音了。"

小说就这样结束了，但那巨大的百叶窗的暗影还始终在我们眼前晃动，使人不安，使人不知道这世上还会发生什么事情，使人担心种种严峻的考验会不期而来。

我们的晚年

——读日本作家丹羽文雄小说《讨人嫌的年龄》

1

没听过丹羽文雄这个作家，他的作品，我也只是读过这一篇而已。但是却印象深刻。在不长的时间里连读两遍，每次读，都会被小说中所特有的一些细节和情愫强烈打动。好小说就是写人生。读这样的小说，会一再有这样的领会和认识。

小说写出了日本老年人的境况。

一个叫梅婆婆的老人，年已八十有六。她只有三个外孙女，再没有别的亲人。她的晚年也只能靠这三个外孙女了。其实只能靠两个外孙女，最小的外孙女还没有成家，也是寄宿在大姐家里。但是已经成家立业的两个外孙女都以梅婆婆为拖累，推来推去不要老人。后来大姐仙子终于忍受不了丈夫的抱怨和威胁，就让小妹琉璃子把老人送到遥远的乡下去，送给二妹幸子。"即使美浓部（幸子的丈夫）和幸子不肯收留，也要硬给他们留下，为这个和他们吵翻也在所不惜"，琉璃子也抱怨老人，不客气地对她说："姥姥你可真是个累赘呀。为了姥姥你一个人，我们姐妹们闹得不能和和睦睦的，恐怕你也没有料到你老而不死，才闹得我们姐妹们不和吧。"琉璃子知道把姥姥送去乡下可不是什么好差事，但是作为一个寄宿者，她也只能听从大姐的吩咐，果然到二姐幸子家里，就被兜头泼了一盆凉水，幸子看到姥姥时"脸孔发白",埋怨她"你为什么把姥姥送来啦？难为你，居然把姥姥送到这样的山里来……"，孙女婿美浓部也"满脸不高兴"，说"姥姥又回来啦"。琉璃子见势头不好，只在二姐家住了一夜就逃走了。梅婆婆就这样在幸子家住下来。过了很长时间，仙子总是不放心，来乡下看姥姥，发现幸子一家"把她用屏风围在屋角里，这简直是不把她当人看待哩"，姐妹俩大吵一场，不欢而散。

关于梅婆婆，亲人们都认为"她是吃饭的怪物啦"，"早已变成一个缺少精神的肉体"，"可不是吗，所有的家庭都在皱着眉头抚养老人哩"……

读着这样的文字，我心里是很憋闷很沉重的。

2

小说写出了一个特别的文学形象——梅婆婆。通过梅婆婆，我们似乎可以了解并理解更多的老人。

关于梅婆婆，作者不吝笔墨，从各个方面用许多细节去写她，使梅婆婆好像就和我们生活在一起。梅婆婆"白天整天打盹，想不起吃的时候就睡。到了夜里，就整宿地醒着，电灯一夜开到天亮……一到半夜，总是到廊子上来，也不管全家人都已经入睡，大声喊着她肚子饿"，晚上只要有人去卫生间，她都要在黑暗里问出一声"是谁呀？""对梅婆婆来说，只要发出脚步声的人肯简单地回答一声，也就满意了，不，她甚至连回答声都不指望，她只是按老习惯问一声罢了"，她这样的一问往往会把起夜的人吓一大跳。梅婆婆还咒人，对招她讨厌的人她就要咒起来，"我咒谁谁就得死，准极了"，她这样宣言说。她身上还多虱子。她还有偷东西的嗜好，"她把放在那里的火柴、抹布、小刀偷来。她绝不明说是自己想要，只是一声不响地据为己有。""她偷来后并不是想要干什么，只不过是非得偷点什么不可罢了。""她把偷来的东西藏在褥子下面，幸子每天早上打扫屋子，所以一下子就看到了。""也不管是纽扣、信封或是细绳，什么都偷。"有时候她还威吓幸子他们，把开牛奶瓶盖的锥子指向自己的喉咙，表示她会自杀的，那锥子也是她费心偷来的，尖儿都没有了，美浓部说："姥姥，那不中用啊，用那种锥子刺不进喉咙的，只能扎破一点皮，白痛一回罢了。""梅婆婆被禁止使用火柴，这是因为她不择地方，到处乱擦，擦后又随便乱扔"。"梅婆婆时常把厕所里的洗手水喝掉"。她耳朵好像背了，"你叱责她时，她就装得听不见，这纯粹是她的防守策略"，实际情况是，梅婆婆的耳朵还好着的，梅婆婆喜欢吃葱，于是她的重外孙女就戏弄她，隔了两三丈远说"太姥姥，给你葱吃好么？"按说隔着这么远，梅婆婆惯常听不到的，但是她不只听到，而且颇感兴味："葱？啊，我真想吃葱啊，给我吧。""她把用过的手纸不扔掉，反而送到放手纸的盒子里，孩子们不留心就会沾得满手"。"她常常猛不丁地站起来，从屏风顶上两只眼睛恶狠狠地死盯着，查看外孙女和重外孙女们是不是吃得比自己好"。美浓部是一个画家，常有客人来，他们在客厅谈话，忽然梅婆婆就"爬到廊子里，探头探脑地问，客人是越后的人么"？梅婆婆就是离东京不远的越后人，她总是觉得越后会有人来看她。"梅婆婆并不是什么平平常常的家庭里长大的，她出身于名门望族"，"她是东京商业区长大的，头一回到这山地里来……所以有不满，也只能把它深深地藏在心里"，她"一直守了五十三年的寡"，日本有一习俗，寡妇的名字，要和亡夫的名字并列刻在墓碑上，只是把寡妇的名字漆为红色，以示还活着，但是她"竟然活了五十三年还没有死，红色当然早已剥落得精光了"，她还在丈夫的照片前上供，但是"相片上的人和她的年纪相差太远了，很容易使人误认为死者是上供人的儿子或孙子"。梅婆婆也有冷峻难犯的时候，美浓部是一个画家的缘故，对老人的面部有时会有特别的兴趣，于是盯了看，"她的脸很小，脑袋顶上的白发已经稀疏了。两簇眉毛很重。深眼窝儿。端正的高鼻梁，小而端庄的嘴唇……这使人很容易联想起她年轻时的美貌"，梅婆婆被看得"很不好意思，不由得笑起来。到后来干脆把头朝旁边扭过去"，"她并不是因为生气才扭过头去，而是干脆漠视对面的人。她的这个举动大胆而粗犷，会使人联想到动物毫不在意地把头扭过去的那种冷漠表情"，"梅婆婆把照片啦，《法华经》啦，一股脑儿忘了个精光，宗教对她无能为力了"，虽说如此，但是梅婆婆也有动了感情的时候，一次，美浓部收拾屋子，翻出一个旧相框来，给梅婆婆认相框里的人，梅婆婆认出来了，那是她早已死去的女儿，"她双手接过镜框儿，把它贴在脸上，呜咽起来了：'我真想你呀！我的闺女，我唯一的女儿呀！'"，"梅婆婆哭是哭着，可是一点眼泪也没有"，"美浓部好久没有看到梅婆婆这种人性的一面了，他充满怜悯的从房里退出来，他认为应当让梅婆婆一个人充分地宣泄这种心情"，但是过了一会儿，屋子里特别的安静又使美浓部不安，他忍不住"蹑手蹑脚地"返回屋子里查看动静，发现"照片已被推过一旁"，梅婆婆已经找到了重外孙的一条裤衩，"正在聚精会神地从裤衩儿上往外抽松紧带呢"。

小说到这里也结束了，余响不尽。

3

宁夏作家韩银梅曾写过一篇很不错的中篇小说，发表在《当代》，写的也是老年人的境况，这篇小说的名字叫《我们的晚年》。是的，这绝非只是梅婆婆一个人的晚年，也绝非只是日本人的晚年，也许我们每个人都有这样一个晚年。或者，让我们运气好一些，不要有梅婆婆这样一个晚年吧。

旁观者眼里的生活

——读毛姆短篇小说《被毁掉的人》

　　小说写一个英国人，因病客居在马尼拉一个橡胶园主家里。这个橡胶园主也是一个英国人，但他生在马尼拉，因而被其他的白人所轻视。他也因此对自己的故土英国充满了仇恨。他的老婆曾经是一个只扮演过小角色的演员，如今却好像很惧怕她的丈夫。她有脸上抽搐和手抖的毛病。趁丈夫不在时，她总是借机来和住在家里的客人闲聊，好像有什么话想告诉他，但总是欲言又止。丈夫要打理整个橡胶园，这就使她能有机会和客人聊天，但她必赶在丈夫回来前离开客人的房子。走的时候还顺手带走自己坐的椅子。虽然丈夫劳碌不已，但他们的日子依旧很窘迫。家里常有腐败的气息。女主人叮咛客人，千万不要把他们谈话的事告诉她丈夫，不然她丈夫就会毫不留情地赶走他。但是那做丈夫的还是发觉了他们的谈话。或者是隐约猜到了，因为他是一个疑心很重的人。他立即大变态度，表面上还是很客气但是不容商量地把客人送上了船，打发了他。客人临走，送了一枝枪给主人。客人最终没能知道女主人最想对他说的话究竟是什么。但是他很庆幸自己离开了那样一个令人不安的地方，离开了那么两个怪异的人。原来这女人是一个偷情者。她的丈夫发现后，杀了她的情人。从此强烈限制她的自由。小说写到最后，客人已离去了，那个只扮演过小角色的女人在黑沉沉的屋子里打扮着自己，她在一大堆乱糟糟的东西里找到了口红，涂在唇上，后来有一个神来之笔，她竟然把口红涂到鼻子上去，并且在镜子里看着自己的怪样子，大笑着说："让生活见鬼去吧。"

小说的题目叫《被毁掉的人》，那么谁是哪个被毁掉的人呢？小说中一共写到四个人：客人，橡胶园主和他的妻子，被橡胶园主杀死的妻子的情人。那个已经无法在小说里露面的"情人"自然是被毁掉了，不知他在自己逾矩的行为里得到过他所追求的东西没有，但是他确实因此被毁掉了，此被毁掉者之一；橡胶园主的妻子，那个只能演演小角色的演员，既为演员，那么即使只演演小角色，也一定多少有些浪漫情怀的，于是就有所不满，就格外求索，结果就生出了祸端，付出了代价，她虽然没有像她的情人那样，被剥夺生命，但是给她的惩罚实在并不比她的情人轻的，在这一系列变故中，真不知道她内心承受了什么，承受了多少，只要看看她那抽搐的脸和抖个不停的手就知道了。这其实是来自于心里的疾病，内心苦楚到一定程度时，脸上自会抽搐，手也会禁不住抖起来。她还冒着极大的风险，要给人诉说，看来不诉说她是无法活下去的，然而说，却又是欲言还休，她寻机和陌生人交流，一直像惊弓之鸟一样害怕被发现，走的时候，从不忘记带走她坐的椅子，但是，作为丈夫的橡胶园主却不允许她说出任何来，他终于赶走了听她说话的人，使她的全部的苦楚都无法倾倒，全都憋在她一个人的心里，她竟然还有心思打扮自己，她是在黑沉沉的屋子里打扮自己的，她还不忘记涂口红，口经涂好了，自己看一看，忽然把口红在鼻子上涂一道，这是怎样惊人的一笔，绝望已极的人才这么来一下吧。被毁掉的人才会这样子吧。这是另一个被毁掉的人，那个看起来强霸，有毁人的资格和能力的橡胶园主，其实是第三个被毁掉的人，但也许是第一个，他虽然祖籍大英帝国，却生于偏荒的马尼拉，因此即使也有一张白人的脸，却和别的白人不可以比的，他是一个被白人们轻视的白人，这使他比那些有色人种还要仇恨白人，他恨透了大英帝国，这一心理是很有意味的，他要求不高，对生活严肃又兢兢业业，但是生活给他的报偿是他的妻子背叛了他。于是他被造就成了一个杀人犯，他还要强力控制妻子，还要时时疑神疑鬼，生活既已如此，不能说这不是一个被生活毁掉的人。小说共写了四个人，三个人被毁掉了，一个人之所以看起来没被毁掉，只是因为他置身事外的缘故，在小说所展示的生活里，他只是一个旁观者。什么用意呢？难道说只有做一个旁观者，只有置身于生活之外，才不至于被毁掉么？但在实际生活中，没有谁能做得了旁观者的。

假若有人说，如果那个橡胶园主的妻子不逾本分，过既有的那份平淡又安全的日子，岂不是连一个被毁者也没有么？但生活是不可以这样子来假设的。生活也从来就不是风平浪静的。

劳动者的情感

——再读张贤亮《灵与肉》小记

1

先说几句题外话。近来，在离我家不远的地方，忽然有了一家二折书店。都是正版书。盗版书也鲜有卖二折的，况乎正版。我和朋友自然是闻风而动，像蜜蜂泡在蜜罐里那样，几乎是天天泡在那书店里。老实说，淘到不少好书。但也淘出一些感慨来。淘书久了，是很容易生出诸多感慨的，是个中人，不必多说，就能领会并认同我的话的。但还是举个例子吧。一天，我们就碰到两个当代作家的文集。知名出版社出版，印制颇为精良。这两位作家，也是新时期以来名声赫赫的写手，全国奖各获过多次的。但是对着他们的文集，我和朋友逡巡三四，终难下手，一再慨叹着这要是孙犁或者是史铁生的文集，也可以的啊，即使不是二折，即使半价，也会欣然收来，归为己有。虽称文集，却可以零售。踌躇犹疑一番，我们就各买了日记书信卷回去，想着日记书信一类，即使是普通百姓所为，也必有值得观览处，但是说句不敬的话，因为和店老板熟悉了的缘故，这书我们后来还是退回去了，换回了几本我们想看的书。

可以肯定，这些文字都是作家的心血之作，这一点从他们的不少自述文字里也可以看得清楚。但就是这样的心血之作，就是这样的曾得大名的作品，忽然之间，就可以落得如此。文字比石头还能耐久。但有时候，文字的耐久性甚至还比不上一支写它的钢笔。这一定是让作家们觉得尴尬和茫然的事吧。

2

回到正题，说说《灵与肉》。

《灵与肉》是否也同于上面所说，曾经声名远播，如今已不孚所闻？《灵与肉》我自然是看过的，后来还看到过根据它改编的电影海报，在家里糊屋墙的报纸上看到过连环画版《灵与肉》，甚至在广播里听到过它。说到《灵与肉》，首先浮现眼前的是一些画面，比如周里京、李秀芝，比如连环画上那个让人觉得拙朴可亲的郭谝子，至于小说本身留给我的印象，实在说，倒不是很深。也不知是依据什么判断着，虽则《灵与肉》名头不小，我却一直觉得，在张贤亮的作品里，《灵与肉》是一篇相对较弱之作。是应时之作。彼一时代过去，应时之作就会随同远去，最多是留一点陈迹余响罢了。要是有人让我推荐张贤亮的短篇小说，我会随口报出几篇来，《普贤寺》啊《邢老汉和狗的故事》啊等等，甚至我早年看过，留印象极深的《垄上秋色》。自然是会频频想到《灵与肉》的，就像站队的时候，有人会习惯性地主动地站在第一个的位置上一样，但是我也会频频地将它推过一边。我不会推荐《灵与肉》的。我是凭着印象这样说的，这印象有来自于一己的记忆，有道听途说，有私测妄猜，合为一处，就成为一种所谓印象，而且这印象往往又是那样的顽固和自以为是，不容置辩，不愿修正，但是据既往印象做现实判断，会是可靠的么？

3

这判断是不可靠的。

因为要写这篇短文，我不得不又看了一遍《灵与肉》。我觉得我对它是熟悉的，稍稍翻阅一下即可，但是开卷一读，却让我大吃一惊。倒好像我从来没有读过它一样。说到《灵与肉》，此前我所熟悉的情节是，老右许灵均时来运转，有了要随他的资本家父亲出国做事的机会，这机会何其难得，但是许灵均思前想后，终于绝然地留在了浸透着他的汗水和苦乐的那片土地上。当然也还有点爱情故事点缀其间，这个在电影海报上一眼就可以看得清楚。好像这就是《灵与肉》留给我的全部印象，好像这就是《灵与肉》的全部。感谢重读，让我读出另一个《灵与肉》来。这次重读，原本留在我印象里的那些，竟忽然成为次要的了。比如主人公和他父亲的那些场面和关节，原本的确事关重大，如今却让我觉得不是重要的了，可以跳过去读了。我喜欢的是那些劳动的场面，我看重的那么多细微而又深切的对于生活及生命的感受和体悟。过去这么多年了，它好像并不过时，依然显得生机勃勃如同初生，其中的不少片断读来真是荡气回肠，让人魂魄为动，不能自己。不妨摘抄若干，和大家共同重温一下吧。

4

"他紧贴着墙根，带着土碱味的潮气浸透了他的衣服。他冷得直打战，干脆从湿漉漉的稻草上爬起来。外面，泥泞在月光下像碎玻璃一样闪光。到处是残存的雨水。空气里弥漫着腐败的水腥气。

"……马、骡子、毛驴都在各自的槽头上吭哧吭哧地嚼着干草。他看到一段马槽前没有拴牲口，就爬了进去，像初生的耶稣一样睡在木头马槽里。月光斜射进来，在马棚的山墙上画出一条分开光与影的对角线。一匹匹牲口的头垂在马槽边，像对着月亮朝拜似的。这时，他陡然感到非常凄怆，整个情景完全象征性地指出了他孤独的处境……他哭了。狭窄的马槽夹着他的身躯，正像生活从四面八方压迫着他一样。

"他看见一匹棕色马掀动肥厚的嘴唇在他头边寻找槽底的稻粒。一会儿，棕色马也发现了他。但它并不惊惧，反而侧过头来用湿漉漉的鼻子嗅他的头，用软乎乎的嘴唇擦他的脸。这阵抚慰让他的心颤抖了，他突然抱着长长的、瘦骨嶙峋的马头痛哭失声，把眼泪涂抹在它棕色的鬃毛上。然后，他跪爬在马槽里，拼命地把槽底的稻粒扒在一起，堆在棕色马面前。

"（他）已经变成了一个名副其实的劳动者了！而在这两端之间的全部过程，是糅合着那么多痛苦和欢欣的平凡的劳动。

"这里有他的痛苦，有他的欢乐，有他对人生各方面的体验。而他的欢乐离开了和痛苦的对比，则会变得黯然失色，毫无价值。

"在长期的体力劳动中，在人和自然不断地进行的物质变换当中，他逐渐获得了一种生活习惯。习惯顽强地按照自己的模式来塑造他。

"咖啡苦中有甜，而且苦和甜是不能分开的。二者混合在一起，才形成这种特殊的、令人兴奋和引人入胜的香味。

"她的动作有条不紊，而且有着一股被压抑的生气……他不能自制地跌坐在姑娘旁边，他两手捂着脸，既不敢相信他真的得到了幸福，担心这件侥幸的事情会给他带来新的不幸，又极力想在手掌的黑暗中细细地享受这种新奇的感情。

"清晨，太阳刚从杨树林的梢上冒头，银白色的露珠还在草地上闪闪发光，他就把栅栏打开。牲口们用肚皮抗着肚皮，用臀部抗着臀部，争先恐后地往草场跑。土百灵和呱呱鸡发出快乐惊慌的叫声从草丛中蹿出。它们斜掠过马背，箭一样向杨树林射去。他骑在马上，在被马群踏出的一道道深绿色痕迹的草场上驰骋，就像一下子扑到了大自然的怀抱里一样。

"……他在土堆的斜坡上躺下，仰望天空，雪白的和银白的云朵像人生一样变化无穷。风擦过草尖，擦过沼泽的水面吹来，带着清新的湿润，带着马汗的气味，带着大自然的呼吸，从头到脚摩挲遍他全身，给了他一种极其亲切的抚慰。他伸开手臂，把头颅向胳肢窝，他能嗅到自己的汗味，能闻到自己的生命气息和大自然的气息混在一起，这种心旷神怡的感觉是非常美妙的。它能引起他无边的遐想。认为自己已融化在旷野的风中，到处都有他，而他却又失去了自己的独特性……

"有时，阵雨会向草场扑来。它先是在山坡上垂下透明的，像黑纱织成的帷幕一样的雨脚，把灿烂的阳光变成悦目的金黄色，洒在广阔的草原上……不大一会儿，豆大的雨点就斜射下来，整个草原就像腾起一阵白蒙蒙的烟雾……他骑在马上，拿着长鞭，敞开翅膀一样的衣襟，迎着雨头风，在马群周围奔驰，呵斥和指挥着离群的马儿。于是，他会感到自己……不是渺小的和无用的，在和风、和雨、和集结起来的蚊蚋的搏斗中，他逐渐恢复了对自己的信心。

"生活虽然艰苦，但他们始终抱着愉快的满足。他开始羡慕他们。

"任何理性上的认识如果没有感性作为基础就是空洞的……而他这二十

多年来，在人生的体验中获得的最宝贵的东西，正就是劳动者的情感。"

5

够了。一旦引用起来，竟是刹不住手脚。

但我要说的是，所引的这些，字字句句，都是在《灵与肉》中的，奇怪的是却似乎并不在我的印象里。在我的印象里，所谓《灵与肉》，就是已经脱胎换骨的儿子，和他依然是资本家的父亲的那些谈判甚或较量，是什么训练了我，使我这样子来看取一篇文学作品呢？

这自然是另一个话题了。

说不尽的马哈福兹

1

马哈福兹是一九八八年就获得了诺贝尔文学奖的，但是直到二○○五年之前，我还不知道有这么个作家。此前我只知道海明威、福克纳一类，而且鹦鹉学舌一样说着他们，像是说着这样一些名字，于一个写作者来说，更体面也更为保险似的。

我没有和人谈过马哈福兹，也很少听人向我谈及。

其中的原因深究起来，一定是很耐人寻味也很让人尴尬和脸红的。即使在思想和审美领域，人们也是势利的。

这个不多讲，因为我们也还在继续地势利着。

然而我要说，在偶然地接触到了马哈福兹后，我就再也不能忘掉他了，而且觉得比较于海明威、福克纳们，马哈福兹给我的影响和益惠，要更为深切与牢靠。

2

我先是在旧书摊上找到马哈福兹的小说《梅达格胡同》。一定是在聊胜于无的情况下收来的。去转旧书摊，淘不到中意的书，又不愿白手而归，就收了《梅达格胡同》来，也便宜，便宜会使收书者滋生贪心，常常收回一些无益的书来。

然而《梅达格胡同》却是我用生铁的价钱无意中收来的金子。

正是经由这部书，我认识了马哈福兹，谦逊却不同凡响的马哈福兹，明察世情却始终义重情长的马哈福兹，不把一滴露珠轻言为大海的马哈福兹，不捂紧自己的口袋让人费神猜测的马哈福兹，不说自己的脸总是比别人的脸好看的马哈福兹，像个老农一样老老实实播种并收获的马哈福兹。如果马哈福兹是负责传递信息的人，那么首先，这信息一定是千真万确的，是不虚饰无隐匿的。马哈福兹首先是一个牢靠的人，其次才是作家。读这个作家的作品，你会觉得你的心离他的心是那样的切近，好像你们有共同的经历和心声，他只是你们中的一个代为表述者罢了。看马哈福兹的小说，我想起早年间村子里那些代为写信的人。他们写下不得不说的话。写下事实。写下生活中的种种滋味和相互间的牵挂及情谊。其实如果可能，写下这些就够了，甚至不必考虑它像不像一篇文章。太像文章的文字是不足取的。

3

不久，我又看到薛庆国先生翻译的马哈福兹随笔集《自传的回声》，薄薄一册，我放在床头枕侧，看了很长的时间。如果说先前看马哈福兹的小说，是看到了作家的一个侧面的话，这一次就算是看到了他的正面。常有这样的体会，从不同的角度看人，会觉到一个人的不同，有时候从背影欣赏的一个人，转过脸来却会吓你一跳。这样的例子是很多的。然而马哈福兹从多角度里却体现出统一性。从读小说时获得的关于作家的印象，在读他的随笔时不但没有偏差，反而得到了印证和加强。由于出身和教养，马哈福兹很少显得傲慢不逊，但是他却有着强大的自信，他说，我是两个古老文明的儿子。他不会制造浅流浮浪，也不会被别的浅流浮浪所诱引。在艺术创作的领域里，他寻求并呼应着他的同类。他找到了托尔斯泰。他也以他的方式，不失温和地嘲讽了一个先锋派作家及其作品，他说，这个作家的作品，谁要是能端坐不动地读上一个钟头而不打呵欠，那么就会得到他的五十个第纳尔的奖赏。其实我觉得马哈福兹就是这样的人，在不少人踊跃地用脚、用嘴、用鼻孔或别的意想不到的什么写字时，他还是坚持着用手写字，并且努力用手把字写好，这听来似乎有些简单，几乎不值一说，然而实情又是，人们好像越来越不能安分于用手写字了。

4

我陆续读着马哈福兹的文字，珍惜地读着，害怕一下子读完。我也向朋友们卖力地推荐着马哈福兹。听过文学世界的话，有的作家，就是可以创造出一个文学世界来。为数很少，马哈福兹就是其中之一。读完他的一部小说，会感到一个时代告结，历史的大幕在余响不尽地徐徐地拉上，而他的着手点又那么小，不过是一个胡同（梅达格胡同），不过是一条小街（甘露街），不过是胡同和小街上的柴米油盐家长里短。由一个胡同一条街写出全部的社会生活，说不清这究竟是怎样的一种艺术能力。

5

即使获取了诺贝尔文学奖，即使有着货真价实不同寻常的系列作品，马哈福兹依然不为人所周知，这原因大概不在马哈福兹身上，我上网查了一下作家条目，海明威是三十万六千条，福克纳是十二万八千条，马哈福兹是八千一百二十条。学者萨义德说："西方译者对马哈福兹的作品并没有吃透"，萨义德这样说，学术的因素外，一定还含着强烈的情绪在。其实"对马哈福兹的作品并没有吃透"，岂止西方，又岂仅译者。

朴素与深刻

二〇〇九年看过的文学作品，影响深的有两部，一部是埃及作家马哈福兹的《两宫间》，系长篇小说；一部是井上靖的《洪水》，是短篇小说。

马哈福兹是阿拉伯世界唯一获得诺贝尔文学奖的作家，虽获如此殊荣，我却不曾读过他的作品，也很少听到文朋诗友们谈及其人其作，可见即使在文学方面，我们也不免势利的。

很偶然地读到马哈福兹的《两宫间》，我读得如痴如醉，难以放手。想即刻读完，又怕一下子读完。这样的阅读体会是罕有的。我想，有这样的作品，真是作家及其读者共有的福气。小说写的不过是埃及一普通家庭的日常生活，却给人一种深广的历史感与莫测的命运感，好像经由作家所描述的这个普通人家，可以洞见整个埃及方方面面的景象和信息，甚至会大过这一范围，和远隔在千万里之外的我们也相关联。还不能说是以小喻大，作家笔下的那个普通家庭，其中的那种千头万绪的复杂性，那种四野八荒的指向性和延伸感，使阅读者好似置身其中，既细微可感，又高深莫测。

同样，井上靖的短篇小说《洪水》也给我类近的阅读体会。井上先生是中国通，不少的作品都是以中国的一些人物或传说为题材。我曾看过他写的《孔子》。他笔下的孔子及其时代以素胜绚，以静制动，给我一种木刻画似的感觉。我好像跟循井上先生的引领，真的见到了孔子本人。《洪水》是井上靖西域题材小说集七篇中的一篇，其实不只《洪水》，应是篇篇都好。《洪水》虽不过是一个短篇，却让我在如此短的篇幅里经历了一个时代的繁华与毁灭，这繁华熙熙攘攘，生生无已；这毁灭摧枯拉朽，不容商量。虽如此说，却觉得这样的小说已成了一个源泉，汩汩长流，言说不尽了。

无论是长篇《两宫间》还是短篇《洪水》，其共同的特点是朴素又深刻，这也让我想起我们当下的写作来，朴素，我们已经是不会了；深刻，我们倒是会的，我们似乎一落笔就向深刻的方向去了，然而究其实，却发现原来浅薄得很。因此举出这样的例子来，可供借鉴学习用。

生命的寓言

——读日本短篇小说《贝壳》

《贝壳》我前后读过有好多次，每一次读，都有初读的感觉和再读的兴趣。每一次读，都会读出一些新意来，能经得起一读再读，而且读起来总是饶有兴趣意犹未尽的小说，自然是好小说了。似乎仅说好小说还不够，这样的小说，当属小说中的极品。

小说写的是一家两代人的生活经历和对生活的不同认识。里美和她的母亲及姐姐，生活在一个有着"一幢幢鸟巢般灰色房屋"的小镇上，虽然里美和姐姐也都持有小镇居民身份证，但姐妹俩都不安于长住这里，"只有操持家务的母亲"完全融入小镇日复一日的生活里。里美和姐姐从母亲寡淡失败的生活里得到了教训，因此她们刻意要生活得与母亲不同，姐姐已经怀孕，但是并不打算与男友结婚，"扬言要独自抚养孩子"，里美则因为不愿意成为小镇生活的一部分，借学习语言的机会去国外，和一个男人生活了几年，直到那个男人另有了女朋友，她才又回到小镇子来，其间有许多折腾，转了一大圈，最终母女三人又生活到一起。然而并非到此便止，生活依然是不安宁的，不称意的，但是就这样了，折腾奔波的结果是，好像因此更为迅速又全面地看到了生活的真相。

小说的内容大略如此。

然而小说却远不止此。

我觉得这是一篇充满了弦外之音的小说，小说没有简单地肯定或否定哪一种生活。在生活中，好像只能生活着，而难以做出有效的判断。姐姐虽已将成母亲，但是当男友提出结婚时，她却逃开了，她认为夫妻"即便在一起生活，不也还是外人吗"？她当着母亲的面，意味深长地宣扬说，自己要独自抚养孩子，"至于她为什么要说那样的话，母亲当然应该明白"，这是一句寓藏着深意的话，母亲是一个寡居者，她所经营的家庭早就破裂了，这种破裂，对一家人造成的伤痛，尤其对当时还是小孩子的里美姐妹俩来说，都是不言而喻的。所以当姐姐挑衅似地说不会结婚，要独自抚养孩子一类话时，我们甚至能看到她心里的隐痛和眼里的泪花，而母亲被这样的话刺伤着，却"不知如何应答"，母亲心绪如何，只有她自己知道和承受了。似乎顺手拈来的一句话，带出多少生活和感慨来。里美对于自己的生活，似乎是既参与又旁观，她"去了国外，与一个男人生活在了一起。签证成了一边非法打工一边与男人玩乐的许可证……期间里美连一次回国也没有，直到那个男人找到另一个女人为止。上个月，她才第一次回到母亲和姐姐生活的那个家"。轻描淡写里，体现着人物的生活态度。这不是玩世不恭，而是基于对生活的深切感受和深度认识，"虽然在那个国家（美国）生活了几年，虽然学会了说外国话，但于日暮时分，家务告一段落，骑着自行车去附近超市的母亲的生活比起来，似乎也没有什么更多的意义"，"同爱慕虚荣的朋友们去旅游手册上介绍的购物商城，与现在同母亲或姐姐去邻镇的车站购买衣服，两者间又有多大的区别呢？"——从这样的感慨和认识里，我似乎看到里美那深邃、忧郁却也通达的眼神。总之，这日本年轻的一代，里美，包括她的姐姐，都完全不是浅薄的时髦者，说来倒是她们的母亲在轻看并误解着她们了，"姐姐的怀孕，里美的离家远嫁老外，这对母亲来说，都是'不寻常'的"，使母亲忧心不已并大为感慨的是，"为什么就不能平平常常地生活呢，我的这两个女儿"，但是对母亲的感慨和视为"不寻常"，里美却自有洞见："其实，一切却是这样的平凡、庸俗"，"这是一个平凡而乏味的人生"。由此来看，里美对自己及自身生活的评判，倒是严苛过了她的母亲。

但是日子总是要过下去的，所以到后来，一家人还是很有兴味地驾车去看海边住着的父亲。在小说的篇末，有了这样像微火一样闪烁的句子："和'外人'一起生活，可能也不错吧"，"贝壳被浪花冲刷着，发出悦耳的摩擦声"。

　　小说以"贝壳"命名，我还一句都没有说到贝壳，文眼其实就在这里，要写，又需写出许多文字来，限于篇幅，且写到这里吧，感兴趣的人可以自己去看。

　　听来好像是一部长篇小说，其实小说从头至尾，不足四千字。小说作者叫中上纪，女作家，生于一九七一年，小说译者名段薇。

　　这小说读完，让我想到一个评语：炉火纯青。

读孙犁两篇小说有感

　　两篇小说，一篇叫《红棉袄》，一篇叫《访旧》。说是小说，其实都有些纪实的味道。

　　《红棉袄》写的是一次"我"带着一个病重的战友，投宿到一个村子里。再小不过的一个村子，只有三户人，投宿的人家也只有一个十五六岁的姑娘，因她的母亲和哥哥正好都不在家。按说这样一个人家，是不适合投宿的，姑娘虽还热情，但"随着她就踌躇了"，"我"也觉得"我们休息在这里，有些不适当"。但是战友已经躺倒在炕上，一步也不想动了。

　　只好留宿在这里。

　　战友得的是打摆子的病，盖了家里仅有的一床被子，"我"又把自己的外衣脱下来加在被子上，他还是冻得直抖。最后是小姑娘飞红着脸，把自己身上的红棉袄脱下来给病人盖上。"我也是今天早上才穿上的"——她不忘这样解释着。

　　接下来作者写道："她身上只留下一件皱褶的花条布小衫。对这个举动，我来不及惊异，我只是把那满留着姑娘体温的棉袄替顾林盖上，我只是觉得身边这女人的动作，是幼年自己病倒了时，服侍自己的母亲和姐姐有过的。"

　　"我凝视着那暗红的棉袄。姑娘凝视着那灶膛里一息一燃的余烬。"

　　这就是《红棉袄》的主要内容。

　　《访旧》写的是"我"对一个房东的追忆。房东是一个寡居的大娘，她的大儿子上前线了，她带着一儿一女生活着，她知道"我"在报社工作时，就叫"我"在报上登个关于她儿子的启示，因为儿子已经六七年没来过一封信了。

大娘待"我"比她自己的儿女还要好："每逢我开完会，她就悄悄地把我叫到她那间屋里，打开一个手巾包，里面是热腾腾的白面饼，裹着一堆炒鸡蛋。"当然，住在大娘家的不只"我"一人，还有从区上来的小组的同志们，"我们从麦收一直住到秋收，天热的时候，我们就到房顶上去睡。大娘铺一领席子，和孩子们在院里睡"；"在房顶上睡的时候，天空都是很晴朗的……满天星星像要落到我的身上。我一翻身，可以看见，院里的两个孩子都已经香甜地睡着了，大娘还在席上坐着"。有时候大娘也会上房子来，倾听着远远近近的炮声，和战士们议论说，哪是自己的炮声，哪又是敌人的炮声。

和这样的房东告别是痛苦的，告别后也难免时有牵念。

五年后，"我"趁便又去看望这个房东大娘，大娘的女儿已经长成大姑娘了，就要出嫁了，正自己动手织着嫁妆。"大娘把我当作天上掉下来的人，不知道抓什么好"，她拿出女儿的嫁妆给"我"看，拿出女婿的照片给"我"看，从心里把"我"当成了自己的一个亲人。

读着这样的文字，体会着如此美好的人性和人的关系，觉到一种久违的感动和暖意，好像久困在暗室中的人，终于允许他也可以晒一会儿阳光那样。

说是两篇小说，合起来却不足四千字。

我就想，难得有孙犁这样的作家，才会写出这样的作品。同样的题材给我们，我们会写成什么样子呢？真是不敢想。

也想起有人在评点孙犁的时候，即使在称誉他的同时，会说到他的不够深刻。我也附和过的。

但是读着这样的作品，我忽然觉得，深刻与否，不是评价孙犁及其作品的一个适合标准。而且如果联想到种种风云变幻和人情翻覆，会觉察到孙犁的另一种深刻，早就在他的为人和作品中了，可谓苦心孤诣，始终不渝。

日记里的孙犁

1

朋友白草从南京买了两本《孙犁书信》给我，内有多幅插图，或是孙犁的留影，或是孙犁的手迹或书法作品，和白草、梦也吃饭的时候，我展开孙犁的书法给他们看，都说我的字有些像孙犁的，我也是这样的感觉。并为这样的相像感到高兴。孙犁的书，我历来阅读的兴趣很强的，于是就看了半晚上。很喜欢。中国作家里，这样的三个作家，我是至为喜欢的，他们是鲁迅、孙犁、萧红。比如鲁迅是严冬的老枫树，孙犁萧红，就像是这树上的两片带霜的枫叶。

2

昨晚又看了汪曾祺的几个短篇小说，比较于孙犁，我以为不及。可能也是各自的性情所决定的。有喜欢汪曾祺胜于孙犁的。我读汪多次，都读不出亲近感来。比如周作人和鲁迅，我是喜欢鲁迅远甚。汪曾祺孙犁相比较，也是喜欢孙犁远甚。孙犁清新通透。汪曾祺则始终有一种在作文的架势。包括选材，包括文章的笔法和气息，都有些自鸣得意的意思。像在台上说相声的那样，无论怎么说，也关心着观众的反应的。孙犁则是清苦的和尚式的写作，清灯黄卷，顾影自乐。拿黄金来作譬，则我眼里的孙犁的成色要好过汪曾祺很多。汪是更饶意趣的一个人，而且会把这一种意趣外在化。孙犁内心里也是丰富易感的，外面看起来却清苦寂寞，正是我所喜欢的作家的风格。汪氏的作品，陆续已收得不少，这一本他的自选集得手后，不必再多买了。

3

早晨起来洗澡，不慎岔了气，半天缓不过来。如果是临阵的将军，这样的小故障会不会影响我出阵？昨晚继续看孙犁书信，谈到沈从文的文章，孙犁是不喜欢的，这个也是自然，就如托尔斯泰不会很喜欢陀思妥耶夫斯基一样，因二人的风格，完全是不一样的。当然这一种不喜欢，一定是相互的，就是你不喜欢我，我也不喜欢你。口味不同。孙犁的很多方面使我看到自己的影子，比如他常说的"日渐消沉，每思振作"，就像他的习字临帖不能坚持，就像他的好清静厌打扰等，都是我很认同的。看到他晚年和别人的一些合影，看来他的心境全然和他人不同的。他实在是一棵经冬的老树了，而且拒绝着再发新叶。他喜欢的古诗词也只如"日出狐狸眠冢上，夜来儿女笑灯前"一类。看孙犁晚年的照片，有老僧入定的之感。这其实是无奈之果。人生本不当如此的。应该结出鲜活的果子才是。但人生的整体境况是不如人意的凄凉的。勉强人事，无福可享。孙犁是过早看穿了人世真相，从而预先告退并冷眼旁观的人。我现在写作，向往能有这样一种效果，即是把至为浓烈的东西置于恒久的冷寂之上。就像在浮沙上建造盛大的宫殿一样。就像一切都是海市蜃楼，吸引你看，但又转眼即逝。鲁迅和孙犁，都认识到人生的惨淡与冷清，但是比较而言，鲁迅即使在严冬大雪的天气，也在他的枯枝上举着一两朵浓艳的花的。这花是有意从枯枝里长出来的，带着对这无边际无穷尽的冷寂的反抗。这样的人，其实都是惨淡人生的结果，不是他们愿意这样的。"日出狐狸眠冢上，夜来儿女笑灯前"——这样的文字挂在墙上，时时给自己看见，是对心身大有补益的。好像一面照得深远的镜子，照见自己的同时，也还照见更多，使自己抬头一望时，由此获得些许清静和超脱。

4

好像五点钟天就亮了。一如既往的阳光在证明着又是一个平安的日子。多么难得。读孙犁先生关于《旧唐书》的笔记，其中说到魏徵、郭子仪等，说到君臣相得，如唐太宗、魏徵者，有一无二，但也难以相始终，"昔贞观之治，闻善若惊，既五六年间，犹悦以从谏。自兹厥后，渐恶直言"。渐恶直言——必然会是这样的。抗颜直谏，在魏徵这里算是顶峰了，但是看看魏徵的一段话，即可以看出他其实还是拿捏着分寸，极小心的："征拜谢曰：陛下导之使臣言，臣所以敢谏，若陛下不受臣谏，岂敢数犯龙鳞"，这毕竟还是一个臣子说的讨好话或者策略话，从此话中可以看到进谏和纳谏的各自分寸，逾此分寸，则坏了君臣关系，君臣关系既坏，便无所谓谏言矣。好在魏徵看着唐太宗的脸色，在分寸之间，说了那么多的不很中听的话，却也得以善终。但魏徵死后，太宗回味着他的一生言行，渐感不快起来，而且魏徵也有把柄在他手里，还是名利心害人，达观如魏徵者也不能免，魏曾将一生进谏事写成文章，整理成册，拿给史官褚遂良看，"又自录前后谏净言辞，以示史官起居郎褚遂良，太宗知之，愈不悦"——这当然会不高兴的。于是答应把女儿给魏徵的儿子当媳妇的事，太宗要反悔了，下诏毁了婚约，"顾其实渐衰矣"，一个名声显赫的高门望族，就这样一天不如一天地委顿下去了。这样的例子，极具说服力地说出了人与人之间关系的本质。不只说出了人与人之间的关系，也说出了角色与角色之间的关系。孙犁曾把魏徵引用文子的一段话抄录在台历上，这话是："同言而信，信在言前；同令而行，诚在令外。"孙犁还写到郭子仪，说郭的传记中，有三件事给他很深的印象，一是说郭平日见客，姬妾环侍，从不避讳，但是听说卢杞要来，即摒去周围，"独隐几以待之"，原因在哪里呢？原来卢杞这个人，貌陋心险，左右见之必笑，笑则不免引火烧身，此为一事；一事为，有强盗挖了郭子仪的祖坟，都传言说这个事是鱼朝恩背后指使的，子仪也是这样想的，祖坟被掘，奇耻大辱，"议者虑其构变，公卿忧之"，这样的事，是很容易引动朝廷的不安与猜忌的，但是郭子仪哭着向皇上说，我是个长期带兵打仗的人，对兵士管教不严，掘人坟墓的事他们不知干了多少，这是人家在偷偷地报复我啊，与其说是人患，不如说是天谴，子仪此言既出，"朝廷乃安"；另一件事是，"麾下老将，如李怀光辈数十人，皆王侯重贵，子仪颐指进退，如仆隶焉"。在篇末，孙犁引用史官裴垍评郭子仪的话说："权倾天下，而朝不忌；功盖一代，而主不疑；侈穷人欲，而君子不罪。富贵寿考，繁衍安泰。哀荣终始，人道之盛，终无缺焉。"但是能活到这样的人，万里无一吧。这正是郭子仪之值得人好好研究的地方。

5

昨晚在网上看了某某某写莫言的一篇文章，真是差极了，文字呆僵，格调不高，而作者自鸣得意的意思又在字里行间处处可见。真是令人惊讶，什么样的文字也会让它的作者得意的啊。不知莫言自己读了这样的文章会怎么想。写作至此，倒不如早早歇手的好。还看了某某写叶舟的一篇印象记，是其惯有的风格，写千人如同一人，这样的文章其实是失败的。由此得一启发，写人记事的时候，作者个人的气息和主张越弱越好。然而也不一定，比如鲁迅，个人风格就是很显明的，但是写人记事，寥寥几笔，便不寻常。当代作家里，写人印象记的作家，我最为信任和喜欢的是孙犁。像用一个客观的镜子照人那样，显出被写对象的原本来。

6

下午，和妻去了书博会现场。完全成了一个市场。人多如蚁。而好书不多。但人们好像并不需要有多少好书。一个现象是，多是父母带了孩子给孩子们买书。好像自己不必读书了似的。看他们买得的书，多系励志类书。励志类书，也就是急功近利之书。一代孩子，都被拔苗助长着。我转了大半天，买到这样几本书：《吴宓书信集》《刘再复散文精选》二册《孙犁：我的布衣父亲》。八折，并不便宜。关于孙犁的这本书是她的女儿孙小玲写的，这是今日最大的收获。因我早就想看这本书的。书中有不少孙犁及其亲朋的照片。满心欢悦，期待一读。

7

　　灰乎乎的一天。阳光是有的，然而如患着痨病的人脸一样，看起来给人不健康的感觉。一天已过，已是凌晨时分。匆匆写几笔睡觉。今天看了孙犁《芸斋小说》中的几篇小说，一篇是写他一九七〇年后，日子稍稍好过了一些，于是和新找的妻子一起回故乡，一路所见，满目萧条。而自己潦倒的样子使得家乡招待所里的人也很轻看他们。总之以一己之见写出了整个时代的凋敝和荒败。写出了作者的自负与委屈。小镜子照大世界，照得很是深远。

逼近了看

——读温亚军《赤脚走过桑那镇》

读过温亚军的《赤脚走过桑那镇》，心里一时不能平静，为桑那镇那样一个环境，为生活在这个环境里的那些人。桑那镇"又是深秋季节，树枝光秃秃的，风从镇外面吹来，穿过镇街，把早已凋落在角落里的枯叶，或被人丢弃的塑料袋、烂纸片，吹得满街飞舞"；镇上有一条叶河，"叶河像一个弯曲的手臂，环抱着桑那镇，全镇的庄稼林木，还有人畜依赖的都是叶河水"，但"河水却有点像洗过脚的脏水"，而且"每年不多不少会淹死两个人"，镇子虽小，却也是五脏俱全，在磷肥厂等一些镇办企业倒闭的同时，镇子上像"迷你发廊""野味人家"等等去处却始终是热闹又兴隆的。

形形色色的人们就生活在这样一个镇子上，在这里，几乎没有一个活得如愿的人，镇长宋大拌面要应对上面的检查，但是疯狗却咬死了一个乞丐，使他担心影响不好，一些荣誉不得到手；方大牙是一个屠夫，于是受命杀狗，好挣点钱娶个老婆，但在他几乎杀死了镇子上所有的狗后，镇长还不能满意，镇长要求他把周媚娜的宠物狗也给杀了，可那狗是不能杀的，那狗的主人周媚娜，说来正是镇书记的情人哪；姿色可人的方小妮要追求自己的幸福，义无反顾地嫁给了心上人，但心上人一阔脸就变，到底是把她给甩了；方大牙的娘违逆着屠夫儿子，收容了遭抛弃的方小妮母子俩，这样老人家的负担就是很重的，于是开了一片小店，然而时常遭人拆台，生意总不景气，她就心情郁闷，就抽闷烟，就下重手打她的那个小外孙。在桑那镇上，连小孩子也无欢乐可言的，而且似乎受欺辱更多更甚，方小妮的儿子聂瓜瓜好像生来就是一个受罪的小生灵，母亲方小妮被抛弃了，他只好跟随着方小妮回到姥姥家，但是当屠夫的舅舅是不拿正眼看他的，姥姥做不好生意，就拿他撒气；学校老是有名目繁多的收费，而他连一双球鞋也买不起的，球鞋用的是人工胶，不结实，容易破，他就把鞋脱下来拎在手里，赤脚在桑那镇上来去着；舅舅虽则半点不心疼他，但舅舅杀狗闯了祸，他却脱不了干系，代为受过，小说的开篇写的就是聂瓜瓜因此在受同学们的欺负。不过是一个孩子，却也时常坐在叶河边想心事，想跳入叶河里结果自己，想一了百了，小说的最后也是在写聂瓜瓜，也是因为狗的事，屠夫舅舅终于设计杀掉了书记情人周媚娜的宠物狗，他自己吓得逃走了，周媚娜却把账算在了聂瓜瓜身上，把他从学校里开除了，小学生聂瓜瓜就来到了叶河边。孩子这一次到叶河边，一定是凶多吉少，让人不禁为他捏了一把汗，但聂瓜瓜还没有来得及跳入叶河去，却发现河里已经有一个人了："在河面和冰面的连结处，聂瓜瓜看到了一个黑乎乎的东西，一半被雪埋在冰上，一半漂浮在河水里"；"聂瓜瓜越看越觉得那个东西是人"。

小说就这样结束了。

那人是谁呢？

好像只要生活在桑那镇上，谁都有可能是那个人。

这是使人看了觉得郁闷和焦虑的小说。

小说不止这些，有许多细节让人难忘，其实人的要求是不高的，有时候人是多么的容易于满足和被安慰，譬如鞋匠蒋连省小木凳上的那一丝温热，就使得万念俱灰的方小妮忽然间情不自禁了；譬如聂瓜瓜，他是不愿意一副老态的鞋匠做自己的继父的，但是当蒋连省费工夫收拾好了他的球鞋后，他的态度就有些变化了。

语言也好，简洁又到位，可以举出不少例子来，限于篇幅，就不多说了。

只是要说，这篇小说，值得一读。

别样的小说

——读何士光小说《种包谷的老人》

在我有限的阅读里，我觉得上世纪八十年代，像张承志的《黑骏马》，扎西达娃的《系在牛皮绳上的魂》，乌热尔图的《七叉犄角的公鹿》等小说，都是当时显得比较别样的小说。这些小说的共同点是，故事性不强，重抒情，重视情与景的交融与呼应，在行文方面，像深水行舟那样，显得从容又自信。我觉得此类小说，不仅丰富了当时的文学形式，也还在相当程度上提升了当时的文学品位。

同样的例子也还有何士光及其作品。

何士光的《种包谷的老人》发表于一九八二年第六期《人民文学》，获该年度全国优秀短篇小说奖。要说情节，真是再简单不过，正值改革开放之际，包产到户，年近古稀的刘三老汉也分得一片荒地，因老人勤于侍弄，年终时候，他种的包谷获得丰收，老人就用卖包谷的钱订做了几样家具给早已出嫁的女儿，以此了结一桩夙愿，因为"翠娥出嫁的时候，是一件陪嫁的东西也没有，刘三老汉抹着眼泪望着她走的"，然而家具还没有做成，刘三老汉却得了重病，好像就要撒手而去了。

就这么点情节。在当时，这样的情节会成为获奖的一个因素，那还是一个比较特殊的时代，完全凭情节合拍于时代获奖的小说也不是没有，例子也可举出一些的，这样的小说，时过境迁，势必会被读者弃过一边。

但我觉得，像何士光这样的作家，只要他小说的情节不成为获奖的一个障碍，那么他就有可能获奖（我之所以饶舌似的说到获奖，是因为当时的文学奖的确是值得一说的），我觉得，何士光能频获三届全国短篇小说奖，依凭的不是别的，主要是依凭了他独具的文学面貌和文学气息。

且看何士光是怎么写小说的：

"好久好久，远远的蓝天里才出现一片密匝的黑点，渐渐地近了，倏地化为一阵细碎而匆忙的雀语，仿佛被这儿的寂静惊骇了似的，一下子掠过去，又还原为一片小小的黑点，消失在那样肃穆的蓝天里"；

"山上的树，斜坡上的包谷，平坝上的秧子，还有所有的草丛和灌木丛，都不得不紧迫地用自己的须根向土地吮吸。土地的水分仿佛全被吸到茎和叶片上来了，以至桐树的阔叶展开到最大，包谷的叶片伸延到最长，瓜藤牵连到好远好远，秧子呢，则严严实实地遮没了整整一坝水田……"；

"阳光太炽热了，那些车前草和铁线草发烫，热乎乎的湿气一下子传到他的腿上。一只青蛙跳出来，跌落进他的衣襟，背上有一根细细的金线，绿得仿佛透明，喉头急促地起伏……"

读着这样的文字，好像一时融汇在大自然里，忘记了人的作为和那些总不免被夸大了的情节。

而这样的文字，在何士光的小说里俯拾即是。就我的印象来说，直到今天，也没有多少作家像何士光这样写小说，而且能写到这样好。

这或许正是何士光小说的价值所在。

花香似的小说

——读陈继明小说《蝴蝶》

1

《蝴蝶》发表于《朔方》2008 年 9 期，很快被《新华文摘》《小说选刊》等转载。我当时有事在深圳，在一家阅览室看到的，每当读到好的作品，我都会视为一日难得的收获，读《蝴蝶》就给了我这样的感觉。记得当时读完，我的心境很好，像无意间喝了一小杯好酒似的。不能自禁，于是给陈继明发了短信，夸了他这篇小说。看到对方写出好作品时，我们都会如此表示一下。后来得知欣赏这篇作品的朋友真还不少。好文共欣赏，这样的时候是不多的。我觉得陈继明写这小说，好像也是在微醺的状态下写出来的。不长，四千余字，正像一只翩跹于林间溪上的蝴蝶给我的感觉。

2

《蝴蝶》的情节很简单，写一对情侣在某滨海城市游玩时，在所住的宾馆看到一只蝴蝶困在交错的窗玻璃之间，无法逃逸，由此引起的种种感受和联想。其实蝴蝶从所困的地方逃掉是很容易的，它只要后撤一下，余地即会大起来，但它只是向着前方，因为前方有着太阳光，它正是逐光而来，因此才被困在这里。此处自然是有些寓意的。但作者笔墨清淡，并不着力，就像只愿指准一个方向，却无意往深处探究似的。两人间不多的对话颇可玩味，男人认为蝴蝶是有些呆，看起来多么容易逃掉，而且玩笑说，这蝴蝶呆得和眼前的女人一样。这其实是怜惜话，却被易感多思的女人听出别样的味道来，而且真的因此不快和伤感了。微妙难测的心思最是折磨人。和男人的无所用心相比，女人却显得和这只受困的蝴蝶息息相关。她把浸湿的棉球投到它那里，给它营养；她冒着危险几番救它；女人甚至和男人有了约定，等把这个蝴蝶救出来，两人再离开这里。或竟是等它死掉再离去。这些看似不经意的商讨和决定，其实却是内含着种种要紧的信息。后来看着那只受困一域，执迷难悟的蝴蝶，连女人也禁不住百味在心地感慨说："我想不通，它怎么那么呆"，她忍不住为蝴蝶的"呆"哭起来了，这"呆"会要了命的，"他大笑，拍着她湿漉漉的脸"——真是情致缭绕，意味深长的一笔。

3

一些论及《蝴蝶》的文章，多从意义的角度来谈。可以这样谈的，也可以谈出不少来。从心理的角度、情感的角度、人生选择的角度都可以谈开去。但我觉得从这些方面谈，有些舍本逐末，不得其要旨，就像只专注于花叶的脉络而置花香于不顾一样。在我看来，《蝴蝶》是一篇写感觉和气息的小说。文字真好，读这样的小说，觉得文字真是有灵性有气息的。我一边读，一边写有一些批语，不妨转录在这里："要谨慎在这样的小说里谈意义，感觉它就行了""写出了一种近于幻觉似的东西""好像不是在读文字，而是在听音乐""只有在读日本的一些小说时，才有过类近的体会，就是把深广的感觉融会在精粹的艺术里"。

对于这只蝴蝶，这只夜光蝶，陈继明是这样写的："确实是光，一小丛，竖立着，喘息着！"是的，读这篇小说，我正是这样的感觉——确实是光，一小丛，竖立着，喘息着！

就短篇小说来说，我觉得，这篇小说有着某种典范的品质。

李琦的诗

1

上午去单位开会。马星姐给了我一件礼物，是黑龙江诗人李琦女士带与我的。是一个笔筒。还有一本她的诗集。为之感动。李琦女士的文章此前我曾读过一篇，是她写给她的老师雷雯先生的。情真意切，读来使人动容。她的诗名听过，诗倒没有读过。躺在沙发上读了几首，不错。着墨朴素，情感强烈而又深沉。

一本诗集里，她三次写到诗人昌耀。写到她和昌耀的一次见面，二人握手之际，昌耀留给诗人的印象：

想到那次，和他握手
他那种羞涩 安静
羊一般的样子。

写自己常常闭门不出，在家里的木桌上写诗，一个很要好的朋友过两天就要赶过来帮她讲讲外面的事情，并且说她真是很旧很旧了。四十年住在同一个城市。二十年只谈了一场爱情。却不知道诗人满足于"这里"而不需要更多的"外面"的。

她说到她少小时候，学过舞蹈。她的舞蹈老师是相貌很普通的一个人，但一在舞蹈中马上就换了个似的。说她悲伤起来就像一只在冷风里冻坏的鸟，快乐起来像一朵正在怒放的花——如此精妙的形容，使人过目难忘。她告诉她的学生们，手举起来，就要想着手是可以生长的，可以长到高空里去；眼睛要看着远方，要想着有个非常美非常远的远方。这样的教诲，影响了诗人一生。

看得出，诗人很为自己身为一个诗人而庆幸的。只有真正领略到诗的好处的人才会有如此的庆幸。

她的诗，给人一种饱经世事，从而显得从容的人在无边际的秋冬之交的森林里，踩着厚厚的落叶散步的情景。

我其实最期待看的是那首《我在镜子里看自己的脸》。

写得不错：

这张脸有一天会慢慢变凉，
如一片叶子渐渐枯黄

这应该是百感交集的诗。写好这样的诗，是需要格外细敏的感受和足够宽阔的心境的。

在诗集里，诗人又一次写到了他们的老师雷雯先生，清明节快到了，诗人于是梦到雷先生，梦醒之际，天犹未明，却看见同样是诗人的丈夫早已醒觉，孤对墙壁，黯然神伤，最后的一句很有意味，不说自己梦见了谁，而是以爱人的口吻说：

清明了，他说，声音低沉哽咽
你知道我刚才梦见了什么。

——真是柳暗花明峰回路转的好句子，如大提琴的最重音一样——多么深沉的纪怀之思。我觉得，和另一些诗人，像海子顾城等相比较，李琦的诗写的大多是普通人的所感所思，然而疆域更为博大，情感更为深沉，像把一些常见之物，水啊，谷物啊、花草啊，日常人事啊，等等，搁在了一个不同寻常的时空里加以观照，因而显得意味不同了那样。我想找到她的诗的所承继的脉络，中国传统文化的营养自然是不必多说的，另外，是否还有比如阿赫玛托娃、茨维塔耶娃这样的诗人对她的影响？

2

约好下午三时去看诗人李琦女士。我给她发短信说，我是怕见人的。但是显见得她是一个性情豪爽的人。这从她的短信中就能看得出来。昨晚看《世界文学》上介绍法国女作家埃尔诺的一篇小说，叫《外部日记》，小说很特别，看起来漫无章法，就是把作者见到的人或事，一段一段写下来。题旨大概是，世上就发生着这样的事情，人们就这样子活在世上。其中有译者介绍埃尔诺作品特点的一些话，感到用来注解李琦女士的诗，也是很合适的，比如介绍文字中说，埃尔诺的小说：

"每一部作品都是一部传记，都是依附真实的故事"。

说她的作品：

"往往由她的回忆、她的亲历构成"。

"写作时有一种非把一切都讲出来的欲望"。

"她的文笔简省，情感浓烈"。

"力求在平淡无奇但又绝非陈词滥调的文字中，体现出自己内心深处的感受"。

"她的文体可以用一句话概括：毫无掩饰地说出看似无法表达的东西"。

"这里介绍的《外部日记》便是她在常年的日常生活中对普通人和普通事的描述"。

"她所观察的都是人们司空见惯的事"。

"但从她的角度选来，就体现了她的价值判断和文化倾向，从她的笔底流出，更显露出她的精到和敏锐"。

"她使常见的事物显现了特别的面貌"。

打算把这段话抄下来送给李琦女士。

读诗随笔

1

白草给了我一本诺贝尔奖获得者特兰斯特勒默的诗集，全书只一百一十七页，出得很是精美。相比较自己出的几本书，有云泥之别。当然我的文字和大师的文字相比较，也是同样的区别吧。这部诗集的译者是诗人的瑞典老乡，汉学家马悦然先生。也就是说，马悦然先生把自己的母语文学译成了他所擅长的一门外语，而且据马先生讲，此前中国的翻译家如李笠、董继平等，关于特兰斯特勒默的译作都有不少问题，此说也引起了被论及者的强烈不满，因此也打了一些口水仗。但我想，作为知己知彼的人，马悦然先生的话总还是有些道理的吧。看马先生的译文，感到汉语在他的笔下有一种很是新鲜的感觉，有如牙牙学语的孩子说出了令人惊异的话那样。

给汉语以格外的新鲜感的诗句，抄一些在这里，算是对自己的一种启发和养育：

种子在土中猛踢；

来的是我 / 一个看不见的人 / 也许叫一个巨大的记忆雇佣；

那关闭的白色教堂——里头站着一个木头的圣徒 / 微笑着，身不由己的，像给偷走了眼睛一样；

我站在星空下 / 感觉到世界在我的外套里 / 爬进爬出 / 像在一个蚁冢里；

我惟一要说的 / 在够不着的地方闪光 / 像当铺中的 / 银子；

几分钟长 / 五十八年宽的 / 时期；

以前途 / 代替脸面的人；

宫殿里的一个窗口打开了，忽然的冷风叫你做个怪相；

李斯特写下了几个和弦，重得该寄到帕多瓦矿物学研究所去做分析；

凤尾船很重的装货是未来的蹲下来的石头；

在差事中把他带走了 / 他总有差事；

装很重的生命的凤尾船是朴素的，是黑的；

我做梦我白白的开了二百公里。 / 一切都扩大了。 / 像鸡一样大的黄雀 / 唱得耳朵都聋了；

我梦中把钢琴键画在 / 厨房的桌子上 / 我无声地弹 / 邻居们进来听；

我做梦我开学可迟到了 / 教室里的人都戴白的面具 / 谁是老师不好说；

我的眼睛痛得厉害！ / 它们利用萤火虫的很模糊的光线阅读；

耶稣手里举起 / 带皇上侧面的一枚硬币 / 缺乏爱的侧面 / 权力的循环；

房间从冻土层浮上来；

葬礼越来越密 / 如走进城市的 / 路标

……

另有两首诗，因为喜爱，我想完整地抄录下来：

签名
我必须跨过
那漆黑的门槛。
一个厅宇。
白色的文件发亮。
很多摇动的身影。
都要签名。

直到光线赶上我
把时间折起来。

正如当孩子时
正如当孩子时，一种巨大的侮辱
像一个口袋套在你头上
模糊的太阳光透过口袋的网眼
你听得见樱花树哼着歌。

还是没帮助。巨大的侮辱
盖上你的头，你的上身，你的膝盖。
你会间断地动摇
可是不会欣赏春天

是的，让闪亮的帽子盖上你的脸
从针缝往外看。
海湾上水圈无声的拥挤。
绿色的叶子使地球暗下来。

　　我最不喜欢的文字是那种故弄玄虚，不明所以的文字。老实说，这样的诗句我也是不能清晰地说出它的意思的，然而却觉得那么好，像听到了比我听过的一切语言还好听的语言，像花香袭人，我领受了这罕见的花香，只是不能说出它来自于什么花一样。好的语言，必须有化熟为生的特点。必须有可亲感和神秘性。"海湾上水圈无声的拥挤。绿色的叶子使地球暗下来。"——什么意思呢？不好说，不可说，不必说，这是近乎音乐的诗句。听音乐的时候，只提供耳朵就可以了，不必摇唇弄舌的。

2

　　马悦然认为，特兰斯特勒默的诗的特色是："独特的隐喻，凝练的描述与言简而意繁的组成。"
　　诗人原是一个优秀的钢琴家。他的诗音乐性很强。诗人自己认为，从形式上看，他的诗作与绘画接近。他从小喜欢画画。

　　一九九〇年八月四日，中国诗人李笠访问诗人时，诗人说："写诗时，我感受到自己是一件幸运或受难的乐器。不是我在找诗，而是诗在找我。"

3

　　在给自己的译作《巨大的谜语》写的序文里，马悦然先生写到了特兰斯特勒默的两件事情，一件是，马悦然说，"今年满八十岁的托马斯（即特兰斯特勒默）和他的妻子莫妮卡经济状况一直都是困窘的。托马斯的薪水并不高，他的诗集赚不了多少钱"，并拿诗人于一九七〇年写给他的美国朋友布莱的一封信说，每到月底，他们夫妻俩都要抖抖柜子里的衣服，看口袋里有没有一枚硬币——这是说诗人的经济状况的。

　　另一件事情说到诗人的对诗的一个看法，说是一九八五年，马悦然先生和诗人结伴来中国，在北京外国语学院，诗人朗诵了自己的诗，但是就有一个学生站起来，不客气地说，他没有听懂诗人的朗诵。诗人回答说："诗是不需要全读懂的！你接受吧，把它当作你自己写的！"——这是非常有意思的话。既说出了诗的某种重要的特点，也显示了诗人的自信。他确信自己说出了好的，只是孩子的听力还不够好的原因。因此他没有矫情地说别的于事无补的什么，而是负责任地说出了应该说出的话。诗从诗人的笔下产生后，即不独属于诗人，而成了带着天意的全人类的礼物。

4

米沃什的一首诗《礼物》及其中文版译文，录在这里：

原文：

Fine day

Have another for fine day!

The inside in the garden stem lives son, morning fog already dissipation,

The hummingbird flies up the flower petal of honeysuckle.

Have no thing me to think sharing for oneself has in the world,

Also have no anyone to deserve me to resent profoundly;

Various miseries that that body is subjected to I forget already,

Still the same old me thought even if also I am embarrassed,

No longer consider body to create a pain,

I start pretty, the front is a blue ocean, ordering white cloth.

版本一：

《礼物》

诗 /[波兰] 切 • 米沃什

译 / 李以亮

如此幸福的一天。

雾早早散了，我漫步花园。

蜂鸟歇息在忍冬花。

在这个尘世，我已一无所求。

我知道没有一个人值得我嫉妒。

我遭受过的一切邪恶，我都已忘记。

想到我曾经是这同一个人并不使我难堪。

在我体内，我没有感到痛苦。

当我直起身来，看见蔚蓝的大海和叶叶船帆。

版本二：

《礼物》

诗 /[波兰] 切 • 米沃什

译 / 杜国清

如此幸福的一天。

雾一早就散了，我在花园里干活。
蜂鸟停在忍冬花上。
这世上没有一样东西我想拥有。
我知道没有一个人值得我羡慕。
我曾遭受的任何恶祸，我都忘了。
认为我曾是同样的人并不使我难为情。
在我身上我没感到痛苦。
当挺起身来，我看见蓝色的海和帆。

版本三：

《天赋》
诗/[波兰]切·米沃什
译/韩逸

日子过得多么舒畅。
晨雾早早消散，我在院中劳动。
成群蜂鸟流连在金银花丛。
人世间我再也不需要别的事物。
没有任何人值得我羡慕。
遇到什么逆运，我都把它忘在一边。
想到往昔的日子，也不觉得羞惭。
我一身轻快，毫无痛苦。
昂首远望，唯见湛蓝大海上点点白帆

版本四：

《礼物》
诗/[波兰]切·米沃什
译/西川

如此幸福的一天

雾一早就散了，

我在花园里干活。

蜂鸟停在忍冬花上。

这世上没有一样东西我想占有。

我知道没有一个人值得我羡慕。

任何我曾遭受的不幸，我都已忘记。

想到故我今我同为一人并不使我难为情。

在我身上没有痛苦。

直起腰来，我望见蓝色的大海和帆影。

同一首诗，被译作这几个版本，说不清哪一个更好，说不清哪一个更接近原作。比较下来，我更喜欢西川的译文，最不喜欢的译文是李以亮的，他的译文中说："蜂鸟歇息在忍冬花"，给人一种话没说完，忽然被人捂住口的感觉，尤其后面一句"在我体内，我没有感到痛苦"，什么叫在我体内，我没有感到痛苦？在我看来，这显然是一个病句，但现在确也流行着这类别扭的句子，什么体内啊，什么人渗透了我的整个血液和灵魂啊，其实都是很空的话，像西川所译"想到故我今我同为一人并不使我难为情"——译得很好，故我今我同为一人，却不难为情，既显现出一种人的成长或者说变化，又显出一种认识上的透彻与放达。西川的译文，不文人化不概念化，而是口语化，不费解。表面上虽口语化，却内含着足够精深的东西。

5

看到美国诗人休士的一首诗，是说在美国这样的社会，黑人的境遇的。当时的美国总统是罗斯福。罗斯福时代，黑人的生活有如此糟糕么？但总归是有些糟糕的吧，不然也不会有这样的不平之声。

这首诗的名字叫《罗斯福之歌》，诗云：

锅是空空的

碗柜是光光的

我说，爹爹

这是怎么一回事？

我在侍候罗斯福啊，孩子

罗斯福 罗斯福

我在侍候罗斯福啊，孩子

无论如何，诗是好诗。看似平静的叙述中包含着足够多的信息和情绪。

6

当对一个人的评价里有了感情因素的时候，那么对这个人的评价就不再可能是客观的了。感情的因素愈重，评价愈是会离谱。

"我对你们说的其实都是自白 你们无一听见"。

——就自己的写作，诗人希姆博尔斯卡如此说。这与其说是一种自信，倒莫若说是一种凄凉吧。第一没有多少话好说，第二说出来也总是隔膜的。

7

看到一首法国诗人保尔弗的散文诗，很喜欢，录在这里，在自己不愉快的时候，可以读读，以为解郁除忧之用。

诗名《在爱情花丛中死去的姑娘》。

译者：罗大冈。

诗云：

一个姑娘，她死了。死在正当爱情鲜花盛开的季节。

他们把她抬去埋葬，在天朦朦亮的时刻。

他们让她独自一人躺在那儿，独自一人戴着美丽的衣饰。

天亮之后，他们就高高兴兴，高高兴兴地回来了。

"谁都会轮到……"他们高高兴兴，高高兴兴地这样唱。

一个姑娘，她死了，死在正当爱情鲜花盛开的季节。

人们照样下地干活，下地干活，一切照常。

唱着这样的歌子埋葬死者，继续生活时，人和神之间也许会达成某种和解了吧。简介说，诗人是一个乐观通达的人，心气平和，这才活了八十八岁的高龄。是啊，人生观，心态决定着一个人生命的质量和生活感受。大体一样的生活，主要的相异处还在于人们对同样生活的不同感受罢了。

莫理循眼里的中国

——莫理循《中国风情》一书摘评

莫理循

乔治·沃尼斯特·莫理循，英国旅行家，研究中国问题专家，医学博士。一八六二年生于澳大利亚。一八九四年，莫理循作为《泰晤士报》特派记者，自上海经汉口，穿越四川、云南两省至缅甸。《中国风情》一书即记录此行见闻。由于在中国地理方面的博闻多见和对中国政治的精深观察，一九一二年，莫理循被袁世凯聘为总统顾问。

来到中国

"在 1894 年 2 月的第一周，我从日本回到上海，按照我的旅行计划，首先溯长江而上到重庆，然后装扮成一个中国人，不事声张地穿过中国西南……到达缅甸边境。"

"我打扮成一个中国人，身上穿着暖融融的中国冬装，头上也拖着一条发辫；我把发辫系在头上，再戴上草帽。此种打扮，我感到再舒服不过了……在我抓头搔痒时，他们（指中国人）看到我那假辫子，笑了，我用发辫掸去桌上的尘埃时，他们更是捧腹大笑。"

作为一个优越感极强的欧洲人，傲慢的莫理循"怀着一种同对我们乡下人一样的对中国人强烈的种族厌恶心情来到中国，但是，此种厌恶心情很快就被一种强烈的同情心和感激所取代，我将以一种愉快的心情回首这段旅行"；"从我的经历来看，至少中国人未忘记他们的格言：有朋自远方来，不亦乐乎！"

英文翻译

莫理循来中国时没带任何随从。莫理循也不懂汉语。这样带有种种不便和冒险性的旅行，也正是莫理循想要的。他需要强烈的刺激和更多的成就感。刚到中国时，有一个会说英语的（中国）小伙子给莫理循推荐了他"最亲密的朋友"，"他向我保证说，他所推荐的这个人讲英语同英国人一样"，"然而，当这个人来同我见面时，我发现他讲英语同我讲汉语一样的糟糕"，但是他也有他独特的见解，他通过他的推荐人告知莫理循："我的确不会说英语，但是如果这位聪明的英国绅士同我在一起一个月，准能说一口流利的汉语。"莫理循断然拒绝了这个思路独特的中国人。

一份合同书

从宜昌到重庆时，莫理循得到了在宜昌海关工作的艾尔里奇博士的帮助，"在这段航程中，有闻名于世的长江三峡，迄今为止，从未有一艘汽船能通过长江三峡……艾尔里奇博士精力充沛，他自愿给我安排好了一切……为我雇到一支小木船，并挑选了一个船老大和四个年轻力壮的水手负责驾驶"。

莫理循和船老大之间，因此有了这样一份合同：

杨思昌（船老大）在此签定合同，以下列条件把莫理循博士送到重庆。

一、双方同意雇佣费（包括所有费用）为现金二万八千文（合二十一英镑六便士）。

二、如果在十二天内就到达重庆，那么莫理循博士付给雇佣费现金三万两千五百文；如果在十三内到达重庆，则付给现金三万一千文；如在十五天到达，就只付现金两万八千文。

三、如果一切都很顺利，而且船夫尽职尽力，令人满意，那么即使是十五天到达重庆，莫理循博士也应付给雇佣费现金三万文。

四、启程之前，预付现金一万四千文；其余雇佣费在到达重庆后交付。

签字：杨思昌

光绪二十年农历二月十七日

这是一份颇耐寻味的合同书。

看得出合同书是船老大一方拟定的。由雇佣方拟定合同书，可见雇主的自信——你怎么提条件也超不过我的预想。

这是一份中国人和外国人之间的合同，因此，起草者一定是基于两个文化背景之上的考量来制定这份合同的，那就是，既具有西方人的原则性，又充分地展现了中国人的务实性和灵活性。同一件事情，佣金的额度竟有四种之多：二万八千文、三万二千五百文、三万一千文、三万文。而且什么情况下付多少佣金说得分分明明清清楚楚。合同第二条约定：如在十五天到达，就只付现金二万八千文，似乎话已经说死了。但是又起死回生一样弄出个第三条来：如上所说，即使十五天到达，但如果怎样怎样，就还得加钱，"只能付现金二万八千文"是不可以的了。而且那加钱的理由也是很充分的"如果一切都很顺利，而且船夫尽职尽责，令人满意"——我都尽责了，你都满意了，都已经顺利到达了，你还啬那两个闲钱么？趁着你好心情，加一点吧，也不要你加很多，不说三万一千文的话，更不说三十二万五千文的话，在这两个之下，在二万八千文之上，选一个适当的额度吧，可不正是"三万文"，恰恰一个整数，听来也是爽脆利落。看来看去，这些让人眼花缭乱的数字，还具有两个足供分析的特点，一是虽是好几个数字，但之间的差距不大，几乎可以说是相近的，上限和下限之间满打满算，还不足五千文，这一点很是要紧；另一特点是，数字虽可变来变去，但不见一个低于二万八千文的，只可扬上去，不可降下来，二万八千文像个铁门槛一样，守定一处，兀自一动不动。这不禁使人会心一笑。几个既具分寸又蠢蠢作动的数字里面，寓含着多少微妙的心思和学问啊。由此似乎不仅可以揣摸得诸多心情，甚至好像一瞥之间，看到了双方就此交流的眼神。令人心生疑窦的是，这份制定于光绪二十年农历二月十七日的合同书，不知为什么，结末处只有船老大杨思昌的签字画押，却没有给雇主莫理循签字的位置，这其中，也必大有文章。难道这份合同书，在雇佣者一方，只是小小心心交给雇主的一份征求意见稿么？于是觉得这不仅只是一份合同而已，简直就是一纸文献。

中国水手

与其说中国的船老大们精于要钱，还不如说首先是基于他们的艺高胆大。英国佬莫理循后来不光佣金付得心服口服，还忍不住对这几个带他渡过三峡的水手们大加赞赏："我们第一天就到了汹涌澎湃的新滩，激流如万马奔腾，在我的耳边整夜咆哮……一个大浪打来吞没了小船凸出的部分，浸湿了我的裤脚，我的心几乎停止跳动，吓得要死……水手们奇迹般的使小船躲过了江中石头，如果有丝毫的犹豫紧张，石头就会把我们击得粉碎，或者把我们埋葬在它下面巨大的漩涡中……这时，水手们开心地大笑着，我不知他们是怎样驾驭小船的，然而我对刚才那一幕他们表现出来的沉着冷静，敏捷灵巧充满了感激和羡慕"；"……我脱光了衣服坐在船上，很害怕，因为看起来小船不可避免地要被咆哮的激流撕成碎片，而我并不想象老鼠一样被淹死在江中。在战胜激流中，我从未看到过有人能像我的水手们那样沉着冷静，勇敢机智，他们准确无误的判断也令人终生难忘。""水手们精力过人，一边手握船桨飞快地划着，一边用脚跺着节奏。小船冲进江中激流，朝着江中心的一块巨石冲去，但是小船躲过了巨石。""我的心都提到了嗓子眼。有个水手拿着绳子跳上巨石，另几个水手用短桨和船钩努力使小船划到巨石的上端，然后稳定小船，离开巨石，再次冲入巨流中，像魔王一样冲向江岸。""船老大站在船尾，控制着船脚索和舵柄，大声地指挥，情绪非常激动。随之，小船似箭般飞速离开这片激流，把它的咆哮声远远地抛在我们身后。""我的水手们在战胜奔流中从未有过慌乱，也未出现过失误……没有比他们更沉着冷静、机智勇敢、技巧熟练的人了。水手们都很年轻。船老大才只有二十岁，体格健壮，他的脸能取悦不少中国女孩的心……"也许当小船在漩涡激流中有惊无险地出没着时，莫理循会觉得拿合同上那点钱给如此的一些水手，是多么的没有面子和微不足道。

淘金者

"在糍粑镇这个地方，江面最低。在每个沙滩和鹅卵石的地方，一群群骨瘦如柴的淘金者在用竹篮淘金。从他们破旧的居住区来看，根本不用担心他们淘来的金子会使世界黄金产量失衡"。

传教士

在《中国风情》一书中，莫理循多次写到来中国的传教士。莫理循博士用比夸赞中国水手还要强烈许多的感情，近乎肃然地欣赏并评价了他所见到的一个个传教士以及在中国传教的必要性。

西方人在其文化自信方面几乎达到了狂妄霸道的程度："那些从未听过上帝福音的中国人要往什么地方去呢？他们的未来是什么呢？啊，这真是一个可怕的问题""他们（中国人）处于炽烈燃烧的火海之中""每一个诚实的人，无论他的目光远大还是短浅，都应该对传教士们所做的努力表示赞同，因为他们真正是在为中国人民的美好前程在做努力""（传教士们）来到中国，希望挽救这些遭受到可怕毁灭的'灵魂'"。

"真正是在为中国人民的前程在做努力"——自以为优越者的如此论调，今日也还嘈切耳边的。于是即使"中国人并没有向我们提出他们的迫切需要，但是我们会告诉他们，我们传递的福音完全可以把他们从灾难中解救出来"，如此的自信者踩踏到别国的土地上，会是怎样的刚愎自用和肆无忌惮！

既然事关拯救无数中国人的灵魂，那么那些负着拯救使命的传教士在莫理循博士眼里自然就不是寻常人物了，相信莫理循在看到每一个传教士之前，就已预备好足够的敬意和赞词了，果然凡出现在他眼里的传教士个个都像圣徒："重庆拥有一个非常重要的传教基地……其负责人是一个富有魅力的英国绅士，为了拯救虐疾盛行处境悲惨的重庆市，他放弃了在英国的幸福生活……我很少遇到过比他更具吸引力的人""我几乎没有看到过比在水富的两名勇敢传教士莫托特神父和伯罗德神父更具魅力的""他（某传教士）是属于那种具有优秀品质的人：勇敢、独立自主、富有同情心、严于律己并且对未来充满希望""传教士弗兰克·戴蒙德先生，他是我在中国旅行时遇到的最令人愉快的一个人，他宽宏大量，充满同情心，在整个昭通地区受到广泛的尊敬和爱戴"……不必再多引述了，我发现出现在莫理循博士眼里的传教士倒像是同一个人的许多化身，使博士除了"最什么什么"的一贯说法外，几乎再也找不到合适的赞词。应该说，只要不影响到别人，那么莫理循博士的这种文化自信和骄傲也是无可厚非可以理解的。

然而莫博士一旦和他们的传教士们一样，要用他们的"福音"把别处的人从他们臆想的灾难中解救出来，那就另当别论了。

既然在中国传递福音是如此的必要和迫切，既然在中国负责传教的外国人个个都似"圣徒"，既然"在整个昭通地区都受到了广泛的尊敬和爱戴"，那么往实处看看，传教的结果怎么样呢？

可以说，真是叫人沮丧得很。

在中国传教结果

如莫理循博士所言，"重庆拥有一个非常重要的传教基地"，"其负责人也是一个富有魅力的英国绅士"，而且此人"为了拯救虐疾盛行处境悲惨的重庆市，放弃了在英国的幸福生活"，但是"想起来却令人沮丧，他所属的教会在过去一年里即一八九三年中，未能使一个重庆人皈依""东川教会的传教成绩很令人失望，迄今为止，还没有一个东川人受到洗礼"；"问题在于：在一个拥有五百万到七百万友好、爱好和平的人民的省份（指云南省）中，十八个传教士在八年中皈依了十一个中国人，那么皈依其余的居民需要多少时间呢？"

十八个传教士，在数百万中国人里进行传教活动达八年之久，结果是皈依得教民只有十一人之微，这比例，这速度，都是不好乐观的。

这倒罢了，遭遇更坏的是一个法国神父，他"孤孤单单地生活"在昭通，"拥有十五个孩子读书的小学校和一个小教堂""他把他最佳的精力奉献给了他所信仰的宗教，而他所得到的报酬却是遗憾的，这个分会所皈依的最好的一个基督徒最近破门而入，任何值钱的东西，都被偷走了"……

如此糟糕的传教状况让"富于同情心"并且总是"对未来充满希望的传教士们"也没有好耐心好脾气了："中国人同犹太人一样固执、不开化，很难把他们引入真正的归化之路"；"我相信，人们现在普遍认为所有传教地区最为困难的是中国"；"用莫托特神父的话来说，中国人皈依天主教，主要是出自物质利益的考虑，他们大多是骗子和强盗"——骗子和强盗，看来已经是顾不得绅士气度，在破口大骂了。

当然传教士们牢骚之余，也还有反省，为什么在中国传教会如此困难和不顺？除了中国人是"骗子和强盗"，除了他们"同犹太人一样固执、不开化"外，有没有别的更为确当的原因？他们也自以为找到了一些，中国内地教会创立者哈得森·泰勒博士认可学者布鲁蒙霍尔的说法，认为"对祖宗崇拜是中国宗教的要旨"，"在盛行家长制政府的中国，如果儿子把自己的双亲杀害了，那么他就犯下了十恶不赦的滔天大罪"，而基督耶稣的教导是"如果任何人到我这儿来而不憎恨他的父亲，那么他不会成为我的信徒"，一方的要旨和另一方的教导相冲突，当然不易有好的交流结果，此其一；其二，传教士们也在自身找原因，也找到了，虽说同来中国传教，虽说所传都是基督教，但是"在中国的两大教会即新教教会和天主教教会传播基督教时，肯定存在着不可调和的对抗""几个教会并不合作，崇拜不同的神的教会怎么能够真正合作呢？""中国人真不知道该崇拜哪尊神"，既然连该尊崇的神都不能确定，又怎么要求中国人的诚心皈依呢？这真是蹊径独出，非个中人不能道的。

总之，十九世纪初叶，基督教在中国的传播看来难得乐观，《中国风情》里有这样一组相关数据，录来看看，说是"在大清帝国，有新教传教士共一千五百一十一人，一八九三年，这一千一百五十一名传教士成绩卓著，共发展了三千一百二十七名中国人信奉了新教"，当然不是白白就改宗信了基督教的，有代价，代价是，为此花费了三十五万英镑，三十五万英镑是一个什么概念，"相当于伦敦名列前十位的医院年收入总和"。好像不能放心似的，在确切地说出了这个花费后，后面又欲遮还掩地赘了这样一句："然而三千一百二十七名中国人，恐怕并不都是地地道道的基督教教徒"，什么意思？难道那么多钱都白白花了？

一则关于传教的故事

"传教士来到中国六个月后，写信给《千百万中国人》杂志：'现在讲一个新闻，一个非常令人高兴的新闻！我们的工作非常繁忙！那些充满闪光智慧的中国人，非常渴望听到优秀的新鲜的东西，看来他们尽力吸收我们所讲的每一个单词，他们听时那神态仿佛担心错过一个单词'。"

"五年过去后，他们又写来信：'小王庙的第一个皈依者叫宋立平，是个卖草席的年轻人，他非常渴望努力去传播基督教的福音。可是在今年年初，这个可怜的年轻人神经错乱了，但他失去的是理智而不是虔诚'。"

这一段只字不漏，是从"中国国际文化公司1998年版《中国风情》第七十页"抄录来的。

辜鸿铭

辜鸿铭是时任总督张之洞的私人幕僚。"此人才智过人，著有一本《尊王攘夷篇》的书……是一个能力非凡的语言学家，他的英语词汇罕见地丰富"，辜先生"荣幸地在英国最虔诚的教区接受教育，并受到过长老会教会、自由教会、圣公教会和苏格兰教会的熏陶"，而且老先生并非纯种的华人，他的母亲是葡萄牙人，因此长相"深眼隆鼻，轮廓分明"，然而正是这样一位有着相当的西学背景和西洋血统的人，却"公开反对把基督教传入中国"，莫理循博士在《中国风情》中悻悻表示，对此感觉"非常奇怪"。

洋鬼子

莫理循到中国后，常常遭到中国人的围观。而且被呼为洋鬼子。可见那时候来中国的外国人不多："在登岸处的江边石头上，一群妇女正在洗衣服。她们用洗衣棒在石头上锤打着坚硬的外衣，看到我这个穿着奇装异服的洋人时，都停下了手中的活计……我们从洗衣妇中间穿过，小孩一边跑向我，一边叫道'洋鬼子！洋鬼子！'"

中国人对于洋鬼子之感兴味，甚至到了这样的程度："在江边货滩的后面，有一个说评书的人，他身边本来围了一大群人，但是，这群人看到我后，就把他晾在一边，都跟着我走上台阶，并用陌生人最敏感、最讨厌的腔调喊叫着"——想到孤零零被丢在一边的说书人时，觉得这真是有趣的一幕。

人群简直是锲而不舍地跟紧着莫理循博士："……在这些嘲笑吵闹的人群中，我继续向前走，好像被展览一样。有一次我停下来，对跟着的人群说话。我不会说汉语，只能用温和的英语告诉他们，他们的行为令我觉得他们缺乏家教，死后会下地狱受熬煎；我还用中国人常用的咒语诅咒他们下辈子只能投胎做畜生。然而我的话并没有起到什么作用……人群跟着我沿着小河走到一座石桥边，许多人到这里不再跟了，然而，在河的另一边，他们被一群兴致更高的人所取代……观看石桥后，我们走向对岸进入了万县城，穿过肮脏狭窄的胡同，走上大街。人群仍然跟着我，街道上许多小店里的人也出来看我……我溜进院子里，关上大门"……

脾气再好的人，也会被这样一群庞杂的跟踪者弄出满腔的火气来。

莫博士一次终于忍无可忍，把捂盖着的脾气一股脑发出来了："我在楚通小镇一家小饭店里吃饭时，一群中国人习惯性地站在我周围……有个人认为我不懂汉语，冷冷地说了句'洋鬼子'。我愤怒地站起来，抓住马鞭，用汉语说了句'中国鬼子'，然后又用英语骂他……后来我时常后悔没有教训那个中国人一顿，后悔没用马鞭抽他的脸。"这件事好像格外地给莫理循博士深刻印象，使他余怒难消，后来还学说给缅甸政府的中国事务顾问沃里，沃里先生对莫理循的愤怒表示不可理解，这是因为沃里先生对"洋鬼子"一说有着不同与众的观点，沃里先生认为："中国云南人并不随便说起'魔鬼'的，因为他们担心魔鬼真会出现"，此其一，其二，沃里先生觉得"洋鬼子"并非骂人的话，"这几个字的含义并不是说外国魔鬼"，非但不是，反而是友好得很呢，沃里先生坚信"洋鬼子"的真实含义是"尊贵的客人"。相信听到沃里先生这一解释的中国人都会不禁莞尔。

鸦片

看过一篇《晚清成毒国》的文章，提供的一个数据是，一九〇九年，中国吸食鸦片者达二千五百万人之众，几乎十个中国人里，即有一个大烟鬼。这是触目惊心的数字。积贫积弱，原因在这里可窥得大半。《中国风情》所述，正是那个时候的事，因此于鸦片不免会有所涉及："英国驻重庆领事弗雷泽先生，是一个有造诣的汉学家，机智过人……他估计重庆人口达二十万，生活在城墙内的家庭曾达到三万五千户的记录"，在这三万五千户里，"男性百分之四十至百分之五十，女性百分之四至百分之五，都沉湎在烟雾缭绕的鸦片烟中"；"一八九三年一年中，就有四万二千七百五十吨印度鸦片运进中国……四川省在这一年省外销售鸦片二千二百五十吨，云南省外销一千三百五十吨，贵州也有四百五十吨，他们出售的目的仅仅是为了攫取其亲密同胞口袋里的钱"；"成千上万的请愿者支持禁烟行动。中国人自发地组织起来协助这些请愿者，并请求传教士们的帮助……但是，不要我们（英国）鸦片的中国人，每年却从我们这里购买四万二千七百五十吨鸦片"；直隶总督李鸿章在给特纳牧师的一封信中说："我热诚地希望您们的协会及贵国所有正直的人，支持中国目前正在进行的从鸦片奴役的苦海中解脱出来的努力"，在引述了李总督的这段话之后，莫理循博士接下来不客气地写道："然而，我们却得知，中国最大的罂粟种植者，正是李鸿章总督的家庭"……

说不清为什么，在摘录这些数据和文字的时候，我感到一种陷身于水深火热中的感觉。这样一些蚂蟥一般的数字，这样一些堂而皇之的信件，它们之间，难道是无联系的么？我觉得它们之间的关系，正如干柴烈火的关系一样。

中国人

《中国风情》一书中，莫理循博士试图就他所见总结出一些中国人的共性，虽则他看到的不过是某个中国人至多是一群中国人，但是他却自以为他所见者可以代表所有的中国人，因此书里面有不少这样的章节：中国人的感激。中国妇女，中国医生，中国人的自杀。中国的旅舍等。这其实不只是莫理循博士的自以为是和一厢情愿，而是一种学者通病。好比我（我自然算不得学者）去年去了日本一趟，回来写了一篇文章，题目即是《日本印象》，其实我不过在日本的北九州待了两三天而已，连东京也不曾去得。然而无论怎么讲，北九州总归是日本的，这没有问题，虽说难免地区差异，但在同一个政治制度和文化背景下，共性也不能说没有的，因此读着莫理循对"中国人"的发现和总结，有时也不禁惕然一惊，好像我们的一个秘密给他看到了似的。

摘录若干莫理循描述"中国人"的文字吧：

"很多传教士说'感激本来是应该发自人们内心的，可是看起来中国人的内心并不存在感激'"；"然而也有传教士告诉我说，没有其他民族比中国民族更具有热诚的感激之心，或更为诚挚地表达感激之情"；"中国人会对你说，哑巴吞下了一颗牙齿，他或许不能说什么，但是牙齿的确被他吞进去了，意思是说，虽然我们没有以你们习惯的方式表达感激之情，并不等于我们不心存感激"——这是谈中国人的感激心的。

"我们散步时遇到的中国人礼貌地问我们'吃饭了么？'或者'你们去哪里？'我们都做了准确的回答。但是我们以同样的礼貌问他们要去哪里时，他们总是绷着嘴，朝远方示意说'很远'"——关于中国人的问，直到如今也还这样问着的，其实莫理循博士要是熟谙我国文化，就不必事事"都做准确的回答"，中国人不过问问而已，他才不管你到哪里去呢。待到中国人被问要去哪里，之所以被莫理循看到"他们总是绷着嘴"，而且并不说话，只是"示意"一下，原因在哪里呢？并非中国人傲慢或不礼貌，从我后面的摘录将看到，对于"洋鬼子"，中国人其实是绝无傲慢，礼数足够的，中国人之所以"绷嘴巴"，之所以向远处"示意"，八九不离十的原因是，该中国人自己就不知道他要去哪里，他不过只是随便逛逛罢了，因此当人"礼貌"地一问时，只能表情木然，口里嗫嚅而已了。只是不详他在用什么方式给外国佬示意，这个其实也是有些意思的。

"哈得森·泰勒牧师说：'我多次看见中国人用手指着天说：苍天在上！苍天在上！他的意思是什么呢？他的意思是说，你们（这些洋鬼子）可以把鸦片带给我们，你们可以把鸦片强加在我们头上，我们不能抵抗你们的行动，但是上天会惩罚你们的。'"——这一段摘录在这里，我想着应该做点什么分析才好，用手指着苍天给人看，好像这个天别人是看不到的，好像这个天只是他自己的，只会向着自己这一边。我想着那面对洋鬼子，指向苍天的手指，我想着我该做点什么分析，但是，还是只管摘录在这里吧。

"虽然在路周围没有护栏，但是没有一个旅行者想过去未经允许就从耕地上走捷径，我也未看到有人乱穿耕地。在中国这个遵守法律的国家里，农民明显地遵从比耶稣基督还要早四百年的孔教教义"——这个也是只管照录在这里。

"只要我遇到什么困难，或者冒失的人群，我只要用英语说几句严肃的句子，我就能控制当时的局势"——可见"英语"的威力。这话即使现在说出来，我们理解起来好像也并不费解。

"即使在那悬崖峭壁上，在那看起来并不能到达的壁崖上，农民也种上了小麦和豌豆；但是土壤较深，就会种上罂粟。"——录不置评。不过这说的是一八九四年的中国。

"冯·理查汤芬先生说：'虽然要爬这么高的大山，仍然有一些苦力背着三百二十四斤（四百三十二磅）茶叶从四川出发往西藏'"；"贝培尔先生经常看到一些背上背着四百磅重茶叶的苦力"；"吉尔先生还经常看到'背着一百二十磅的小苦力'，一捆白布重五十五斤，每人背三捆。虽然盐成块状，坚硬，像金属那样重，可是我仍然看到有苦力背着盐包在山路上从容地走着，而对于英国人来说，即使是一个身强力壮的，如果背着如此重的盐包，从地上起来都很困难"；"吉尔先生看到过一个苦力，肩扛一百六十多斤（二百磅）重的圆木，每天走十英里"——摘录这些文字时，不禁鼻根发酸。这些被"洋鬼子"看在眼里的苦力，好像倒是不容易被他们的同胞所看见，对于压在他们身上的各样重物，同胞们更不会做出那样精确的估算。正因为不被看到，所以千百年来，他们也只能日复一日那样默默地走着而已，脚下的地被汗淋湿了，连个咳嗽声也听不到。当然"洋鬼子"们即使看到，也只是说说而已。人家有人家的事呢。

还说到中国苦力对于"洋鬼子"的信任，三个中国苦力受雇于莫理循，要把莫理循从东川送往昆明，往返需半个月之久，莫理循给的报酬是每人六先令九便士（合二点二五两银子），三个苦力对报酬多少无异议，但是请求出发之后，从他们的报酬里拿出每人二两银子，汇寄给他们各自的父母，莫理循愉快地答应了，委托他的一个朋友代为邮寄，但是令莫理循不解和感慨的是他们之间"没有签定任何纸上的协议——这三个人都不识字；他们甚至也没有亲眼看见莫里神父为他们从我这里拿去邮寄的钱。他们对我们绝对信任"——这段关于"信任"的文字给我留下深刻的印象，不知为什么，总是有几个模糊的人影在眼前晃动，看又看不清楚，使我感到难以言说的憋闷和痛楚。这些中国人，好像只有一双粗糙的能劳作的手，而没有一张能说话的嘴似的。我总觉得这不仅仅只是个信任问题，还有一些更为要紧更为隐幽的东西，莫理循博士没能说出来。有时候在某些中国问题上，莫理循总是难免自以为是一厢情愿。

"世界上没有其他民族在处罚中比中国人更残酷"——这一节的名字叫"对犯罪的惩罚"，莫理循博士在引述了中国人惩罚犯罪者的几种手段后，结论似的这样说，其中有钉城门，砸踝骨，站笼，凌迟等。就所列举来看，有些匪夷所思的刑罚莫理循博士还没能来得及知道，但是也许他有些性急吧，已根据不多的例子得出结论来了。我的一个疑窦是，既然明知是如此一个残酷的中国，外国人何以敢来了呢？来了还那样子的飞扬跋扈目空一切，就不怕残酷的中国人给他们来上一下子么？仅此一端也值是探究一会儿。

"中国礼节非常注重地位问题……当马戛尔尼代表团带着一辆四轮马车作为礼物送给乾隆皇帝时，马车上的位置安排就使乾隆皇帝发怒，因为马车夫的位置高于皇帝陛下的位置"——说的是，中国人无法觉得你这个是合适的。官大一级压死人，说的就是这个道理。何况皇帝和马车夫之间。

……

除了这种对于中国人的普遍性的观感外，对中国人里的某些特殊的群体，莫理循博士也有一些针对性的评价和分析，不妨看看。

中国妇女

"在（中国）四川，最为兴隆的行业之一就是雕刻贞节牌坊和墓碑"，莫理循不但有这样的发现，也还举出一个贞节妇人的例子来，这是一个在当时广为人知的故事，刊登在一八九二年六月十日的《北京报》上，说是该烈妇，她的祖父、父亲都任过道台，所谓出身名门，在她十岁的时候，她的母亲病倒了，她就从自己身上割下一块肉来，给她的母亲吃了，母亲因此痊愈；她的丈夫是一知县，即将升迁时，忽然身患不治之症，该烈妇二话不说，又从自己身上割下一块肉来，给她的丈夫吃，但是吃过肉的丈夫还是死掉了，这妇人礼数周到地办完丈夫的丧事，给家里的成员包括仆人一一赠送礼物，然后她就梳洗打扮整齐，吞下金子和铅粉若干，即端坐着等死到来。果然就这样死掉了。这事发生在山西，于是山西巡抚就报告给皇上，请求嘉奖云云。在中国，这是一个半点新鲜也没有的故事。我只是惊叹于那个妇人，何以能那样的一以贯之，自己的肉，给母亲吃了，又给丈夫吃，如果需要，不知她还会给什么人吃她的肉呢。我也惊叹于那妇人，在生死面前何以能那样的镇定自若？我想其原因大概来自于人的狂妄，人有时候需要一个大的承认和肯定，一旦觉得自己可以获得大承认大肯定的机会到来，就会务其一端，余皆不计，正是烈妇这一名号在这妇人身上发生了不可估量的作用，使其像扑火的飞蛾那样，心甘情愿地让烈火把自己烧了个干干净净。我觉得没有比拿贞节烈女津津乐道的男人更丑陋的人了。

莫理循只是记录了这个烈妇的故事，未加评说，因此也不知他对这件有中国特色的事情是什么看法。我总觉得男人们凡听到这类贞节烈妇的故事，表面上不论怎样的肃穆庄静，心里不免都要偷偷发笑的。这正像一只猫，担心不能律己，偷食小鱼什么的，干脆一不做二不休，来个自杀了事。如果听到一只猫这样子自杀了，我们总会忍俊不禁的。男人们用什么手段做的这陷阱，使女人们甘愿地跳入来。

莫理循还记录了解这样一件事，一次他们在一个叫"老头坡"的村子里过夜，那是一个非常美丽的小村，"走过一片林间空地。小溪沿着微微倾斜的河岸，静静地流淌着，透过清澈溪水，看到形状各异的卵石。树林中有个村子，村子里的房子令人感觉舒服。罂粟花盛开着，把田埂也遮住了。我们在茶房前的林荫里坐着，从山中流出来的一条小溪在我们脚下流淌着……"这真是一个世外桃源似的村子。正是在这个村子里，莫理循见到了一个好看的小姑娘，"她从茶房隔壁茅舍里走出来，害羞地看着我"，莫理循禁不住喜爱之情，抓起一把糖果要给她，"我想把糖果放进她的嘴里，但她拒绝了。而且跑进门"。莫理循的眼睛一直没能离开过小女孩，于是他看到了令他难忘的一幕："我目送她进屋，只见她父亲从她手里接过糖果，拿给她那胖胖的婴儿小弟弟"，莫理循博士由此得出的结论是"中国的女孩很小就明白，她们必须忍受一切苦难"。

比较起中国男人，似乎中国女人留给莫理循的印象要更好一些，简直要好出许多。

"我承认，我是那些赞同'中国女人的微笑具有一种难以表达的魅力'中的一员，在中国，我看到过很多女子，这些女子在欧洲任何一个国家的首都都算是美丽动人的……日本和中国我都到过，并且观察过，我能做出的唯一结论就是，中国女人在任何方面都要比其日本姐妹高出一筹，中国女人的头和肩高于日本女人，她们也比日本女人更聪明。在高雅和谦恭方面，她们是日本女人不可相比的。比起满嘴黑牙，讲话咯咯不休，但却被认为是美丽动人的日本女人来说，中国女人长得更小巧玲珑，说话更甜，品德更值得信赖……"莫理循博士夸起中国女人来显然兴致颇高，后面还有一大段文字，关于"三寸金莲"一类的，篇幅所限，不尽摘录了吧。莫理循博士不仅把中国女人与日本女人做了对比，和西方女人也有对比的，博士认为"中国妇女的一般地位不值得西方妇女去嫉妒。虽然她们不能享受到西方妇女所能享受到的幸福，但她们也能自得其乐。因为幸福并不总在于绝对的快乐，而在于我们对它的理解"——这末后两句关于幸福的见解，简直可作名言看。但是必须要说的是，博士这里所说的是一八九四年的中国妇女，现在在各家电视台大方相亲的中国女人，假若博士有幸得见，不知会做何结论。但至少有一点是不同了，比如"三寸金莲"，就一个也看不到了。要是把糖果喂小女孩，她未必就不张开嘴来吃你喂的。

中国历书

博士是这么看中国历书的：

"中国历书的内容比我们的要丰富得多，即使是还未发生的日食也能预告。如果他们的历书中出现了一点差错，一个预告发生的日食并未出现，那么皇室天文学家也决不会惊慌失措，他们会在其失误中找到一种喜悦，并向皇帝表示祝贺，说由于皇帝的贤能，上天免除了这个不幸的灾难"；"由于相信日食预示着灾难，每一个有主见的中国人，都会把日本侵略中国时中国抵抗日本受挫，归结于四月六日的日食"——"从其失误中找到一种喜悦，并向皇帝祝贺"，这究竟说的是什么时候的事，听起来为什么会觉得如此耳熟，好像刚刚还听谁讲过似的。

中国囚犯

　　莫理循博士的《中国风情》一书，以一路行踪为线索，将沿途见闻作内容，每节记一事或一闻，如乱珠串线，既满目琳琅，又线索井然，本就是有价值有品位的书，又兼好读易读，忙闲时候，皆可一读，闲时趁着兴味，不妨多读几节，若忙，翻寻最短的一节，不过数百字而已，片刻即可读完，篇目虽短，情节却是完整的，回味也是足够的。其实一本书如此结构，不只方便阅读，细想想，于作者而言，不是也便于写作么？我看有些成熟作家的作品，从其结构里，几乎可以看出其合理的工作分配和每日的工作量来。无论干什么事情，看来结构、节奏或者说分寸，都是很要紧的。比如刘翔的跨栏，我就常常听到一个说法：控制好节奏，不要让别人的节奏把你带乱，我想最好的成绩，只能在一种最恰当的节奏里才能展现出来。事虽有别，理固同一。老实讲，当我读一本书时，若发现了它的隐在的结构，我会是很高兴的。好像在陌生的门口找到了开门的钥匙一样。这算是闲话了。

　　凭我的阅读印象，《中国风情》大概由六七十个小节构成，其实数一下即可清详，但是数那么清楚有什么必要。在这几十个小节里，关乎中国囚徒的小节，大概就有近十个之多，有些被割去了耳朵，有些被砸碎了踝骨，有些被钉在城门上，有的被割掉了脑袋，被脑后的辫子悬在高处示众。我想并非是因为莫理循博士有格外的路径和机遇，才使他看到了那么多形形色色的中国囚徒，博士也许看到的是十九世纪初叶中国社会的一个常态，不独莫理循博士所经的一线是这样，哪里也是如此，由此可见得那时候的中国，正是一个乱世。各样的囚徒一定给莫理循留下了很特别的印象，因此才使他不惜笔墨记了那么多：

"在旧教会所在地，同我们谈话的一个人，外表滑稽可笑。他的头与其他的中国人不同：除了一条辫子外，他头发的下垂部分分开到面颊，这种发型很像英国的老妇人——他的两只耳朵都被割掉了"。

"我们散步走出西门时，有人把我领到几天前一名年轻女人被处死的地方，这个女人犯了通奸罪，她被关在木囚笼里，在一群围观者面前被慢慢地处死。有的围观者看着她忍受痛苦有三天了。她不得不踮着脚尖站在木笼里，头从笼顶的一个小洞里伸出来，她必须被关在囚笼里，直到饿死或者窒息而死"，记录这个不幸女人的遭际时，莫理循博士还谈到这样一个重要的小细节，就是对于这样站在囚笼里等死的犯人来说，他们最大的希望就是能够速死，能给他们的最大恩典也是如何能使他们速死。怎么能让犯人速死呢？犯人自己是做不到这一点的，如果脚心踩实，倒是容易因此窒息死掉，但人犯只要稍有气力和意识，就总是不由自主地要踮起脚尖，不是为了求生，而是出于本能。那么只能靠人帮忙了，当然不能公然地杀死人犯，有个好办法的，就是有些人想积阴德，于是趁着夜深人静时候，守兵也疲累了，于是悄悄上去，把足够的鸦片塞入人犯嘴里，他因此就中毒死去，得解脱了。这也许是恶声昭彰的鸦片最好的一个去处吧。

还有一个犯人给钉在城门上。

"有一个犯人被用烧红了的钉子，穿过手腕钉在城门上，以这样的惩罚方式，轮流在昭通城的四个城门上示众，他设法用头撞刑具而死，但是他的这种企图因刑具上用软物填塞起来而未能成功。这个犯人在大路上谋害和抢劫两名行人。就中国的刑法来说，他所受的惩罚并不严厉"。

有时不只见到一个犯人，而是可以见到好几个，见到一群犯人：

"四月七日下午很早，我们就上路了，沿着东川的山谷而上，在东川装饰奇异的宝塔下，我们遇到两队被押囚犯，要押送到东川去。这些囚犯忍受着残酷的痛苦，脖子上套着枷锁，手腕被手铐紧紧地套住，这样双手就被紧紧地绞扼住……他们将忍受致死的折磨和死亡的恐惧，一直到刑场被砍头为止"。

有时已经看不到人犯，只能看到有关他们的几颗人头：

"沙驿桥位于某个呈波浪形的高地上，到处都是树荫。最近这里举行了一场审判，一批罪大恶极的强盗头子被处死。这些脑袋装在木囚笼里，吊在靠近城门的塔上，路上走过的所有行人都能看见。同时考虑到那些失去亲人的家属的感情，他们吊起来时，完全可以被他们的亲朋好友认出。每个脑袋都有一个木囚笼，用辫子悬吊在木囚笼的边缘上，这样脑袋就不会乱七八糟"。

一个年轻的死囚给莫理循博士印象尤其深刻，他特意把他路过时的样子记了下来：

"我们沿着石梯而下，来到一座桥墩附近的萨尔温江河岸，在这里，我们被眼前的一幅情景吸引了——没有人看到这幅情景会无动于衷，一名手足都被铁链子锁住的年轻囚犯，被关在囚笼里，四名士兵押送他到元昌去处死。这名囚犯不过二十一岁，衣着很好，明显属于那种生活优裕的人……他在监狱里杀死狱卒逃走，但重新被逮捕，这个年轻囚犯同我在中国看到的其他囚犯不一样，他对着陌生人大笑，丝毫不受别人观看的影响，似乎认为他的结局是应该的，是命运早为他准备好的。三天后，他就会在元昌城被处绞刑"……

……

让一个不过到此一游的外国人沿途竟看到这么多死囚，大清帝国不亡才怪呢。

电报线和风水

铺设电报线时出了问题，沿线的村民们认为电线杆破坏了他们的"风水"，带走了他们的"好运"，因此把电线杆砍断，使电报线难以铺设。"骚乱必须停止，于是一个精力充沛，能力较强的官员控制了事态"，该官员先是发出强硬警告，没有结果，于是他采取了更强硬的措施，在发生的骚乱中，逮捕了两个人，说他们违犯了禁令，"这两个人或许是无辜的，但在竹棒的威胁下，被迫按照官方的意思承认了罪行。他们被判处削耳，然后沿着昆明到腾冲的电报线，被押着往返示众。此后砍断电报线的事再没有发生过"。

可算一段很特别的记录。

在这不长的一段记录里，不但提到了有中国特色的"风水"，也还提到了可以使人按照既定意思承认罪行的"中国官方"，这真是不容忽视的一笔，那么借机看看在莫理循博士眼里，中国的官方是个什么样子吧。就此在书里寻寻，果然多有述及。

中国官员

在莫理循博士的视野里，一八九四年时期的中国官员是这样子的：

"重庆海关目前不存在走私，因为海关里面没有中国官员。一旦有中国官员到海关来防止走私，人们马上就会考虑到如何进行走私。中国的海关搜查员做得很好——他们的眼睛不是用来检查，而是用来如何为自己取得好处。保卫海关的炮艇，名单上列有 80 名人员，而实际工作人员只有 24 人，艇长（即管带）是按名单而非按实际人头数领发薪水，原因不言自明"；

"直隶总督李鸿章在一八八一年五月二十四日写给禁止鸦片贸易协会秘书长特纳牧师的信中这样说道：'尽管皇帝屡次诏令并颁布法令禁止种植罂粟，然而罂粟肯定在中国的一些地方秘密种植。'这封信目前仍然在广泛流传，并被多次引用"；

"禁止吸食鸦片的法令仍然在起草颁布，而这些法令正是由那些嘴中叼着长长的鸦片烟枪的所谓中国慈善家起草的，是由那些不仅吸食鸦片而且其薪水正是取自于罂粟种植税的官员们颁布实施的，并且由那些种植鸦片、吸食鸦片的地方行政长官们张贴在罂粟种植地的附近"；

"知县是大理城吸食鸦片最厉害的官员，是鸦片烟枪的奴隶，经常忽略他的职责"。

"我及早地礼节性地拜访了我名义上的东道主、电报局的总办李平章。他在他的私人办公室接待了我，请我坐在左边最好的座位上，并亲自用他肥胖的手给我端茶，其职位高于准道台，即将出任下任蒙自道台。道台年薪四百两银，可他却指望能年积存银子一万两至二万两"；

"李平章除了是昆明市电报局的中方总办外，还是云南和贵州两省的电报总办。虽然他对电报知识完全不知，但是这并不妨碍他获得此官职。由于他是政府官员，因此他可以担任任何适当级别的职务，无论是地方行政长官（知府）、海军舰长（管带）、海关收税员（厘金大臣）、还是战地总指挥官，他都可以担任，真正说起来，没有什么是中国官员不能担任的，这就是无所不能"……

就摘录这些吧。

而且针对这伙中国一八九四年时期的中国官员，我决定不说什么。

对话

总是显得庄严和正统的莫理循博士，有时候也是很幽默的，比如他就很有兴味地记录了这样一段对话：

"请问贵庚多少？"

"虚长了几岁。"

"请问在什么地方高就？"

"工作不好，当医生。"

"请问贵姓？"

"免贵，姓莫。"

"请问有多少个龙子？"

"啊！真不幸，一个犬子也没有。"

他又继续问道：

"请问有多少个千金（意思说有多少个女儿）？"

你用一种失望的口气回答说：

"我的丫头！有好几个。"

……

说不清理由，我总觉得，这一段是莫博士的得意之笔，而且我好像亲眼看到了他写这一段时的神态，他笑得笔都拿不住了，写了好多次才写完这一段，于是觉得心情好极了，看着窗外，伸一个懒腰，打一个呵欠，觉得今天的工作已经很好地完成了，就结束在这里吧。

莫博士出去散心了，写的这一段就摊开在桌子上，好像不情愿被翻过去那样。

中国戏

莫理循还看到过中国戏。

"电报局同腾越的阎王庙和戏剧场地相邻，每年 5 月，阎王庙都要举行庆祝活动，太阳出山时，戏剧就开演，要到太阳落山后，才结束。乐器的叮当声使日子变得恐怖，这种乐器误导感觉迟钝的中国人以为这就是音乐"；

"戏剧上演时，阎王庙的院子里挤满了人，同时，一大群麻木的人趴在可以俯看露天剧场的城墙上观看演出"；

"我的东道主，即电报局总管彭先生和他的两位朋友刘先生、于先生，坐在专门给他们安排的位子上，品着茶，发出阵阵笑声"；

"舞台上从未有过女演员，女性的角色都由男性扮演，他们的表演令人叫绝，他们惟妙惟肖地模仿女性的声音和姿势，服装艳丽多彩"；

"鼻子上画成白色的恶棍，在胜利的欢呼声中倒下，浑身是'血'死去。他躺在地上，'死'了很长时间，直到观众以为他真正'死'了，然后又站起来，无声地走到一边"；

"舞台上出现下流的词句时，舞台下总要爆发出一阵笑声，观众啪、啪地鼓着掌"；

"中国人很少对台上的戏剧表演动情"……

从所记录的文字看，对于中国戏，莫理循博士除了对男扮女装的部分感到一点兴趣外，总体上对中国戏是否定的，而且那些叮当的音乐声，那些趴在城墙上的麻木的观众，那些一听到下流的句子就发笑并鼓掌的看客，那些鼻尖上画成白色的"恶棍"，那些"死"了老半天又起来，若无其事走到一边去的演员，都使莫理循博士不仅没能获得预期的艺术享受，反而是装了满肚子的不高兴。

看看，全场都高兴着，都鼓掌，连电报局的总管和他的朋友们也都一并高兴，"品着茶，发出阵阵笑声"，但莫理循博士就是不高兴，只有他一个不高兴，他还对别人的高兴报以刻薄的轻蔑，这个自感优越的洋鬼子，是不是有些太傲慢了？

莫理循的傲慢

是的，在中国人面前，这个莫理循博士，这个著名的中国问题专家，是很傲慢的。他之对于中国人的傲慢程度，简直令我吃惊。

"我骑着马在这个向导的陪同下进入盖纳城后，所有的人都不赶集了，跟着我这个显赫的陌生人走到为我选择的休息的旅店。这个令人喜欢的旅店已经住满了旅客，最好的房间已被占据，我走进这个房间时，他们都在小睡，但看到我进来后，他们认为我应该享受最好的房间，因而他们必须做的事就是站起来，收拾好行李，一个个走出去搬进隔壁已住满了人的房间。他们进去后，那个房间的人增加了一倍，他们考虑周到，对人礼貌，这使我很高兴。他们一定比我还累，但是在离开房间时，一个个微笑着向我点头，好像在感谢我给他们带来的不便……"

"……我不能停留在这家饭店里，因为饭店里最好的房间已被地位显赫的（中国）上校军官占据了……一顶官轿停放在公共客厅里，军官随从骑坐的骡子在马棚里吃草，这些是有身价的动物。饭店老板给我一间次等的房子，但是我张开左手，在面前摇晃着说'不要！不要！'我并不愚蠢，也不愿违背自己的原则……事态的发展正如我期望的那样，那名相当于上校级别的军官请我进去，向我鞠躬，表示他房间的一半受我支配。作为对他的礼貌的回报，他享有看我吃饭的特权……"

"我在旅程中，故意制定了一条规则：住旅店时，除了最好的房间，其他房间我是不住的，如果只有一个房间，我就要占据房间里最好的床位，如果已经有中国人占据了最好的座位，那么我就庄严地向他鞠躬，用手势表示，要使我感到高兴的话，他们就应该把饭桌让给我这个不寻常的陌生人，我理所当然要坐名分最高的位置，而拒绝在其他任何位置上就座。我的确礼貌而坚决地要求中国人承认我的价值地位，中国人也总是满足了我的要求，他们总是给我让路，认为我是一个重要的旅行者，尽管我的随从苦力地位卑微，我的衣着也朴素，他们仍然承认我的优越地位……"

"我向中国人承认，在中国这个中世纪王国旅行的任何中国人，至多与我地位相当，不可能高于我……"

"……税收官员和他的走来走去的下属，围着我，详细盘问我，他们用汉语向我盘询，对我没有足够的尊敬……我用英语回答他们，有力地说：'我听不懂一句你们讲的话……'我大声吼叫，尖锐地责问税收官可能的家史……然后，我庄严地向他们鞠躬，走到桥上去，使他们目瞪口呆……两个背着重重的柴火艰难行走的小伙子，就不那么容易走脱，被阻挡在桥上，每人被榨取了一根圆木来烧火，才允许他们过桥……如果连我这样一个普通人也拒绝通过的话，这恰好给英国一个将云南和缅甸合并的借口"……

要过人家的桥，人家收两个过桥税，理固应当，不给倒也罢了，还加一通恶骂，还用英语骂，还一径走上桥去，看着收税官们"目瞪口呆"，这倒都罢了，优越惯了的人总有一些这样那样的毛病的，但是，万想不到，如此小小的一件事情，竟使他觉得据此可成一个借口，成一个什么借口呢？可以给"英国人一个将云南和缅甸合并的借口"，像大清皇帝们的那句口头禅一样，这个莫理循博士，真是"狂悖之极"。但是，他的狂悖到底是成功了的，我们的收税官除了对已经昂然立在桥头的莫博士"目瞪口呆"外，一转脸就榨取了自己同胞的两根圆木泄火。

眼光和见识

莫理循博士除了他的令人惊异的傲慢外，他的一些关于"中国"的观点还是证明了他不愧是博士，不愧是中国问题专家，莫博士的这些话主要是说给自己更加傲慢的西方同胞听的，但是我们作为个中人，不妨也就此多些认识和反思，看看对于中国，莫理循博士还说了些什么：

"人们常常无视中国的历史。中国，这样一个伟大的国家，曾经目睹了埃及、亚述、巴比伦、波斯、希腊和罗马王国的兴衰；人们经常忽视中国的生活方式、政体、习俗和宗教，忽视学习汉语难以想象的困难；人们经常忘记中国是这样一个民族：他们的偏爱、成见、和指责都是千百年遗留下来的产物。传教士来到中国，希望用他们的语言阐述基督教教义，帮助中国，而这种语言却常常让中国人茫然不解"……

"中国或许是野蛮的国家；许多传教士曾这么说过，而且这么说成为一种时尚。但是，让我们来看看事实是怎样的，在过去二十三年里，各个国家、各个特点的外国人，从最和善到最狂妄的，深入到大清帝国的每个角落、每个裂缝。有些外国人被送回，也偶尔爆发了一些财产损失的骚乱。用一只手指就可以算出被杀死的外国人有多少，在这些事故中，难以否认，大多数都是由于白人自己鲁莽轻率造成的。同时，到底有多少并没有卷入事故的中国人被文明的外国人所杀害呢？"

"美国传教士、研究中国问题最准确的专家之一史密斯牧师写道：'一个外国人穿越中国，比一个中国人穿越美国，所遇到的危险要少。'虽然很少有人思考过这个问题，但是我们必须承认史密斯牧士评价的正确性……"

……

读着这样的文字，感到那个傲慢的莫理循不见了，取而代之的是一个视野宽广而又精深的莫理循博士，是的，这样的见解不仅客观，也近公道，因而是有价值的。

至于莫理循那在中国人面前才有的傲慢和放肆，我倒觉得，一大半原因，倒要在我们中国人自己身上找呢。

《中国风情》[英国]莫理循著，张皓译，国际文化出版公司1998年版。